Strade blu

Francesco Guccini
Loriano Macchiavelli

MALASTAGIONE

MONDADORI

Questo libro è un'opera di fantasia. Personaggi e luoghi citati sono invenzioni degli autori e hanno lo scopo di conferire veridicità alla narrazione. Qualsiasi analogia con fatti, luoghi e persone, vive o scomparse, è assolutamente casuale.

Malastagione
di Francesco Guccini,
Loriano Macchiavelli
Collezione Strade blu

ISBN 978-88-04-60667-3

I edizione gennaio 2011
Anno 2011 - Ristampa 1 2 3 4 5 6 7

Malastagione

Personaggi e comparse
in ordine di apparizione sulla scena dei crimini

ADÙMAS, un antico bracconiere che ogni tanto ha le visioni;
GIUSEPPE, padre di Adùmas che partecipa solo come morto;
MARCO GHERARDINI, detto Poiana, ispettore della forestale;
GIUSTI QUINTILIANO, detto Benito, titolare della trattoria-bar Da Benito;
HALED E SEMIR, due fratelli tunisini con permesso di soggiorno;
SALVATORE E LA SUA SQUADRA, quattro taciturni muratori del Sud cottimisti per Badaloni;
AMDI, cameriere da Benito, non si sa se con o senza permesso di soggiorno;
FLORESTANO BADALONI, detto Badilone, impresario edile della montagna;
FLORIO, un suo capocantiere;
CESARINO BADALONI, tuttofare, dipendente di Badaloni;
PIERI ADOLFINO, titolare dell'agenzia immobiliare Sull'Appennino;
LUCA ALDONI E CESARE CARDI, giovani agenti immobiliari dipendenti di Pieri;
NEDO DELLA VALERIA, quello che sparò al suo primo cinghiale con pallini da passero;
PEPPE DI CASA TORNELLI, quello che prese un cinghiale con le mani;
L'ADELE, anziana cameriera di Benito, che fa anche la cuoca;
CRUENTI DEODATO, maresciallo dei carabinieri;

FRANCESCA BORDINI, studentessa che non si sa bene cosa voglia;
DOTTOR BORDINI GIOVANNI, padre di Francesca;
MARIA MUSOLESI, madre di Francesca;
NONNO MUSOLESI, nonno di Francesca;
I GUIDOTTI, antica e nobile famiglia del paese;
GUIDOTTI GUIDO NOVELLO, ultimo della stirpe dei Guidotti;
CRISTI, vero nome Cristina, la ragazza di Novello e figlia di Badaloni;
GIORGIO, il giovane titolare della bottega del paese dove si trova di tutto;
ANDREA ANTINORI, medico condotto;
BARATTI EUGENIO, primo dirigente, comandante provinciale della forestale;
FERLIN VALENTINO, anni 22, allievo agente della forestale;
GOLDONI GIUSEPPE, anni 36, agente della forestale;
RADICI CARLO, anni 48, agente della forestale;
FARINON CLEMENTE, anni 59, sovrintendente della forestale;
ABBUONO PASQUALE, appuntato dei carabinieri;
BEATRICE E GENOVEFFA, madre e figlia, le due vedove di Pastorale;
NOEMI, impiegata nell'agenzia Sull'Appennino;
FLORISSA, *elfa*;
FIORELLINO, la sua piccola;
MARIO, volontario della protezione civile;
CHIARA, elicotterista della forestale che appare e subito scompare;
GANDINO, fornaio del paese;
MARGHERITA CARIELLO, moglie di Badaloni;
DOTTOR CARLETTI, perito della scientifica dell'Arma;
DON STANISLAO, il parroco polacco di 24 anni che ha sostituito
DON CRESCENZIO FALLANZANI, andato in pensione a 78 anni;
GILBERTO, detto Berto, meccanico del paese;
MARIA ANTONIA ZARELLU, una misteriosa presenza;
IL SOSTITUTO PROCURATORE.

Capitolo I

Adùmas, un cinghiale e un piede

Stirò le gambe, che cominciavano a formicolare alle giunture. Era seduto su un cuscino naturale di soffice muschio in un avvallamento del terreno, la schiena appoggiata a un tronco di castagno. Non sapeva di preciso quanto avrebbe dovuto aspettare. Anni prima non avrebbe scelto quella posizione, ma si sarebbe seduto su un ramo a forcella. L'età, anche se non era poi così avanzata, ormai lo costringeva a scelte più comode.

Portò alla bocca una fiaschetta d'argento piena di grappa (dono di scambio di un grato ristoratore locale) e bevve un sorso. La posò e la mano sinistra gli corse istintivamente al taschino per cercare la sigaretta. Dopo un sorso di grappa, una sigaretta ci voleva proprio, però non in quel momento. Era controvento, ma per non correre rischi...

La mano destra era appoggiata mollemente sul fucile, un Beretta calibro 12 a doppia canna parallela, caricato con munizione spezzata, vale a dire cartucce con nove pallettoni. Pensava di sparare a distanza ravvicinata, ma preferiva andare sul sicuro e non aveva caricato con cartucce a palla.

Vestiva una tuta mimetica che aveva un certo numero di anni, comprata al mercato del sabato, in un banco di oggetti di surplus militare. Ai piedi un paio di anfibi, *sladinati* da un pezzo. In testa, a coprire un'ampia calvizie, un berrettuccio a visiera, sempre di tela mimetica.

Si chiamava Adùmas.

Doveva quel nome curioso al padre, lui con un nome molto comune, Giuseppe, morto quando Adùmas era un bambino. L'aveva sorpreso, in pieno inverno e all'aperto, una bufera di neve mentre cercava di superare il passo per raggiungere casa. Si portava dietro un carico non proprio lecito per i tempi e quel passo lo aveva attraversato chissà quante volte, con vento, pioggia o neve. L'avevano trovato un paio di giorni dopo, finita la bufera. Era raggomitolato in posizione fetale, sepolto dalla neve.

L'Appennino non sarà come le Alpi, o le Rocky Mountains, ma ogni tanto, come tutte le montagne, richiede le sue vittime sacrificali, la vita di chi, in un momento d'orgoglio o d'incoscienza, si ritiene più forte di loro, e l'uomo, più forte dei monti, non lo è quasi mai.

Era stato minatore di galleria, in giro per l'Italia a scavar tunnel. Nella sacca della sua roba c'erano sempre un paio di camicie, un paio di maglie, calze e mutande. C'era anche una copia de *I tre moschettieri*, che si portava dietro e leggeva e rileggeva. Non era uomo di grandi letture, ma le storie di quegli spadaccini lo avevano sempre affascinato. Così, quando gli nacque il figlio, aveva pensato di chiamarlo come uno dei suoi eroi. Nella scelta lo aveva bloccato l'indecisione: d'Artagnan o Aramis? Athos o Porthos?

Aveva deciso per il nome dell'autore. Sulla copertina c'era scritto A. Dumas. E Adùmas fu, senza far caso a quel puntolino che per lui non voleva dire niente.

Adùmas aspettava il cinghiale; non lo aveva mai visto ma dalle varie tracce lasciate dalla bestia sapeva che era un maschio giovane. Venti-trenta chili, aveva calcolato. Ce l'avrebbe fatta da solo a metterlo in un sacco e caricarselo sulle spalle per portarlo, a buio, al ristorante, passando da dietro mentre Poiana se ne stava seduto dentro a mangiare la solita fiorentina: «Di chianina, mi raccomando, Benito!» diceva ogni volta che la ordinava.

Sì, di chianina. Lo sapevano tutti da dove veniva la chianina di Benito, che comunque si sentiva di rassicurare: «Di chianina, di chianina, ci mancherebbe altro, Poiana», e c'era da scommettere che, almeno per il nominato Poiana, di chianina lo era. O almeno Benito faceva i miracoli perché lo fosse. Se no, lui se ne sarebbe accorto alla prima bocconata.

E mentre Poiana si mangiava la sua chianina, Adùmas gli avrebbe fatto passare la bestia a due dita dal culo. Era già capitato.

Il cinghiale glielo aveva chiesto proprio Benito, titolare dell'omonima trattoria, per una cena a base di polenta e umido di cinghiale, commissionata da gente di città. In freezer non ne aveva quasi più. Per la verità, luglio non era proprio la stagione di polenta, ma sai, quelli di città...

"Conosco una trattoria su in montagna, dove ti danno un cinghiale in umido..."

Avevano ragione: Benito ci sapeva fare con la carne di cinghiale. Tagliata a pezzi piccoli, la teneva una notte a mollo, metà acqua e metà vino rosso, con gli odori – carota, sedano, rosmarino e dell'altro che lui non voleva dire – e poi via, a cuocere a fuoco lento aggiungendo pian piano il passato di odori.

"E la polenta? Devi sentire che roba!"

"Dài che una sera ci andiamo!"

Così Adùmas era alla posta. Non era cacciatore di frodo di professione: quasi nessuno lo era più in quella zona e chi ancora lo era aveva cambiato abitudini e scopi. Ogni tanto, per sé o per un'innata atavica passione per la caccia o per il sottile inconscio piacere di infrangere la legge e gabbare la forestale, prendeva la doppietta e andava nel bosco.

Già, il bosco. Si guardò attorno. Gli venne un vago senso di rimpianto per quello che il castagneto era stato e non era più. Pulito, levigato, mantenuto come fosse un giardino. Lo scopavano addirittura, con scope di biancospino tenute all'inverno sotto a grandi sassi perché i cespugli prendessero la forma voluta. Ora vedeva i boschi abbandonati, i castagni malati del cancro del castagno o del male dell'inchiostro, e di una nuova malattia che faceva seccare le foglie e poi tutta la pianta; i rami spezzati e i tronchi caduti l'inverno abbandonati sul terreno; le foglie e i ricci di un autunno che venivano ricoperti dai ricci e dalle foglie dell'autunno successivo. Una desolazione, in boschi che per secoli, nel bene o nel male, avevano sfamato tante famiglie.

"D'altra parte, allora i cinghiali non c'erano più o non li avevano ancora messi" pensò Adùmas.

E nemmeno i cervi, i daini, i caprioli. Animali che si riproducevano in fretta e che, senza nessun timore, arrivavano fino al paese a devastare gli orti; nei boschi tutti gli alberi giovani pelati nella corteccia fino a uno-due metri dal suolo e i cinghiali che, a forza di *rumare* col grifo per cercare radici e larve, avevano arato il sottobosco, lasciando crateri come se ci avessero bombardato; e gli animali domestici, gatti e cani e a volte anche gli uomini, che tornavano a casa pieni delle zecche delle altre bestie.

C'erano sì le squadre di cacciatori autorizzati, in certi periodi dell'anno, alla decimazione, ma il numero degli animali cacciati era sempre inferiore a quello dei capi rimasti. Era arrivato anche l'istrice che, scavando, passava sotto alle recinzioni e distruggeva interi campi di patate. O, peggio, le piante a bulbo messe nei cimiteri sulle tombe.

Adùmas aveva visto anche tracce di lupo, nel suo girare per boschi, ma erano ancora troppo pochi per contrastare l'invasione degli ungulati. Poi, se cresciuti di numero, non sarebbero diventati un pericolo per gli umani?

Pensieri rapidi, oziosi, nati dall'attesa. Si stiracchiò e

tirò un altro sorso dalla fiaschetta. Non per il freddo, era sera e la giornata, anche se ormai verso *brùzzico* – a dire crepuscolo –, era ancora tiepida. Era per farsi compagnia aspettando il cinghiale. Aveva studiato le sue abitudini, andando di mattino così la giornata avrebbe cancellato per terra le sue tracce d'uomo, e i cinghiali, sapeva, vedono soprattutto col muso. Sapeva dove il cinghiale aveva la sua *rimessa*, nel folto della macchia, nel fitto di ginestre, felci e *raggiai*. Sapeva quale pista percorreva per sfamarsi o andare a bere o a svoltolarsi nel fango, giù, nel Fosso del Cinghio, oppure in una pozza, l'*insoglio*, una decina di metri più sotto. Aveva visto il *grattatoio*, l'albero contro il quale la bestia si grattava dopo essersi bagnata. Sapeva tutto e l'aspettava.

Aspettava il cinghiale e lo sentì arrivare perché, si dice, il cinghiale si deve vedere prima con le orecchie.

Si sistemò nella posizione, rilassato, coperto da un paio di frasche del castagno, la sinistra a impugnare l'arma, la destra sul grilletto. Lo sentiva arrivare tranquillo, trotterellando, ignaro dell'imboscata.

Sbucò qualche metro sopra di lui, uscendo da un cesto di ginestre e fiancheggiando un grande castagno ricoperto da una cascata d'edera. Dopo qualche passo era sotto tiro. Lo inquadrò, mirò e stava per sparare, ma si bloccò. La bestia aveva qualcosa di strano in bocca, qualcosa che non riuscì a percepire subito ma che, messo a fuoco bene, lo fece rabbrividire e lo costrinse a una mossa sbagliata: si appoggiò troppo sul gomito puntato sul terreno, provocando una piccola frana di terra e minuscoli sassi. La bestia si voltò di scatto verso l'appena percettibile rumore e con un grugnito spiccò una corsa e sparì nel fitto del bosco.

L'imboscata era fallita, tutto era da rifare, ma non era tanto quello. Era l'impressione di quanto aveva visto fra le fauci del cinghiale che gli era rimasta nello stomaco. Cercò di sistemarlo con una boccata dalla fiaschetta e la gettò a terra, imprecando. Si alzò e, uscito dalla postazione, scese verso la pista, preoccupato di sapere se il cinghiale avesse lasciato traccia di ciò che lui aveva intravisto. Si chinò, cercò attorno... Niente, ma era pronto a scommettere: non si era sbagliato.

Capitolo II

Trattoria-Bar Da Benito

L'insegna era una tavola di legno verniciato in verde cupo su cui erano scolpite a fuoco le parole "Da Benito" e sotto "Trattoria-Bar". Sotto ancora, sul muro di fianco alla porta, un cartello sempre di legno (sul quale un ignoto artista *naïf* aveva dipinto un sorridente cuoco) proponeva le specialità della casa: "Tagliatelle tirate col mattarello" e "In stagione – funghi, tartufi e cacciagione".

In realtà il titolare si chiamava Giusti Quintiliano. Il Benito dell'insegna derivava dalla sua straordinaria somiglianza con il più tristemente famoso Benito della recente storia nostrana, somiglianza che non dispiaceva al titolare, come lasciava intendere l'insegna. Questione di gusti.

In origine l'insegna riportava "Osteria dei due pellegrini", aveva attraversato le infamie del tempo ed era ancora lì. Aveva cambiato nome il giorno stesso che Giusti Quintiliano detto Benito era arrivato a Casedisopra, con in tasca il contratto d'acquisto dell'osteria, attinenze e pertinenze incluse, e con in mente una radicale ristrutturazione della sua nuova proprietà.

Perché Quintiliano avesse lasciato Bologna non è mai stato chiaro e sono circolate molte chiacchiere della gente. Alcune cattive. Neppure è stato chiaro perché avesse deciso di stabilirsi a Casedisopra, con tanti posti al mondo. Fatto sta che, rilevato il locale, la sua idea di radicale ristrutturazione si era limitata al cambio dell'insegna e l'Osteria dei due pellegrini era diventata, dal mattino alla sera, Da Benito.

Come i molti locali pubblici della montagna, Da Benito era luogo d'incontro di varia umanità, un'isola dove convivevano, almeno apparentemente in pace, razze, culture e religioni diverse. Ci si poteva incontrare i due fratelli tunisini, Haled e Semir; la squadra di Salvatore, un gruppo di muratori del Sud; Amdi, il cameriere marocchino; i paesani per antica residenza come i nuovi, fuggiti dalla città, e i villeggianti. Un esempio raro di integrazione multietnica.

La frequentava spesso anche Badaloni, impresario edile della zona che per l'usanza di dare a ognuno il proprio *snommaio*, la gente del luogo chiamava Badilone. Con lui Benito aveva stipulato un accordo secondo il quale chi frequentava a vario titolo i suoi cantieri, volendo, poteva usufruire di un prezzo speciale a menu fisso. Ne approfittavano fornitori, cottimisti, trasportatori, impiantisti, tecnici. I diretti dipendenti, poi, potevano pagare il conto a fine mese, quando prendevano la paga.

Adùmas entrò. Benito, un omone calvo, con camicia *guaiavera* bianca e un grembiule dello stesso colore, stava trafficando con la macchina del caffè dietro al banco. Lo vide e fece un cenno con la testa e una smorfia, come a dire: "Attento a parlare". Poi l'interrogò con lo sguardo. Adùmas fece cenno di no e roteò l'indice a significare: "Poi ti dico". Si affacciò sulla sala da pranzo, salutò i diversi avventori borbottando un: «Buonasera a tutti» e si mise a sedere. Fermò il cameriere:

«Amdi, una carbonara con la pancetta ben fritta e un fiaschetto di vino.» Nell'attesa, estrasse il pacchetto di sigarette, ne mise in bocca una, poi sospirò e si alzò per andare a fumare fuori, mugugnando fra sé contro una legge che non capiva.

«Ragazzi, com'è nero Adùmas stasera» disse forte Badilone, che stava portando alla bocca una forchettata di tagliatelle. «È più nero di Amdi, deve aver fatto cilecca. Oh hai padellato?» gli urlò dietro.

«No, no» rise il suo compagno di tavola. «Ha visto la forestale!» e indicò un giovane alto e moro, seduto a un tavolo poco distante.

Il giovane chiamato in causa, ispettore della forestale Gherardini Marco, si piegò indietro sulla sedia: «Tranquillo, Florio, che la forestale adesso è in borghese e mangerebbe volentieri, se in cucina si decidessero. Quindi, lascia perdere». Aveva dinanzi tutto il necessario per cenare, posate, piatto, fiaschetto di rosso e mezzo bicchiere di vino. Mancava solo la solita fiorentina larga come il piatto e alta due dita.

Al tavolo con Badilone sedevano e mangiavano Florio, il capocantiere, e Cesarino, uomo tuttofare. Cesarino, che era stato assunto dal padre di Badilone, era poi passato alle dipendenze dello stesso Badilone quando questi aveva ottenuto la ditta in eredità. Badilone aveva trasformato l'impresina di pochi operai in una bella impresa edile che aveva lavori nel capoluogo e nel circondario.

Florio e Cesarino, due tipi opposti. Florio era sui cinquanta, ben piantato e sempre, fuori dal cantiere, vestito con abiti eleganti. Cesarino di anni ne aveva una quantità, ma li portava alla grande. Mingherlino, tranquillo e di poche parole, vestiva sempre gli abiti da cantiere. Anche la domenica e le altre feste comandate. Nell'occasione, badava a mangiare commentando qua e là i discorsi con un leggero annuire o dissentire del capo.

Arrivò Amdi col piatto della carbonara e il fiaschetto. «Dov'è Adùmas?» chiese. «Carbonara pronta. Fredda, no buona» e sistemò tutto sul tavolo.

L'intese Adùmas, ancora fuori dalla trattoria a tirare nella sigaretta. La schiacciò nell'enorme portacicche accanto all'ingresso, rientrò e, senza dir nulla, si mise a sedere. Bevve un bicchiere di vino, tanto per preparare lo stomaco, e cominciò a mangiare.

«Oh, ragazzi» fece sempre Badilone, «stasera a Adùmas gli è davvero morto il gatto.»

«No, non gli è morto il gatto, è che non gli è morto il cinghiale» disse uno da un tavolo di tre, in fondo alla sala. Si chiamava Pieri ed era il titolare dell'agenzia immobiliare Sull'Appennino. Era stato anche sindaco di Casedisopra, alcune legislature prima, e aveva dato inizio, con soddisfazione di quasi tutti i suoi amministrati, allo sviluppo edilizio della zona. Erano in pochi a ricordare di che colore fosse stata la sua giunta, ma in paese ricordavano che, almeno sullo sviluppo edilizio, aveva messo d'accordo tutti i colori e le relative correnti interne: recupero urbano, riciclo delle volumetrie, possibilità edificatorie su terreni agricoli a condizione che... bastava dichiarare che tali condizioni si sarebbero soddisfatte e la licenza di costruzione veniva rilasciata. Se poi il titolare della licenza se ne dimenticava, nessuno si prendeva la briga di andarglielo a ricordare.

Al tavolo di Pieri sedevano due giovani vestiti elegantemente secondo lo stile inaugurato dalla politica. Pieri li stava allevando per l'agenzia. Ne aveva già istruiti altri che però, appena imparato il mestiere, lo avevano abbandonato per aprire una loro agenzia. Lontano dalla zona d'influenza dell'ex capo. Gli ultimi, quelli che sedevano al suo tavolo, Luca Aldoni e Cesare Cardi, li aveva vincolati con un contratto di tre anni, pena il pagamento di una multa se lo avessero lasciato. Contratto forse illegale ma che, con i tempi duri, i due avevano firmato. Accompagnavano in giro i possibili compratori a vedere le varie possibilità di acquisto e ne illustravano pregi e offerte: vecchie case, nuovi alloggi con vista sul lago artificiale, quasi sempre costruiti da Badilone, lottizzazioni, antichi stabili recuperati con tecniche conservative o ruderi che si cedevano a prezzi stracciati. A volte, quando c'era da giustificare una cifra particolarmente bassa, come nel caso di immobili fatiscenti, i due allievi erano autorizzati a illustrare anche i difetti, per altro ben visibili. Ciò conferiva alle loro parole un'aura di credibilità. Presso l'agenzia erano in deposito le chiavi di tutti i fabbricati in vendita nel comprensorio. Bastava chiedere e uno dei due staccava le chiavi dalla bacheca e accompagnava il possibile acquirente in loco.

Il titolare dell'agenzia e i suoi due collaboratori avevano finito di mangiare e, su richiesta di Pieri, Amdi aveva sparecchiato il loro tavolo, sul quale ora Luca Aldoni andava ordinatamente disponendo una serie di fotografie.

Alla battuta di Pieri sul cinghiale che non gli era morto, in sala tutti risero. Meno Adùmas e il giovane della forestale che, da qualche minuto, era interessato alle fotografie che ormai ricoprivano il tavolo di Pieri e collaboratori. Se n'accorse, questi, e gli si rivolse:

«Ooo, Poiana, saresti micca interessato a una delle mie case?»

«Dipende, dipende» rispose Poiana, «ma se ho visto bene la mercanzia, le case che mi proporresti sono ruderi che stanno in piedi per miracolo.»

«Adesso, ma fra poco ci staranno, ci staranno in piedi, tranquillo, Poiana.»

Il forestale indicò la distesa di foto. «E non sono neppure sicuro che tu sia autorizzato a trattarne la vendita.»

Pieri ci rimase male e subito fece un cenno ad Aldoni e le foto finirono una dopo l'altra da dov'erano uscite: nel raccoglitore e quindi nella borsa di pelle del collaboratore.

Poiana stava per aggiungere qualcosa, ma la piantò lì perché Amdi gli aveva appena servito una fiorentina che usciva dal piatto.

Capitolo III

Mitologia del cinghiale

«Amdi, portaci un altro di rosso!» gridò un avventore sollevando il bicchiere. «Alla salute del cinghiale e delle padelle di Adùmas!» Altri avventori brindarono con lui.

«A proposito di padelle» riprese Florio, al tavolo di Badilone. «A proposito di padelle, mi viene in mente quando Nedo sparò al suo primo cinghiale.»

«Nedo chi?» chiese quello del brindisi.

«Oh, non dirmi che non ti ricordi di Nedo e di quello che gli successe con il primo cinghiale.»

«Tu dici Nedo della Valeria? Mi ricordo sì, ma è stato anni fa. Mi ricordo che li avevano appena messi.»

«Lui, quel Nedo lì» continuò Florio.

«Quand'è stato che li hanno messi?» chiese un altro avventore.

«E chi si ricorda?» rispose Florio. «È stato anni fa. 'Nsomma, era a caccia, nella spianatina sopra al Casone d'Èmore, si vide dinanzi sto cinghiale, ma allora erano ancora mezzi maiali, non avevano paura dell'uomo. Il cinghiale lo guardò, tranquillo, lui lo guardò, dice che stava fermo e lo guardava, infilò svelto due cartucce e sparò due schioppettate. Niente, il cinghiale fece un saltello, ma niente, l'aveva preso ma rimase lì... Tirò via le cartucce e ricaricò e tornò a sparare... Niente, la bestia fece un altro saltello, lo guardò come a dire: "Ma cosa fai, bischero?" e filò via. È che nell'emozione, Nedo non si era accorto che gli era girata la cartucciera e aveva sparato con le cartucce a pallini piccoli, da uccellini. Gli aveva appena fatto il solletico!»

Tutti risero.

«Oh, Adùmas» fece Badilone, «hai sparato a pallini anche tu?»

Adùmas borbottò qualcosa fra i denti, poi: «Amdi, un altro fiaschetto» disse al cameriere che gli passava vicino.

«Sta' bono e attento al bere» fece Badilone ridendo. «Se no scopri gli altarini. Sta' bono che c'è la legge!»

«La legge c'è anche per te, Badilone, ma in questo momento è fuori servizio e se ne frega. Anzi, vorrebbe finire in pace la sua fiorentina» disse l'ispettore Gherardini. Si guardò attorno. «Ma, tranquilli: Marco, che sarei poi io, lo sa che cacciate tutti di frodo e quand'è il momento vi viene a pescare uno per uno.» Sorrideva, mentre lo diceva, ma fece capire che non stava scherzando.

«Oh via, Poiana, ci si cogliona un po'» disse Florio. «Ma senti questa, che tu non c'eri ancora a fare la legge e non ti può riguardare. Peppe di casa Tornelli il cinghiale lo beccò sì, ma senza pallini o pallettoni.»

«Sì? E come fece?» chiese Badilone. All'ispettore Gherardini, che Florio aveva chiamato con il soprannome di Poiana, la cosa non pareva interessare.

«Come fece? Ma hai presente di chi parlo? È quello che sta alle Fornaci Vecchie, uno che ha due mani che se ti dà uno schiaffo, il muro te ne dà un altro. Tira su un quintale e se lo carica in spalla e lo porta per chilometri. Insomma, fece una scommessa, di prendere un cinghiale non col fucile, ma solo con un machete. Ne aveva scovato uno, un maschio adulto, gli fece la posta e lo aspettò. Appena la bestia uscì dalla macchia anche lui saltò fuori e: verga di colpi! Ma il cinghiale scappò via e lui dietro. Era inverno e c'era la neve alta, seguiva le tracce di sangue, finché trovò la bestia in un angolo di un fosso, non poteva scappare. Gli fu addosso e giù colpi con tutta quella forza che ha; ma sai, scappare scappano dall'uomo ma, se se la vedono brutta, si difendono. Il cinghiale si alzò sulle zampe e gli diede di muso e di zanne e c'ha ancora il pollice destro un po' fuori uso e una bella cicatrice sulla fronte. Dice che quella botta in testa l'aveva mezzo rintronato facendogli perdere un attimo di lucidità. Si appoggiò alla parete del fosso per pulirsi il sangue sulla fronte, che gli colava negli occhi, e il cinghiale scappò, ma dopo un momento, lui dietro. Sanguinava lui, però sanguinava di più il cinghiale che correva nella neve alta ma sempre con meno forza finché rimase fermo o per rifiatare o perché aveva perduto tutto quel sangue, così lui gli arrivò sopra e lo finì.» Florio sospese per bagnarsi la gola con un sorso. Attorno, avevano ascoltato in silenzio e aspettavano la conclusione. «Io lo conosco bene Peppe e sono stato a casa sua e ho visto il trofeo della testa, ma dovreste vedere com'è tutto saccagnato» e si rimise a mangiare.

Si intrecciarono commenti. Intanto erano entrati altri clienti e Amdi e un'anziana cameriera, l'Adele, che faceva anche da cuoca, lavoravano veloci e silenziosi. Benito, il trattore, s'avvicinò al tavolo di Marco per sparecchiare. Gli disse:

«Te, Poiana, non ti scaldare. Questa storia l'ho sentita anch'io ma, se c'è stato reato, deve essere ormai in prescrizione.»

«E se ti guardo dentro il freezer e vedo qualcosa che non va» fece Poiana ridendo, «vedrai che lì non c'è niente di prescritto. Portami il conto, va' là, Benito.»

«Però, sai che queste bestie delle volte sono anche carine?» s'intromise Badilone, dal tavolo accanto. «Mi dice uno degli operai che lavorano a un mio cantiere che quando sono in pausa pranzo arriva un cinghialotto e gli mangia dalle mani.» Si rivolse a Adùmas. «A te ti hanno mai mangiato dalle mani?»

Adùmas finì il bicchiere di vino, prese il fiaschetto e si versò ancora, ma il fiaschetto era vuoto. «Mangiare dalle mani, no» disse, «ma il cinghiale che ho visto io, nessuno di voi lo vedrà mai» e si alzò per andare. «Il conto anche a me, Benito.»

«E che cinghiale avrai mai visto tu!» esclamò Badilone.

Prima di rispondere, Adùmas si guardò attorno e aspettò. Si fece silenzio e solo allora disse, calcando bene sulle parole: «Ho visto un cinghiale che aveva un piede umano in bocca!».

Di colpo nella sala si fece silenzio, molti smisero di mangiare e, sconcertati, guardarono Adùmas. Poi qualcuno commentò a bassa voce con il vicino e Benito si sporse dal bancone, il viso serissimo:

«Un piede dici, Adùmas. Ma sei sicuro?»

Adùmas annuì, anche lui serio.

«E dove l'avresti visto sto piede?» chiese Badilone. Adùmas fece un cenno vago che significava: "Da qualche parte, su, nei boschi" e stava per chiarire, ma qualcuno sparò una battuta:

«Certo, un piede ha visto! Quanti fiaschetti ti eri fatto, Adùmas?» e tutto andò in vacca, la tensione si sciolse in risate e commenti:

«Oh, Adùmas, era il piede destro o il sinistro?»

«Di uomo o di donna?»

«Cosa vuoi che ne sappia lui, di uomo o di donna? Era ubriaco fatto.»

«Qui bisogna trovare a chi sto cinghiale ha tolto il piede.»

«Sì, che poi glielo si riattacca.»

«Da domani ci si mette tutti alla ricerca dell'uomo senza il piede.»

«Bisognerebbe sapere di che tipo era.»

«Che tipo di piede, Adùmas? Da ballerino di tango o da

muratore?» e avanti così fino a quando non s'alzò Pieri e chiese silenzio:

«Un momento, un momento. Qui si deve fare chiarezza Non scherziamo: si tratta di un piede umano. Vediamo un po', Adùmas: dove hai visto esattamente il cinghiale con il piede in bocca? Sai, domani si va tutti nel bosco...»

«Cosa ne sai tu di bosco, Pieri? Sei nato sindaco e sindaco sei rimasto» lo interruppe Adùmas.

«Vero, ma sapessi quanto bosco ho girato prima di diventare quello che sono. Vediamo, allora, dov'eri esattamente?»

Adùmas, forse per i due fiaschetti mandati giù o perché aveva bisogno di parlarne, s'illuse che il Pieri facesse sul serio. «Al Fosso del Cinghio. Un dieci metri più in basso c'è l'*insoglio* dove sguazzano i cinghiali. Poco discosto, verso mezzodì, c'è uno slargo...»

«So dov'è! Ci sono stato! Ci fanno i *ciupadelli*» lo interruppe Cesarino. E che Cesarino avesse parlato, e per di più a voce alta, sorprese tutti.

«Oh» disse uno, «ha parlato Cesarino.»

Adùmas ignorò le due interruzioni: «Bene, il cinghiale mi s'è parato dinanzi proprio sulla pista che porta allo slargo...».

«Chi viene con me domani?» lo interruppe Pieri. «Che ne dite? Si va tutti alla ricerca del piede e lo si porta al legittimo proprietario?» e di nuovo scoppiarono risate e commenti.

Adùmas si rese conto che fino a lì l'avevano coglionato. Fece cenno al trattore che avrebbe pagato poi, visto che ancora non gli aveva preparato il conto, e uscì borbottando: «Branco di rincoglioniti! L'ho visto sì, l'ho visto» e sulla porta incrociò Semir, il più piccolo dei due fratelli tunisini.

«Te ne vai di già?» chiese nel suo linguaggio di arabo dalle inflessioni locali.

«Fanculo anche te, marocchino!»

Il "marocchino" ci rimase male perché Adùmas era fra quelli che lui rispettava. Se ne accorse Adùmas, che si fermò e chiese, come a scusarsi: «Sei solo? Non c'è tuo fratello?».

«No, Haled è andato, Tunisia. Padre non sta bene...»

«Mi dispiace. Se lo senti, salutalo.»

«Farò, farò» e il "marocchino" cambiò discorso: «C'è Badilone dentro?»

«C'è.»

«Mi serve acconto per mandare soldi in Tunisia. Padre non sta bene, forse muore» e, salutato con un cenno, entrò.

«Oh, auguri per tuo padre.»

Li chiamavano i due tunisini. Haled, il più grande, lavorava come muratore per Badilone. Aveva una laurea in Ingegneria presa a Tunisi ma, sbarcato a Casedisopra, si era accontentato di fare il muratore per Badilone, il quale si era accorto subito che Haled era qualcosa in più di un bravo muratore e lo stava indirizzando verso la carriera del capocantiere. Ne aveva bisogno. Florio non poteva occuparsi di tutti i cantieri aperti.

L'altro, che Adùmas aveva chiamato "marocchino", era Semir e anche lui lavorava in un cantiere di Badilone.

Con l'arrivo di Semir nella trattoria-bar Da Benito, la varia umanità rappresentata a Casedisopra si completò. Infatti erano presenti anche quattro operai del Sud che Badilone faceva venire su ogni volta che era in ritardo con la consegna dei lavori. Li comandava Salvatore e se l'ispettorato del lavoro ci avesse messo il naso, avrebbe scoperto che uno dei suoi tre muratori era minorenne.

"La squadra di Salvatore" la chiamava Badilone. Ed era veramente un salvatore. Arrivavano, se era necessario lavoravano giorno e notte, Badilone pagava sull'unghia e i lavori venivano in pari.

La squadra di Salvatore se n'era stata tutta sera seduta a un tavolo, mangiando in silenzio e ascoltando i discorsi su cinghiali e piedi. Di tanto in tanto, i quattro si scambiavano occhiate d'intesa che forse volevano dire molto, ma che solo loro capivano.

Mancava il maresciallo Cruenti. Andava da Benito proprio se non ne poteva fare a meno. Non gli piaceva mischiarsi, dare confidenza a gente che poi avrebbe, chissà, dovuto inquisire.

Lasciato il marocchino, un Adùmas ingrugnito s'incamminò a passi rapidi: prima si fosse allontanato da quei coglioni, meglio si sarebbe sentito. Che ne sapevano di cinghiali e di boschi, quei giovanotti? Che poi tanto giovanotti non erano, ma lui si sentiva d'un'altra razza e d'un'altra generazione.

Era già buio. Si fermò per accendersi una sigaretta.

«Adùmas, aspetta» disse una voce.

«Cosa vuoi, Marco?»

Il giovane gli si fece vicino. «Stasera non mi chiami Poiana?»

Adùmas fece un segno vago e disse: «Mi hanno rotto le palle. Allora?».

«Voglio sapere esattamente com'è la storia del piede.»

«Il piede? Niente, una balla come tante, come quelle degli altri.»

«Non fare il furbo con me, Adùmas. C'era o no sto piede?»

Adùmas sbuffò il fumo, diede un'ultima tirata, poi gettò la sigaretta e la spense col piede: «C'era, c'era».

«Quando, c'era?»

«Stasera, a *brùzzico*.»

«Guardami in faccia: avevi bevuto?»

«Anche tu! Ma che bevuto e bevuto! Cosa vuoi mai che beva?»

«Bevi, bevi. Anche stasera ti sei fatto due fiaschetti.»

«Stasera non dovevo tirare al cinghiale. E poi, perché avrei inventato una *scimitonata* così?»

«Per stare al gioco di chi la raccontava più grossa.»

«Guarda che nessuno mi ha mai visto ubriaco. Poi, dico, vuoi che non sappia riconoscere un piede di cristiano?»

«Dov'eri?»

«L'ho detto in osteria, no?»

«Ridillo a me.»

Adùmas fece un gesto vago: «Su di là».

«Su di là, sì. Domani mi ci porti su di là, d'accordo?» Adùmas annuì. «Ti vengo a prendere con la campagnola alle sei.»

«Alle sei? Non se ne parla. Ho da governare le bestie, da sistemare l'orto... Non se ne parla, Poiana, non se ne parla.»

«Ti va bene alle nove?»

Adùmas ci pensò e poi: «Mi va bene alle dieci» concluse.

Capitolo IV
Per andare dove?

Dodici esami sostenuti, media trenta. Quanti da sostenere? Aveva smesso di contarli. Un paio, forse tre, poi la laurea. Per farne cosa? Di sicuro per far dispetto a suo padre. Aveva scelto il DAMS: Musica, indirizzo storico-critico, ma le era venuta una gran voglia di piantarla lì, senza un perché. Oppure con un perché che non reggeva. Non reggeva raccontarsi che dopo la laurea non avrebbe avuto un accidente di prospettiva. Lo sapeva anche prima, quando i genitori avevano fatto di tutto perché cambiasse idea sul suo futuro.

«Ma che razza di lavoro farai» aveva detto suo padre, «me lo vuoi dire, Franci, con quella laurea? Dammi retta, che so cosa vuol dire la vita e il lavoro. Prendi Medicina. C'è già il mio ambulatorio... Smetterò presto, lo sai che non sto bene, Franci.»

Franci! Pronuncia Frensi. Dall'età della ragione, che non sapeva quando o se fosse arrivata, aveva detestato il nomignolo nato assieme a lei. Eppure era rimasta Franci. Almeno in famiglia. Fuori, se qualcuno l'avesse chiamata Franci, non si sarebbe voltata, ma la famiglia è la famiglia. Non si può dare un dispiacere ai genitori. Alla famiglia va bene Franci? In famiglia sia Franci.

«Mi dispiace, babbo, ma proprio perché non voglio ammalarmi come te, non prenderò Medicina.»

Non prese Medicina. DAMS: Musica, indirizzo storico-critico. E, mentre la primavera se ne stava andando e l'estate si preparava a essere una delle più pesanti passate su Bologna, la gran voglia di piantarla lì era diventata una decisione. Con tante motivazioni. La difficoltà di accettare un'università dove certi docenti pensavano solo ai loro problemi di carriera e poco ai troppi problemi degli studenti; le occhiate alle scollature delle studentesse carine; l'impossibilità di comunicare fra studenti e professori; il clima di tensione dove, invece, avrebbe dovuto esserci la serenità dello studio...

Balle.

Poi, la città. Viveva di stanchezza. O moriva, come moriva l'università. Lungo i corridoi si respirava un'aria stantia. Anche per le strade.

«Vado in vacanza» disse. E lasciò cadere le due valigie sul pavimento dell'ingresso per mettersi sulle spalle lo zainetto.

«Almeno fai colazione» riuscì a sussurrare la madre. Poi, sottovoce: «Ma Franci, stamattina non avevi l'esame?».

Franci non rispose. Non fece colazione e non andò a dare l'esame di Storiografia della musica.

Dal vialetto, la madre la guardò salire sulla C3 Pluriel. «Si può almeno sapere dove vai? Al mare? E con chi?» L'auto le passò dinanzi, lenta, e lei si chinò al finestrino. «Almeno hai preso il telefonino?» Franci non rispose né si fermò. «Almeno telefonaci appena sei arrivata! Almeno non sto in pensiero!»

Quanti "almeno" hai detto, mamma, nella tua vita?

Da Ozzano, periferia est di Bologna, tangenziale fino a Casalecchio, periferia ovest di Bologna. Autostrada fino a Sasso Marconi e poi Porrettana, ovvero Statale 64, e provinciale per Casedisopra.

«Francesca...» Nonno Musolesi l'aveva sempre chiamata Francesca. Per fortuna. «Francesca, per noi è Casedisopra. I miei lo chiamavano Casedisopra e noi siamo Quellidisopra. Sarebbe bello se anche tu...» I desideri di nonno Musolesi erano i suoi.

Alla Ca' Storta aveva passato i giorni più belli della sua vita. Fino ad allora.

L'ultima volta, estate di... sette anni fa? No, otto. Avevo sedici anni. Da due anni il babbo...

Per tutti a Casedisopra era il dottor Bordini. Con molto rispetto perché di un medico si può sempre aver bisogno. Aveva sposato una di lì, figlia di quel Musolesi che qualcuno ancora, a Casedisopra, ricordava.

Un bel giorno, Francesca aveva quattordici anni, il dottor Bordini comunicò alla famiglia di aver comperato una casetta in paese: «Perché la Ca' Storta è alla fine del mondo e io sto invecchiando».

Cinquantacinque anni! È sempre stato vecchio, anche da giovane. Non capisco la mamma.

Francesca continuava a passare i suoi giorni più alla Ca' Storta che nell'appartamento in paese.

«Devi essere un po' matta, tu» le ripeteva il dottor Bordini. «Ti ho comperato una casa in paese: acqua corrente, luce elettrica, frigorifero e tu, niente: alla Ca' Storta come i selvaggi. Si vede che hai ereditato i geni di tua madre» e non era un complimento. Né per lei né per la madre.

L'ultima estate che aveva passato alla Ca' Storta era profumata di fiori, di sapori, di erba tagliata di fresco.

«Per le bestie» le spiegò il nonno. «Vedrai come la mangiano volentieri, le bestie, ma bisogna dargliene poca alla volta, se no gonfiano, gonfiano, le bestie.»

«Le bestie? *Una*, nonno! Nella stalla c'è solo una vacca, la Bianchina.»

«Per me sono bestie anche se è una.»

«L'anno scorso ne avevi tre.»

«Da solo non ce la facevo. Da quando quella donna, poveretta, ha cominciato a non stai bene, per noi basta la Bianchina.»

Alle bestie, nomi di donna: Bianchina, Clementina, Giovannina... Ai cani, nomi di cani: Volf, Nero, Bull, Lupo, Accuccia... Ci sarà un motivo, no?

«Quanti ne hai avuti di cani, nonno?»

Le rispose con un gesto vago: tanti. Per una vita lunga ottant'anni e qualche giorno.

"Quella donna", come lui chiamava la moglie, morì l'inverno successivo e lui, nonno Musolesi, fece appena in tempo a veder spuntare la sua ottantesima primavera. Con lui finì un mondo e finì la Ca' Storta, che chissà in quale condizione era ormai ridotta. Se ne andarono otto anni da quel funerale e Francesca non era più tornata alla Ca' Storta. Senza nonno Musolesi non aveva senso.

Nella piazzetta di Casedisopra, su un lato la chiesa e di fronte il Comune, la prima sorpresa: i ciottoli levigati e arrotondati dal tempo erano stati sostituiti da un manto d'asfalto rammollito da un sole particolarmente caldo. Fortuna che lei non aveva messo i tacchi a spillo.

Poi le auto. Occupavano tutta la piazzetta, tranne un'asfittica aiuola messa là per compassione. O per farsi perdonare la demolizione del pozzo rotondo, di sassi e con la struttura di ferro battuto per il sollevamento dei secchi, che da anni faceva finta di fornire acqua agli abitanti. In realtà, la vena sotterranea era stata deviata dai lavori di risanamento che i Guidotti avevano fatto eseguire nei sotterranei del loro antico palazzo, palazzo che, situato a monte della piazzetta, sulla stessa incombeva ancora oggi, con le massicce pareti di sasso grigio e i tanti stemmi d'arenaria, alcuni corrosi dal tempo e illeggibili, testimoni inutili di un'antica nobiltà. Il vecchio pozzo era stato sostituito da una moderna fontana spaziale, uscita da chissà quale studio d'architetto, alimentata dall'acquedotto municipale.

Le braccia appoggiate al tettuccio bollente della C3 e il mento sulle braccia, Francesca guardò com'era cambiato un mondo in otto anni. Pochi ma anche tanti.

Sentì qualcuno, a pochi metri da lei, gridare: «Non ci credo!». Un giovane la guardava, gambe larghe e mani sui fianchi. «Di tutto, ma non Francesca! Ti davo fra le veline della tivù.»

«Novello!» e lo guardò, sorpresa quanto lui. Il giovane era in maniche di camicia, capelli castani un po' lunghi e mossi da un refolo. «Veline? Chi ti dice che sia il mio genere?» chiese lei andandogli incontro e abbracciandolo.

«Sei troppo bella. La tua fine è quella. Prima o poi ci caschi dentro.»

«Sarebbe una soluzione.»

Anche Novello era un bel giovane, qualche anno più di Francesca. Della casata dei Guidotti, a Casedisopra lui ci abitava stabile e in estate s'incontravano con i *piangiani* che salivano da Bologna e da Firenze per la villeggiatura. Il suo nome completo faceva Guido Novello Guidotti, in onore di un tal Guido Novello Guidi, forse il capostipite dei Guidotti. Al momento, Novello era l'ultimo dei Guidotti, ma aveva tutto il tempo per dare un seguito alla casata. Chiese:

«Ti hanno cacciata di casa?»

«E tu?» Francesca lo faceva spesso: rispondeva alle domande con una domanda.

«Io ci abito, lo sai.»

«Il mondo non finisce qui. Non te l'hanno detto?»

Novello si strinse nelle spalle: «Puttanate! Ci sto bene». La prese sottobraccio. «Vieni.»

«Devo parcheggiare... Non c'è un posto a pagarlo. Peggio che a Bologna.»

Novello fece il giro della C3 e montò. Ripeté: «Vieni» e appena Francesca sedette al volante, «ti trovo dove sistemare l'auto».

Gliela fece sistemare nel cortile di palazzo Guidotti, severo e grigio come tutto il fabbricato. «Puoi lasciarla quanto vuoi.»

Tanti villeggianti, e la trattoria-bar Da Benito era piena, ma un tavolino libero c'era, fuori. Alcuni passanti rallentavano davanti a quello dei due giovani, un'occhiata, forse riconoscevano Francesca, un cenno di saluto e tiravano via.
«Un casino di gente.»
«Guarda che le cose sono cambiate. La metà di quelli che vedi sono di qui. Non solo seconde case: molti abitano e scendono in città a lavorare. Inurbamento, exurbamento... si dice così?»
«Si dice così? Non lo so.»
«Insomma, un casino. Lasciare le città è diventata una moda. Sai? Cominciamo a essere in troppi, qui!»
L'aperitivo, uno spritz con spumante che Novello aveva ordinato senza chiedere a Francesca, lo servì un ragazzo dalla carnagione olivastra e riccio di capelli.
«Grazie» gli disse Novello. E fece segno di mettere in conto.
«Sì, padrone» ci scherzò l'extra. E sorrise. Magari era un irregolare, ma sorrideva. Barista, cameriere e chissà che altro, immigrato da un qualche paese del Nord Africa.
«Si chiama Amdi. Bravo ragazzo.»
«Sono tutti bravi» e Francesca avrebbe voluto aggiungere dell'altro. Non lo fece. Nessuna voglia di fare polemiche appena arrivata. Le aveva lasciate in città. O ci sperava.
Sorseggiarono e ritornarono fra loro i ricordi di un passato recente.
Amici. Dov'è finito il tale? E l'altra, come si chiamava? Alice, mi pare Alice...
Serate. Scappavi via un'ora dopo il tramonto! Sai, il nonno stava in pensiero...
Notti sotto le stelle. Ricordi la notte di san Lorenzo? Sì,

non la dimentico: nel campo sportivo si proiettava *La notte di san Lorenzo* e, dietro lo schermo, stelle vere rigavano il cielo vero. Sembrava di stare con la gente dentro il film.

Gioventù. Eravamo giovani! Lo siamo ancora. Be', io non mi sento...

Stupidità. Come si chiamava quella stronza che ti moriva dietro? Si chiama Cristina, Cristi. Sì, che fine avrà fatto? Quella stronza è la mia ragazza, adesso. Scherzavo, ma tu non glielo dire. Cosa non le devo dire? Che l'ho chiamata stronza: è affettuoso e Cristina mi piaceva, andavo d'accordo.

Finì così: «Novello, io vado prima che chiudano i negozi».

«Tranquilla, non chiudono mai; in estate orario continuato. Se fai spesa, vuol dire che resti.» Francesca non confermò. «Sono contento» e mentre lei si allontanava: «Ooo, sarà contenta anche Cristi!»

La bottega era la stessa di anni prima. C'era di tutto, come c'era di tutto allora. Giorgio era cambiato ed era cambiata l'insegna. Francesca la ricordava bene: "Drogheria e spezie" riportava. Adesso: "Prodotti tipici della montagna".

Giorgio: ha i miei anni e sembra mio padre. Ingrassato e senza capelli. Spero che non mi riconosca.

La riconobbe. «Sei Francesca, la figlia del dottor Bordini.» Sì, sono io. «Diventi sempre più bella.» Tu no. «Quanti anni, eh? Passi l'estate da noi?» Be', non so ancora. «Cosa ti servo?»

Francesca prese qua e là, a caso. Non era abituata a fare spesa, ma l'appartamento era in paese e se le fosse mancato qualcosa...

«Allora ci vediamo, eh? Alloggi all'albergo?» È matto. Io qui ho un appartamento. «Mi raccomando, eh, qualunque cosa ti serva...» Chissà che fine ha fatto suo padre. Giorgio non ne voleva sapere del negozio di suo padre. Si fa presto a cambiare idea. Deve essere facilissimo

Capitolo V

Alla ricerca del piede

Viveva solo alle Vinacce, Adùmas, poco fuori dal paese, in una casa che era stata di suo padre e del padre di suo padre, prima di lui. Non era nata come casa colonica: attorno aveva poco più di un mezzo ettaro e i vecchi l'avevano sempre tenuto a orto, con qualche albero da frutto. Il resto per gli animali da cortile.

Da giovane aveva trovato lavoro in un'officina in valle. Da fattorino era diventato tornitore meccanico e lo era stato fino alla morte della moglie, qualche anno prima, poi aveva lasciato l'officina accontentandosi di quel po' di pensione maturata. Di fame non sarebbe morto: come tanti montanari, sapeva fare di tutto.

Ci stava bene, alle Vinacce, e aveva continuato con l'orto, le galline, i conigli e una capretta che gli teneva mangiata l'erba del terreno incolto. Fatica risparmiata per lui. Non aveva più motivo di tagliarsi la barba un giorno sì e uno no e se l'era lasciata crescere, grigia e folta.

Mancavano un paio di minuti alle dieci e la vecchia campagnola, residuato di chissà quante campagne, si fermò nell'aia delle Vinacce. Sopra c'era solo Marco Gherardini, ispettore della forestale, regolarmente in divisa. Adùmas l'aspettava seduto sui gradini di casa e vestito per andare nel bosco, cioè in mimetica e anfibi. Si alzò, si ficcò in testa il solito berrettino di tela, si avvicinò alla campagnola, montò e rispose al saluto dell'ispettore con un grugnito.

«Dormito male? Ti ha tormentato il cinghiale con il piede in bocca?» chiese l'ispettore. Poi, non avendo avuto risposta, cercò di interpretare il malumore di Adùmas: «Tranquillo che ce la caviamo presto e ti riporto alle Vinacce».

«Ooo, Poiana, non mi coglionare: faremo presto sti due!» mugugnò Adùmas. «Dove andiamo non è dietro casa» e, per consolarsi, si accese una sigaretta senza chiedere permesso. Poiana gli doveva almeno la soddisfazione del fumo. «Accidenti a me e a quando ho parlato del cinghiale e del piede!» smadonnò fra un tiro e l'altro. «Alla mia età non ho ancora imparato a farmi gli affari miei.»

«Smettila di *grugnare*, Adùmas. Metti che il piede... Ricordi che hai visto un piede in bocca a un cinghiale?» Gli rispose un altro grugnito. «Metti che il piede fosse attaccato a una gamba e la gamba attaccata a un corpo, vorrebbe dire che da qualche parte, nei boschi, c'è un morto e noi non ne sappiamo niente. Ti rendi conto? Stai facendo un servizio alla Legge.»

«È proprio questo che mi *ruga*» e Adùmas si chiuse in silenzio. Anche le indicazioni le diede a cenni. Sali per la Statale. Prendi a destra. Dritto e poi a sinistra. Solo quando la carrareccia stava per diventare impraticabile, si fece risentire con: «Ferma qui, che con la macchina non si va avanti».

Scese e s'infilò, di nuovo silenzioso e senza preoccuparsi se Poiana lo seguisse, in un sentiero che ancora saliva.

«Ecco, io ero qui, alla posta. Il cinghiale veniva di là» e Adùmas indicò un punto nel bosco. «La sua *rimessa* è parecchio più su, ma proprio qui davanti, la vedi?, passa la pista che va all'*insoglio*, giù al fosso. Mi era proprio a tiro ma quello che gli ho visto in bocca, accidenti al diavolo» e mugugnò qualcosa.

L'ispettore diede un'occhiata attorno: «Come ci si vedeva?».

«Ci si vedeva come adesso. Oh, una cosa così non l'avevo mai fatta.»

«Una cosa così?»

«Non mi sono mai fatto sentire da un cinghiale. O da altro animale.»

«Adùmas, piantala lì che se no mi tocca arrestarti» disse l'ispettore. Guardò ancora attorno e vide qualcosa luccicare fra l'erba. Si chinò e tirò su la fiaschetta d'argento. L'aprì e annusò. «Questa è grappa.» La girò con la bocca a terra. «Era grappa» e la porse al cacciatore. «Poi dici che non avevi bevuto. O la grappa era del cinghiale, per renderlo più saporito?»

«Che bevuto e bevuto, un paio di sorsi, accidenti. Non si beve se si deve tirare al cinghiale! Saprò bene riconoscere un piede o no?»

«Che però adesso non c'è più. Com'era questo piede, destro, sinistro o cosa?»

«Ooo, Poiana, cominci anche tu come quelli là? Secondo te, uno vede un piede in bocca a un cinghiale e sta a guardare tutti i particolari? Adesso vuoi sapere anche il numero di scarpe che portava? Era un piede e basta!»

Marco fece un giro sopra e sotto alla postazione, frugò anche sotto i cespugli come un cercatore di funghi. Al fosso, all'*insoglio*, controllò le tracce che i cinghiali avevano lasciato svoltolandosi nel fango. Controllò anche attorno e, prima di risalire, chiese a Adùmas:

«Indossavi quegli anfibi?»

«Sì, quando vado nel bosco. Perché?» L'ispettore non rispose e risalì per un pezzetto a monte, sempre con Adùmas dietro.

«Il piede che credi di aver visto, se c'era, è sparito.» L'anziano allargò le braccia. «Ma io voglio crederti, anche perché...» e non concluse.

«Anche perché, cosa?»

«Niente, niente. Bisognerà guardarci meglio, dentro questa

storia. Per il momento non parlare più né del cinghiale né del piede.»

«Sì, ma se mi chiedono... Lo sai com'è quella gente, giù. Con la storia del piede andranno avanti fino a st'inverno.»

«Di' che non ricordi nessun cinghiale e nessun piede. Di' che eri ubriaco...»

«Questa poi no!»

«Arrangiati, di' che te lo sei sognato, ma del piede non si parla più! D'ora in avanti è compito mio.»

Quando il dottor Bordini l'aveva comperata "per Franci", era una casa di sassi con un fazzoletto di terra dietro, e la sera, quando Francesca non restava da nonno Musolesi, e cioè raramente, si mangiava lì, in quel fazzoletto di terra, all'aperto. Lo chiamavano "il giardino". Per gli antichi proprietari, gente del paese da chissà quante generazioni, era un orto e ci ricavavano di tutto: radicchi, insalata, piselli, fagioli, patate... Morirono i vecchi, e i due figli, uno e una, vendettero tutto per un pezzo di pane. Avevano imparato a odiare quei sassi e quell'orto.

Due locali al piano terra e due al primo piano. C'erano anche la cantina e la soffitta. Il cesso era una baracca di legno in confine con un'altra proprietà. Il dottor Bordini fece costruire un'appendice con cucina e bagno al piano terra. Un bagno anche al primo piano e la camera per Franci.

Il giardino sarà diventato un ginepraio. In otto anni...

Si sbagliava.

Era tenuto bene.

Piante, vasi di fiori, tavolo e sedie e un divanetto a dondolo di giunchi intrecciati, protetto dal sole con una tenda.

Ti siedi e ti viene il mal di mare. Tutto di plastica, scommetto.

Avrebbe vinto. Il portoncino era lucido e c'era il campanello con tanto di nome e cognome: "Dottor Andrea Antinori, medico condotto".

Che figlio di puttana! L'ha affittata a un dottor Antinori e non mi ha detto niente! Che faccio? Suono?

Non suonò. Risalì sull'auto, maltrattò il cambio, sgasò, lasciò un po' di battistrada sui ciottoli e completò la manovra per rimettersi in strada. Dal retrovisore vide il portone della *sua* casa aprirsi. Sporse il braccio dal finestrino e gridò:

«Fanculo!»

Di sicuro il dottor Antinori vide il pugno chiuso e il medio sollevato. Forse si chiese quale paziente avesse scontentato, quale prescrizione avesse sbagliato questa volta.

Capitolo VI

Che fine ha fatto la mia casa? E la Ca' Storta?

«Cos'avete fatto della mia casa!» urlò nel telefonino. La madre non capì. «La casa in montagna, accidenti!» Avrebbe voluto gridare: "Cazzo!", ma non se l'era sentita. Con sua madre no, non ancora.

«Sei a Casedisopra? Almeno avresti potuto dirmelo. Almeno ti avrei avvertita, no?»

«Sai che faccio, adesso, mamma? Vado là e sbatto quel dottore sulla strada!»

«Franci, cara, non puoi farlo.»

«Vedrai se non posso! Ti saluto.»

«Per favore, aspetta.» Per favore! Non cambierà mai. «Almeno lascia che ti spieghi» e spiegò che un collega del babbo aveva preso la condotta a Casedisopra e allora il babbo...

«Che c'entra il babbo? Non è mia la casa? Non l'avevate comperata per me?»

«Sì, ma... tu non avevi ancora l'età e così il babbo l'ha intestata a me, ma sarebbe stata tua.»

«Facciamo conto che sia mia, allora!»

«Almeno cerca di capire, Franci. Il nonno era morto da due anni, nessuno parlava più di tornare su a Casedisopra e avevamo pensato che tu non ne volessi più sapere.»

Ecco il guaio: loro hanno sempre pensato anche per me! E continuano a farlo!

«Va bene, ho capito. Vado e lo caccio fuori!»

«Almeno fammi finire, no? Non puoi, Franci. La casa, il babbo l'ha venduta.»

Proprio non ce la fece a trattenersi. Gridò: «Cazzo!» e chiuse. Non sentì lo sbigottimento della madre a una parola che non aveva mai sentito. Non dalla sua Franci.

«Sarebbe stata mia, dice. E l'hanno venduta!»

Poco fuori dal paese prese la strada che saliva ancora, coperta dai rami. Dal finestrino entrava un piacevole fresco.

Almeno la strada non l'hanno massacrata con l'asfalto. Non ancora. È rimasta scassata. Almeno questa! Sto diventando come mia madre: almeno, almeno, almeno...

Le sospensioni cigolavano sui sassi, calpestati da secoli di zoccoli di vacche e schiacciati da ruote di carri carichi, in andata, di grano e, al ritorno, di farina.

Andò tutto bene e guidò un poco più rilassata, forse per l'avvicinarsi di un luogo nel quale aveva vissuto giorni felici. Per ciò fece appena in tempo a evitare una campagnola spuntata da una carrareccia laterale. Sterzò a destra, inchiodò e il muso della C3 si fermò contro un fitto cespuglio di ginestre.

Al volante della campagnola c'era uno in divisa.

Guida con una mano sola, l'incosciente! E non fa una piega.

Infatti, come se nulla fosse, il tipo in divisa sterzò a sua volta, le ruote finirono nella *scolina*, risalirono, e lui fece un gesto con la mano come per scusarsi e continuò la discesa.

«Brutto figlio di puttana!» gli gridò dietro Francesca.

Non fu facile rimettere in strada la Pluriel e, se uno solo degli improperi fosse arrivato a destinazione, il futuro dell'uomo in divisa sarebbe stato drammatico.

Fermò in uno slargo. Si fermava qui anche allora, quando saliva a piedi. Sedeva su un macigno, arrivato sul ciglio chissà come, riprendeva fiato e si godeva la Ca' Storta. Lo rifece. Niente più macigno. Sbriciolato dal ghiaccio degli inverni e portato via dall'acqua. Agli acquazzoni estivi, la strada diventava torrente. Oppure qualcuno aveva pensato di usarlo in altro modo, l'aveva caricato e se l'era portato davanti a casa, come sedile d'arenaria.

A guardarla di lontano, si capiva perché l'avevano chiamata Ca' Storta. La facciata pendeva paurosamente verso monte, come se la mano di un gigante avesse preso a sberle la casa. Il tetto era perfettamente al suo posto e a livello.

«Nonno, prima o poi crollerà» aveva detto un giorno Francesca. «Dopo la chiameranno la Ca' Crollata, no?»

«Tranquilla, Francesca, è sempre stata così» le aveva spiegato il vecchio. «È piantata sulla roccia da secoli e non ha mai tirato una crepa. Neppure con il terremoto del Ventisei» e doveva essere una garanzia.

Chissà poi quale Ventisei. Novecento? Ottocento? O addirittura prima? Non glielo aveva mai chiesto e adesso che la guardava di lontano e se la coccolava, le dispiacque non averlo fatto. Avrebbe voluto conoscerla meglio, saperne di più: chi ebbe l'idea di piantarla in quel luogo, perché obliqua, chi l'abitò, chi ci nacque, chi ci morì...

Ogni vecchia casa, costruita con fantasia e pochi soldi, nasconde segreti. Le case moderne, cemento e vetro, nascondono il nulla. Vuote di storia e fantasia.

Be', a vederla di qua, è messa meglio di come pensavo.

Anche a vederla da vicino era messa meglio di come pensava. Anche se buona parte dell'aia era ancora invasa dai rovi, dalla mulattiera alla porta d'ingresso le erbacce erano state tagliate di recente e lo sfalcio ammucchiato ai bordi, nel posto dove nonno Musolesi sistemava il fieno che non gli era possibile mettere al coperto. *Fèggna* chiamava lui il mucchio di fieno che a Francesca sembrava una collina d'erba, dal centro della quale spuntava, dritto contro il cielo, uno *stollo*, ovvero un pertica, quasi un albero senza rami. Tutto perfetto, non una sbavatura, come disegnato.

«Sei bravo, nonno, a costruire le colline di fieno.»

«Per forza, lo faccio da una vita e ho imparato.» Francesca aveva otto anni.

Francesca guardò l'aia, guardò la Ca' e mormorò: «Non è possibile!».

Anche questa aveva l'aria di essere abitata. Intanto, le erbacce che coprivano gran parte dell'aia erano state falciate tutt'attorno alla casa e, se pure la porta era chiusa, gli scuretti alle finestre erano socchiusi, sia al piano terra che al primo, come se chi ci abitava si preoccupasse di lasciar fuori il caldo di un sole che picchiava forte sulla facciata.

«Vuoi vedere che hanno venduto anche questa?» Ma non ci credeva. Non ci credeva perché nessuno poteva vendere una casa che non gli apparteneva. Nemmeno suo padre, il dottor Bordini. «La Ca' non è sua, accidenti! È mia!»

Per eredità. Gliel'aveva lasciata nonno Musolesi, se pure a voce. Quante volte gliel'aveva ripetuto: «Ricordati, Francesca, questa casa è tua. Capito?».

Anche la casa in paese era sua!

La porta era chiusa a chiave e alle finestre del piano terra c'erano le inferriate. Arrugginite come le aveva sempre vedute.

«È casa mia e voglio entrare!» urlò e prese a pugni e a calci la porta per sfogare la sua rabbia. Non sapeva neppure contro chi.

Fiaccata più dalla delusione che dalla stanchezza, si lasciò scivolare a sedere sull'erba. Avrebbe voluto piangere, ma riuscì solo a mormorare: «Questa non passa!». Si tolse lo zainetto dalle spalle e cercò il cellulare. «Figurati!» continuò a mormorare dopo un'occhiata al display. «Niente campo.» Come al centro dell'aia e ai bordi. Niente campo davanti alla stalla dov'era più aperto verso valle, e dietro, all'ombra della casa. Neppure alla sorgente, ma lo sapeva. La sorgente era chiusa in una piccola gola e stava sotto una roccia. E proprio dalla roccia spuntava un vecchio tubo di metallo arrugginito, conficcato lì chissà quando da un antico abitante della Ca' Storta. L'acqua gelida che scorreva nel tubo faceva formare uno strato di condensa sul metallo. Ombra, muschio e umidità tutt'attorno.

«Non è posto per cellulari» mormorò Francesca.

Lasciò scorrere l'acqua sulle mani e sui polsi. Ne raccolse una manciata e se la passò sul viso tre volte, e se ne andarono stanchezza e delusione. Acqua taumaturgica.

Al diavolo tutto!

Nella stalla trovò un piccone. Fece leva e il legno della porta si stracciò, le viti restarono attaccate alla serratura, Francesca entrò, il piccone in mano (non si sa mai) e si guardò attorno.

«Qui ci abitano.»

I vecchi mobili, tavolo, credenza, sedie, non erano impolverati, come sarebbe stato logico, e niente polvere o sporco sul pavimento. Sulla mensola del camino c'era, pronta per le emergenze, una grossa torcia elettrica con pila carica, come nuova. Nell'angolo cottura c'era il fornello a gas liquido e, sotto il lavello, la bombola che, a quanto ricordava Francesca, stava lì da sempre. Nella vetrina, bottiglie di vino, acqua minerale, scatolette, biscotti...

Al piano sopra, il profumo d'antico che Francesca ricordava bene e i soliti vecchi mobili. Lo stesso letto che "quella donna" teneva ben fatto e pulito, alto e con i *bandoni* di lamiera decorata. L'armadio lasciava uscire ogni volta che lo si apriva il caratteristico odore di naftalina. C'era ancora quell'odore e ancora le piaceva.

Fra tutto quel passato, stonava la sopraccoperta, troppo colorata per un ambiente morbido come la stanza di nonna e nonno.

Il sopralluogo completò l'effetto rilassante provato alla sorgente: la Ca' Storta non si tocca! Troppi ricordi e affetti e Francesca era pronta a ricevere l'intruso. Il piccone a portata di mano.

Capitolo VII

Ispettore Marco Gherardini a rapporto

La stazione della forestale era una delle meglio organizzate e più fornite di mezzi dell'Appennino ai confini fra Emilia e Toscana. Forse perché l'ispettore Marco Gherardini, detto Poiana, si era dannato l'anima per potenziarla. Marco ci teneva al suo territorio, gli voleva bene fin da piccolo, gli piacevano i sentieri e le ampie distese d'erba dei pascoli in altura. Gli piacevano perfino i dirupi inaccessibili, nel mistero dei quali si nascondevano i personaggi della mitologia montanara e quando, per un motivo o per un altro, stava lontano dai luoghi che considerava un po' suoi, non vedeva l'ora di tornare a respirare l'odore del muschio e dei funghi.

Non gli dispiaceva che lo chiamassero Poiana perché lo faceva sentire parte di quella natura. Alle elementari si arrabbiava al soprannome e spesso aveva fatto a botte, ma poi suo padre era riuscito a catturare una poiana e, prima di restituirla al cielo, gliel'aveva mostrata. Gli piacquero gli occhi del rapace, attenti, veloci, sempre in movimento. Gli piacquero il becco, forte come la punta di un pugnale e duro, e gli artigli. Gli piacque soprattutto come se ne volò in alto, appena suo padre lo lasciò, e il verso di libertà che subito emise, quasi un ringraziamento per lo spazio ritrovato.

Da quel giorno non aveva più fatto a botte né aveva protestato quando lo chiamavano Poiana. D'altra parte, avevano chiamato Poiana anche suo nonno.

Suo nonno ce l'aveva, una poiana; non il rapace, ma un vecchio 18 BL, un camion. Alle prime sfarfallate di neve, Poiana il vecchio montava, dinanzi alle ruote anteriori del 18 BL, due lame ad angolo variabile che assomigliavano al becco di una poiana e partiva per lo sgombro della neve dalle strade. Cominciava dalla Statale e passava poi a quelle di minor traffico e, appena i ragazzi sentivano avvicinarsi il rumore del 18 BL, correvano a vederlo passare gridando: «La poiana! C'è la poiana!».

Marco Gherardini non poteva che diventare forestale: il solo modo per vivere vicino al suo mondo. Che voleva conservare, che voleva in ordine, e per questo era necessario che la forestale avesse i mezzi per provvedere. Appena preso possesso della stazione, due anni prima, non aveva smesso di tormentare il comandante provinciale prospettandogli la situazione drammatica della zona e dichiarando, senza mezzi termini e per iscritto, che in caso di incidenti le responsabilità sarebbero ricadute su chi non lo avrebbe messo in condizione di operare.

Per la verità, i rischi erano tanti e gravi. A cominciare dalla vastità di un territorio per anni abbandonato a se stesso: il pericolo di slavine, frane e torrenti, in piena a ogni pioggia appena sopra la norma, era all'ordine del giorno.

In estate c'era da tenere d'occhio una quantità di villeggianti che se ne andavano a spasso per i monti con la stessa attenzione con la quale viaggiavano sotto i portici di Bologna o in piazza della Signoria, a Firenze. Era già accaduto che l'ispettore e i suoi fossero stati in giro notti intere per recuperare villeggianti sperduti nei boschi e più abituati alla sedia dell'ufficio che ai sentieri. Due c'erano anche rimasti, lassù, dove si dovrebbe andare solo sapendo che la montagna non dà confidenza a nessuno, neppure a chi la conosce, o crede di conoscerla.

C'era poi il proliferare degli animali, cinghiali, daini, caprioli e, di recente, anche cervi, che in primavera e in estate scorazzavano ovunque, senza timore dell'uomo e creando gravi pericoli sulle strade. D'inverno, gli stessi animali rischiavano di morire per fame, se la stagione era particolarmente fredda e nevosa, e dovevano quindi essere sorvegliati e foraggiati.

L'aumento degli animali di stazza aveva avuto come conseguenza l'aumento del bracconaggio per scopi alimentari ma anche per autodifesa da parte degli ormai pochi agricoltori e allevatori. In aumento era pure il bracconaggio nella pesca, specie dopo che alla forestale era stato affidato l'allevamento in quota per il ripopolamento dei fiumi. Per quest'ultimo bracconaggio era in corso una specie di gara fra bracconieri e forestali. In paese si spargeva la voce delle continue ruberie agli allevamenti statali, nonostante la sorveglianza degli agenti dell'ispettore Gherardini.

Ancora: sorveglianza e controllo nella raccolta di funghi, tartufi, frutti d'alta quota come mirtilli e lamponi, tutti a rischio estinzione. L'ispettore e i suoi dovevano occuparsi anche della cura di animali feriti e rilasciati dopo la guarigione; di blocchi stradali per la lotta al traffico di animali vivi, morti o imbalsamati – pratica, quest'ultima, in continuo aumento per la richiesta di animali da esporre in salotto. Con il cattivo gusto classico di chi sostiene di amare la natura mentre in realtà contribuisce a ucciderla.

Alle continue instancabili richieste di mezzi e uomini dell'ispettore Gherardini, il primo dirigente dottor Baratti aveva sempre risposto che non aveva né quelli né questi, fino a quando l'ispettore non aveva messo in gioco il problema della diga.

«C'è la questione della diga, dottor Baratti.»

«Non mi tirare fuori la diga, adesso! Sono problemi dell'Enel...»

«Anche nostri» lo aveva interrotto l'ispettore. «Sono convinto che non succederà mai niente, ma sarebbe bene che la tenessimo d'occhio anche noi, dottore» e il dirigente aveva capito di essere stato messo all'angolo dal suo ispettore preferito. Infatti era stato proprio lui, Baratti, a volerlo in quella stazione della forestale. E proprio per la diga, che per la sua vetustà era bisognosa di continua sorveglianza anche da parte della forestale. Un dovere di onestà professionale.

Dell'ispettore Marco Gherardini, il dottor Baratti si fidava e si era aspettato che prima o poi gli avrebbe posto la questione. Aveva temuto quel momento. Era arrivato.

«Ho capito, ho capito, ma devo dirti che non mi piacciono i ricatti» e si era attaccato al telefono.

Quel giorno Gherardini era tornato in sede con la certezza che le cose sarebbero cambiate. Cambiarono. Il dirigente gli assegnò una Land Rover, una ricetrasmittente nuova di zecca, una serie di modernissimi flessimetri da applicare nei punti strategici della diga. Ci aggiunse un'autobotte sempre carica d'acqua e pronta a partire. Non serviva per la sorveglianza alla diga, ma il dottor Baratti aveva voluto strafare. I mezzi si andarono ad aggiungere alla vecchia campagnola, la più usata per la sua adattabilità al terreno e da chissà quanti anni in viaggio lungo i sentieri della montagna.

Nel giro di due mesi arrivarono a Gherardini tre agenti e una lettera: "Non ti voglio vedere nel mio ufficio per almeno un anno". Niente intestazione e niente firma, ma l'ispettore sapeva bene da chi veniva. Rispose con altra lettera: "Dottor Baratti, mi rivedrà quando sarà lei a mandarmi a chiamare. Grazie per l'autobotte. Marco".

I tre nuovi forestali erano: Ferlin Valentino, allievo agente, di anni ventidue, da Erto; Goldoni Giuseppe, agente, di anni trentasei, da Riola di Vergato; Radici Carlo, agente, di anni quarantotto, da Vignola. I tre andarono ad aggiungersi al sovrintendente Farinon Clemente, di anni cinquantanove, anche lui da Erto, e in servizio presso la stazione da così tanti anni da aver imparato a memoria la zona. Come l'aveva imparata Marco Gherardini, ispettore, di anni ventotto, nato e cresciuto fra quelle montagne che amava e voleva conservare il più a lungo possibile.

Non premette il pulsante accanto alla porta dell'ufficio che riportava: "Dottor Baratti Eugenio, primo dirigente. Annunciarsi". Bussò. Tre colpi leggeri, discreti, come faceva ogni volta che si presentava al superiore, e immediatamente: «Entra, entra, Gherardini» gli rispose quello.

Stava telefonando e fece segno all'ispettore di sedersi. Sbrigò la telefonata e prese una sigaretta dal pacchetto sul tavolo. Ne offrì una anche al subalterno, che rifiutò indicando con il capo il cartello appeso al muro, dietro la scrivania. Il dottor Baratti si strinse nelle spalle. «Per questo l'ho fatto appendere dietro, per non vederlo.» Accese e: «Gherardini, cos'è sta storia del cinghiale con un piede in bocca? Per telefono non ho capito un accidente».

Alla fine dei chiarimenti il dottor Baratti aveva finito anche la sigaretta. Chiese: «E noi che c'entriamo? Fai una relazione e la consegni al maresciallo Cruenti. È compito suo, no?».

«Veramente, dottore, vorrei occuparmene io. La forestale ha le stesse prerogative e compiti delle altre forze dell'ordine ed è autorizzata a svolgere indagini...»

«... qualora se ne ravvisi la competenza e la necessità» completò Baratti. «Che fai, mi insegni il mestiere? Lo so anch'io, ma non vedo la necessità.» Si rilassò sulla poltrona, convinto che la cosa sarebbe finita lì. «E la vecchia come sta?» Ormai tutti chiamavano così la diga.

«Si difende, dottore, si difende.»

«Allora, se la vecchia si difende, è tutto a posto», ma il disappunto del suo ispettore era evidente. «Insomma, si può sapere perché ti vuoi caricare di un'altra grana? Non ti bastano quelle che hai? Lascia che se ne occupi quel coglione di Cruenti, è compito suo.»

«So come finirà, dottore. Incaricherà l'appuntato Abbuono Pasquale di dare un'occhiata in giro, quello non vedrà le impronte di scarpe all'*insoglio*. Cinghiale e piede verranno archiviati come frutto di un bicchiere di troppo. Non va, dottore» e si chinò verso il superiore. «Lei crede alle sensazioni, dottore. Me lo ha sempre ricordato: "Quando vi trovate in mezzo ai boschi, fidatevi delle vostre sensazioni". È questo, no? Io sento a naso che la faccenda non va» e si sfiorò la punta del naso con le dita. «Si fidi, dottore. Adùmas non è tipo da parlare a vanvera. È uno che parla poco e malvolentieri. Poi, come ho detto, le impronte...»

«Gherardini, tu hai un difetto: sei testardo. Ti ripeto: è problema dei carabinieri. Che se ne occupino loro», ma continuando a vedere l'insoddisfazione del subalterno: «Ho capito» concluse, «anche se te lo ordino, tu andrai per la tua strada.» Ci pensò su e trovò una soluzione. «Facciamo così: passi il tuo rapporto al maresciallo Cruenti e vediamo dove arriva. Ti prometto che se non sarai soddisfatto dei suoi risultati, vedrò di convincere il magistrato a passarci l'inchiesta per un approfondimento.» Sorrise all'assenso, anche se stentato, del suo ispettore. «Oh, sempre più testardo, tu, eh?»

L'ispettore era già oltre la porta e il dirigente gli disse ancora: «Sai che c'è, Gherardini? C'è che se vai avanti così, farai poca carriera, tu».

«Mi basta quella che ho fatto, dottor Baratti» e rimise dentro il capo per concludere: «Grazie, ma lei si ricordi che io ricordo le promesse.»

«Lo so, accidenti a te! Lo so! E adesso sparisci!»

Capitolo VIII

Adùmas non ci sta

Era un tipo cocciuto, uno che se gli entrava una cosa in testa non gliela tiravi via neanche a colpi di mazza, diceva lui di se stesso. E aggiungeva: «Me lo metterete nel culo perché c'è il buco, ma non in testa».

Non che lo preoccupassero più di tanto le prese in giro di quelli della trattoria. "Di quelli e delle loro battute me ne faccio un *breve*, cioè meno che niente" pensava, ma lui il piede in bocca al cinghiale l'aveva visto, l'aveva visto sì, altro che balle! E non era stata una cosa da archiviare nel cassetto dei ricordi.

«O eri ubriaco o chissà cosa hai creduto di vedere» lo sfottevano.

No, no, il piede c'era, eccome se c'era!

Così era tornato nel bosco, per riguardare il posto dell'imboscata alla bestia "e senza quel rompiballe del forestale attorno ai piedi". La salita a piedi (aveva lasciato l'utilitaria in basso, nel solito posto) era stata faticosa e il sudore cominciava a scendergli a gocce dalla fronte sul collo e gli bagnava la camicia sotto le ascelle e sulla schiena.

Fece una sosta seduto su un ciocco di castagno, tirò fuori un fazzolettone e si asciugò come poteva. Si accese una sigaretta, tossì maledicendo il vizio del fumo e intanto andava rimuginando cose che si era ripetuto ormai un'infinità di volte e, se in pubblico Adùmas non era uno di molte parole, da solo si parlava spesso addosso.

«Dunque, cosa mi aveva chiesto, Poiana? "Indossavi quegli anfibi?" Che bisogno c'era di chiederlo? Sempre, quando vado nel bosco, lo sa benissimo. Poi non ha più detto niente, solo di dimenticare la faccenda.» Imitò fra sé in falsetto la voce dell'ispettore. «"Di' che non ti ricordi nessun cinghiale e nessun piede." Sì, così mi prendono anche per rimbambito. Coglione! "Indossi sempre quegli anfibi?" Vaglio questi boschi da quando tu eri alto così, cosa credi? E li conosco meglio delle mie tasche, bischero, ho visto anch'io che c'erano delle impronte di scarponi, giù, all'*insoglio*, e non erano le mie. Scarponi di uno abituato ad andare per boschi, quelli. E io sono sicuro che quando sono venuto alla posta, quel maledetto giorno, all'*insoglio* non c'era nessuna impronta. Dopo che me ne sono andato c'è stato qualcun altro a raspare, a cercare. Ma chi, e perché? E che c'entra, o c'entrano, col cinghiale con un piede in bocca?»

Si alzò, gettò la cicca spegnendola sotto al piede e si avviò alla pozza. Si accorse subito che quella notte c'erano già passati i cinghiali e non vide, nel fango voltato e rivoltato, nessuna orma di scarpa.

«C'era e non c'è più.» Scosse il capo e si allontanò dopo un'altra occhiata attorno. «Andiamo pure, Adùmas, che ci guardiamo in giro. È inutile star qui ancora, non c'è più niente da spartire.»

Prese uno stretto sentiero che, dopo un quarto d'ora, si immise in una mulattiera che era però da tempo abbandonata; crescevano, ai bordi, ciuffi gialli di ginestra dei carbonai e, in mezzo alla massicciata, spuntavano cespugli di rovi e novelle pianticine di càrpine, ornello e robinia che ostacolavano il passaggio. I muretti laterali di sostegno erano qua e là crollati e si scorgevano le piste dei cinghiali come ferite nel bosco che franava verso i castagneti malati a valle.

«Sembrano passati cent'anni da quando la gente di qui

teneva i boschi come giardini di casa. Oggi il mondo va così» mugugnò con un certo rimpianto.

Arrivò ansando al culmine della salita e, dopo una piccola erta punteggiata da castagni secolari, tronchi che dieci uomini avrebbero abbracciato a fatica, apparve il borgo: Pastorale. Un gruppo di una ventina di case, completamente abbandonato. O quasi, perché testardamente e al di fuori delle moderne regole del vivere, in una delle case si ostinavano ad abitare madre e figlia, vedove entrambe, senza acqua corrente, senza luce elettrica. Il sindaco del capoluogo del Comune montanaro, ben lontano dal borghetto, un giorno era andato a trovarle. All'epoca era sindaco il Pieri, attuale titolare dell'agenzia Sull'Appennino Le andò a trovare e disse loro:

«Capisco d'estate, ma se d'inverno, con la neve, il ghiaccio, il freddo e tutto, voi due donne sole vorreste venire giù in paese, una casa vi si trova, senza problemi, pensateci. Poi, magari, ci prendete gusto e vi sistemate con noi, in paese, anche d'estate.»

Le due vedove si ritirarono, confabularono, ci pensarono e dissero al sindaco: «Grazie, ma restiamo qui. Sa, siamo abituate alle nostre comodità».

Comodità che Adùmas notò subito, entrando in Pastorale, scorgendo qua e là i mucchietti di polvere di carburo esausto, che erano serviti ad alimentare le lampade ad acetilene, eredità di qualche parente minatore o nella Belgique o nell'America del Nord, e unica possibilità di luce.

Conosceva le due donne, erano in qualche modo, *in qualche modo* inteso alla maniera montanara, sue lontane parenti; sapeva che, un poco inselvatichite dalla solitudine, erano sospettose e timorose nei confronti di chi, per qualunque e forse inutile motivo, fosse passato da lì.

Un paio di galline gli razzolarono fra i piedi chiocciando. Scorse, dietro ai vetri di una finestra, il rapido alzarsi e abbassarsi di una tendina.

La maggior parte delle case attorno era crollata e non vi era segno di vita; fra le rovine crescevano ortiche e altre piante infestanti, ma quella casa era abbastanza ben tenuta e, di fianco, aveva un piccolo orto. Sedette su un sasso dall'altra parte della strada, di fronte alla porta di casa delle due vedove: sapeva che se avesse bussato, non avrebbe avuto risposta. Sedette e si accese una sigaretta.

«Beatrice!» urlò. «Genoveffa, venite fuori, sono Adùmas!» Non successe niente. Diede un calcetto a una gallina che gli becchettava fra i piedi e prese tempo. Finì la sigaretta, la spense, sospirò e tornò a gridare: «Donne, ooo, donne, non fatemi perdere tempo, sono Adùmas e ho bisogno di parlarvi».

Si schiuse la porta sul cui architrave si vedeva ancora uno stemma scolpito nell'arenaria, consumato dal tempo, segno forse di una remota nobiltà d'origine longobarda; fra le ante socchiuse apparve il viso di una donna ancora giovane, nonostante il volto recasse i segni di una vita non facile. La donna sorrise.

«Ah, sei tu, Adùmas. Buongiorno, com'è?»

«Buongiorno a te, Genoveffa. Finché ci si vede va bene. Dov'è tua madre?»

Genoveffa uscì e alle sue spalle s'intravide un'altra donna più anziana. «Eccomi, eccomi, cos'è tutta sta fretta? E in quanti siete, stamani, che ne sono già passati altri due!»

«Sono già passati altri due? E chi erano, Beatrice? Cosa facevano? Dove andavano?»

«Quante di quelle domande tutte in una volta! Cosa vuoi che ne sappiamo noi di chi erano e cosa facevano e dove andavano? Erano due e hanno preso il sentiero che porta all'Alpe» e per lei la storia dei due sarebbe finita lì.

«All'Alpe? E che ci si va fare su all'Alpe che non c'è né uomo né animale, ma solo della sterpaglia neppure buona per le capre?»

«Prima, però» completò l'informazione Genoveffa, «hanno fatto delle fotografie a tutte le case di qui. Cos'avranno mai da fotografare delle case?»

Adùmas si guardò attorno: di case degne del nome, a Pastorale ce n'eran rimaste poche. Macerie sì, tante, e qualche tetto ancora in bilico. Disse: «Saranno stati di quei matti che si divertono a faticare sui sentieri. Ma gente diversa, magari uno che frugava, cercava, come per andare a funghi, l'avete visto?».

Le due vedove si guardarono, scuotendo entrambe la testa, all'unisono. Poi: «No, noi s'è visto solo quei due» disse Genoveffa, la più giovane.

«Mi meraviglio di te, Adùmas» aggiunse Beatrice. «Da quand'in qua si va a funghi per le strade del paese?»

«Non dico qui, ma dietro casa voi ci avete un bel bosco dove i funghi ci fanno.»

«Ci facevano, ci facevano. Adesso neanche l'ombra» lo interruppe Beatrice. Adùmas sapeva che non era così: ce ne facevano di funghi, e come! Ma la vecchia non gradiva gente fra i piedi e i funghi, se c'erano, li andava a raccogliere lei. Infatti si spazientì: «Poi funghi adesso non ne fa più, tu dovresti saperlo, Adùmas».

«Quando fanno» aggiunse Genoveffa quasi per mitigare la rudezza della madre, «noi si va un po' in giro, ma dopo la prima buttata» e si soffiò sulle dita e allargò le braccia a mano aperta come a dire: "Spariti, svaniti, 'chiàppali i funghi, se sei buono".

«Siete sicure che, oltre a quei due, non s'è visto altro?»

«Che altro e altro, cosa?» rispose spazientita Beatrice. Poi fece un cenno che poteva sembrare un saluto e tornò in casa. «Genoveffa, sbrigati che c'è da finire la marmellata!» gridò da dentro.

La figlia era di una pasta più tenera e le visite, anche se improvvise come quella di Adùmas, le gradiva: almeno le davano modo di far due chiacchiere con persone che non fossero la madre.

«Ma cosa cerchi di preciso, Adùmas? Chi è che si doveva vedere da ste parti?»

«Niente, niente Genoveffa, una cosa da poco, un giorno poi ti spiego» e si allontanò agitando la mano, inseguito da un tardivo invito.

«Possiamo offrirti qualcosa, un bicchiere di vino, un caffè?»

«Un'altra volta, ora devo proprio andare.»

Salutò ancora con la mano, ormai di spalle, mentre Genoveffa gli gridava dietro: «Torna a trovarci!».

Adùmas annuì e Genoveffa raggiunse la madre che riprese a brontolare.

Scendendo per la mulattiera anche Adùmas borbottava: «Non s'è visto nessuno. Devo cercare più giù. Cercare cosa, poi? Il piede? Chissà che fine ha fatto. Magari se l'è mangiato il cinghiale» e cercando delle risposte che non sapeva darsi arrivò di nuovo sul sentiero e si guardò attorno.

«Ma cosa cerco, che non so neanche cosa? Qua, altro che ago nel pagliaio. Ma se c'era un piede, e c'era, a qualcosa doveva pur essere attaccato. Ci vuole un colpo di fortuna, come vincere alla lotteria.»

Prese verso il fosso e verso la pista del cinghiale, guardando attorno, sotto i cespugli, con un bastoncello che s'era procurato perché, come sapeva bene, "mai frugare con le mani". Anche se i cinghiali le avevano in buona parte sterminate, sai mai?, andare a incocciare una vipera...

Sentì un rumore, più in basso a destra e si fermò. Fra la vegetazione qualcosa si muoveva con una certa precauzione. Ascoltò per capire cosa. "Non è un animale a quattro zampe. Questo, di zampe, ne ha solo due" e si nascose dietro un castagno. Il rumore si avvicinò e intravide, fra le ramaglie e i cespugli, un poco più in basso, un uomo camminare chino, come se stesse cercando qualcosa. Come aveva fatto lui fino a poco prima.

«Quello, quello mi par di conoscerlo» e, com'era accaduto per la posta al cinghiale, il ramo sul quale aveva posato il piede si spezzò. Nel silenzio del bosco, il rumore suonò secco e chiaro e Adùmas, anche stavolta, bestemmiò fra i denti.

L'uomo chino dietro le ramaglie aveva inteso il rumore del ramo spezzato: si bloccò per un istante e poi si buttò giù, nel grotto che gli stava a destra.

Adùmas uscì da dietro il castagno e si gettò nell'intrico, seguendo il leggero rumore che la corsa dell'altro produceva sul terreno del sottobosco. Per un po' lo sentì e poi di colpo cessò.

«Non sei lontano» borbottò. «Adesso vengo e ti stano», ma per quanto cercasse e frugasse non lo stanò, come aveva promesso. Conosceva bene la zona e sapeva che non c'erano anfratti o buche o grotte nelle quali sparire.

«Dove sei finito?» gridò. «Tranquillo, so chi sei e non mi scappi. Prima o poi t'agguanto!», ma anche l'ultima minaccia risuonò vana nel silenzio. S'era chetato ogni rumore.

Bestemmiando per la giornata nata e proseguita storta, Adùmas arrivò di nuovo all'*insoglio*, che trovò come l'aveva lasciato. Andò verso la tana cercando con più attenzione e dopo un quarto d'ora arrivò nel punto in cui, lo sapeva, c'era la *rimessa*.

«Se era qui, l'ha già abbandonata. I cinghiali sono animali sospettosi, ci mettono poco a sentire puzza d'uomo nei loro paraggi.»

Nell'intrico della vegetazione non vide nulla ma, chinandosi, gli sembrò di annusare odore di selvatico. Si mise carponi e strisciò nel piccolo varco fra un masso e la vegetazione.

«Accidenti agli spini, i cinghiali se ne sbattono bene di bucarsi la cotenna che hanno, ma io, qui, mi riduco come un *ecce homo*» e, rimanendo a quattro zampe come un animale, si guardò attorno. Niente. Bestemmiò, rinculò e si tirò fuori dalla vegetazione.

Con poche speranze riprese a cercare e fu passando accanto al secolare, enorme castagno cavo che vide qualcosa. Non erano foglie, non sasso e non terra. Prese fuori il coltello, lo aprì e si chinò a pochi passi dalla base del castagno. Con la lama mosse le foglie e un po' di terra attorno all'oggetto e finalmente un ghigno gli distese il volto. «Ci sei, dunque!»

Tagliò due rametti, li appuntì e li piantò in terra, attorno alla cosa che ormai si distingueva, la raccolse e si rialzò. Guardò soddisfatto il suo trofeo e: «Il piede no, non l'ho trovato, ma qualcosa ho trovato, Maremma cane! Qualcosa che vale un piede».

Capitolo IX

Fra maresciallo e ispettore non corre buon sangue

Mentre Adùmas si rigirava fra le mani il prezioso reperto e bestemmiava la Maremma, l'ispettore Gherardini suonava alla porta della caserma dei carabinieri. Non s'era messo in divisa per essere il meno ufficiale possibile: sapeva della suscettibilità del maresciallo Cruenti.

Mai nome fu più appropriato. Arrivato da un paio d'anni – veniva dalle Marche –, aveva sostituito il precedente maresciallo andato in pensione. Si era presentato subito ai paesani facendo intendere a "questi montanari che credono di fare i furbi" di che pasta lui fosse fatto e i montanari non avevano faticato ad abituarsi ai suoi metodi. Aveva cominciato con lo schedare i non residenti, primi fra tutti gli extracomunitari. A chi non aveva il permesso di soggiorno aveva consegnato il foglio di via e, per maggior sicurezza, lo aveva caricato sul cellulare e lo aveva trasferito in un centro di raccolta. Alcuni erano stati costretti a lasciare un lavoro al quale tenevano e poco tempo dopo il maresciallo Cruenti se li era ritrovati fra i piedi. Li aveva convocati in caserma, ne aveva controllato la posizione e aveva rispedito al Paese d'origine, con ordinanza di espulsione immediata, chi non aveva trovato in regola. Aveva sopportato chi aveva trovato in regola facendogli intendere che al primo guaio combinato, l'espulsione, per lo meno dal paese, era assicurata. E non per un centro di raccolta, questa volta.

Com'era naturale, alcuni paesani si erano rallegrati della severità del nuovo maresciallo; in altri si era rafforzata la convinzione che, nel corso dei decenni, i carabinieri non erano cambiati. Così andava il mondo e così va.

Venne ad aprire l'appuntato Abbuono. «'Sera, Pasquale, c'è il maresciallo?»

«S'accomodi, ispettore» e l'appuntato accompagnò il forestale nella saletta d'attesa. «Avverto subito il maresciallo» e provvide.

Il maresciallo si fece attendere, com'era sua abitudine, e da chissà quanto stava facendo attendere la ragazza che Gherardini trovò seduta nella saletta. A giudicare dal nervosismo che dimostrava, si sarebbe detto da molto. Accavallava le gambe, le ricomponeva subito dopo; sfogliava distrattamente la rivista "Il Carabiniere", la ributtava sul tavolino...

«Ci vuole pazienza, signorina» mormorò l'ispettore.

La ragazza lo guardò, lo ignorò e tornò alla rivista. Poi, come se avesse ricordato qualcosa, la tralasciò per guardare di nuovo l'ispettore, abbastanza a lungo, questa volta, perché lui le sorridesse. Lei non ricambiò e, come a voler dire "lasciami in pace", s'alzò e andò alla finestra. Non c'era nulla, là fuori, che valesse la pena se non il cortile della caserma, due auto dei carabinieri, e il muro dell'asilo che impediva di vedere oltre; eppure là rimase, la schiena ostinatamente girata al nuovo arrivato.

Il maresciallo uscì dal suo ufficio. «Gherardini, a cosa debbo l'onore?» disse.

«Sempre ironico il nostro maresciallo» e Gherardini indicò la ragazza che, all'entrata del maresciallo, si era girata, pronta per essere ricevuta. «Faccia con la signorina. Mi pare piuttosto impaziente.»

«I giovani sono sempre impazienti, ma devono imparare che non tutti sono a loro disposizione. Poi, prima le forze dell'ordine. Sono sicuro che la signorina capirà.»

Evidentemente la "signorina" non capì e infatti borbottò: «Se lo dice lei» e, sempre più indispettita, tornò a guardare il cortile mentre il maresciallo ripeteva: «A cosa debbo l'onore?».

L'ispettore indicò ancora la ragazza e mormorò: «Forse dovremmo parlarne nel suo ufficio, maresciallo».

«Allora, di cosa seria si tratta!» ironizzò il maresciallo. «Quand'è così...» e tornò in ufficio.

Nel seguirlo Gherardini passò dietro la ragazza e le sussurrò: «Non se la prenda che c'è di peggio».

La ragazza si voltò e, a giudicare dallo sguardo, lo avrebbe volentieri pugnalato. Ma non lì, non in una caserma dei carabinieri. Magari alla prossima occasione.

L'incontro fra ispettore della forestale e maresciallo dei carabinieri cominciò subito male: appena l'ispettore accennò al piede che Adùmas asseriva di aver visto fra le fauci del cinghiale, il maresciallo Cruenti lo interruppe con un: «Ma come? È una vita che conosci quel vecchio ubriacone e ancora credi alle sue fantasie?».

«Adùmas non è un ubriacone. Qualche bicchiere, come tutti...»

«No, caro Gherardini, non come tutti. Io, per esempio, non bevo.»

L'ispettore avrebbe voluto rispondere: "Peggio per lei, maresciallo". Non lo fece ricordando i consigli del suo capo, il primo dirigente Baratti. Gli costò rispondere semplicemente: «Ritengo che il fatto andrebbe approfondito».

«Gherardini! L'ho sentita, l'ho sentita la storia del piede e del cinghiale, ma dentro di qua e fuori di qua» disse il maresciallo toccandosi prima l'orecchio destro poi il sinistro.

«Anche il dottor Baratti mi ha consigliato di parlarne con lei.»

«Ma come? Hai disturbato il dottore per una sciocchezza simile! Gherardini, Gherardini!», ma il fatto che la notizia fosse arrivata già in alto lo costrinse a un'assicurazione che non avrebbe voluto dare. «D'accordo, d'accordo: incaricherò l'appuntato. Stammi bene, ispettore» e mentre l'ispettore lasciava l'ufficio mormorò: «In un paese di pazzi, sono capitato.»

L'ispettore l'intese e non gliela lasciò passare. «Maresciallo, a volte i pazzi non sono così pazzi come crediamo, tu dovresti saperlo.»

Cruenti ignorò l'ironia e il confidenziale tu. «Appuntato, fa' passare la signorina!» gridò senza spostarsi dalla scrivania.

La ragazza e l'ispettore s'incrociarono. Lui le sussurrò: «Scusa se ti sono passato avanti. Non è stata colpa mia. Ti offro da bere al bar».

«Crepa!» disse, anche lei sottovoce.

Intanto il maresciallo Cruenti la riceveva così: «Avanti, signorina, avanti».

La ragazza l'aveva mandato al diavolo e non l'avrebbe raggiunto al bar, ma lui ci andò lo stesso. Una birra gli avrebbe fatto passare l'incazzatura da maresciallo. Si sistemò a un tavolino, fuori, sotto un ombrellone. Non era per niente soddisfatto, anche se se l'aspettava. Il maresciallo non gli aveva neppure chiesto su cosa si basasse la sua convinzione nella buona fede di Adùmas. Meglio così: gli restavano delle informazioni che avrebbe usato lui, nel caso...

«Che prendi?» gli urlò da dentro Amdi.

Urlò anche Gherardini: «Birra alla spina!».

Amdi uscì e gli si avvicinò. Chiese: «Birra?».

«Così ho detto. Anzi, l'ho urlato.»

Amdi gli sorrise: «Muovere le gambe. Sempre dietro il banco. Due palle». Aveva assorbito rapidamente il linguaggio dei giovani. «Allora, birra?»

«Fanculo, Amdi!»

«Oggi la forestale ha le sue cose» e l'extra rientrò. Poi, in silenzio e serio, tornò dopo poco a posare dinanzi all'ispettore il bicchiere appannato.

«Non fare l'offeso, Amdi, che non ti crede nessuno.»

«Poiana, Poiana, hai poco rispetto per il povero Amdi» e se ne tornò dietro il bancone.

Gherardini mandò giù una buona metà di birra, ma non la gustò come avrebbe voluto. Sullo stomaco aveva l'incontro con il maresciallo. Sapeva come sarebbero andate le cose. Il maresciallo non si sarebbe mosso dall'ufficio e avrebbe mandato l'appuntato, Pasquale Abbuono a dare un'occhiata in giro e a chiedere qua e là.

A chiedere cosa? Se a uno di Casedisopra fosse sparito un piede? O se un villeggiante lo avesse perduto durante una passeggiata nei boschi?

Il maresciallo avrebbe lasciato passare un paio di settimane e poi avrebbe chiuso ufficialmente l'inchiesta. Nel verbale, le preoccupazioni dell'ispettore della forestale Marco Gherardini sarebbero apparse ridicole agli occhi dei superiori. E non ci avrebbe fatto una bella figura.

Meglio così: avrebbe trovato lui il proprietario di quel maledetto piede. Anzi, avrebbe trovato il piede e a Cruenti glielo avrebbe ficcato... sapeva lui dove.

«Scommetto che scriverà: "L'ispettore Gherardini si è dimostrato eccessivamente preoccupato per una chiacchiera di paese nata senza alcun dubbio dalle fantasie di un individuo noto a tutti per essere dedito all'alcol". Gli piacciono molto le espressioni "eccessivamente", "chiacchiera di paese" e "dedito all'alcol". Appena ne ha l'occasione, le usa. Spesso a sproposito. Del nostro paese non ha ancora capito nulla.»

«Sei messo male, forze dell'ordine.» In silenzio, la ragazza della sala d'attesa gli era arrivata alle spalle. «Parli da solo come un vecchio arterio.» Un'altra occhiata al bicchiere: «Birra: dove vivi?». L'ispettore fece un gesto con le mani per indicare il paese, quello che stava attorno al paese e poi la sedia al suo tavolo.

«Ce l'ho con il maresciallo» disse.

«Anch'io: un coglione. Dove l'avete trovato?»

«Ce l'hanno spedito. Cosa bevi?»

«Prima voglio sapere quale forza dell'ordine offre.»

«Ma quale forze e quale ordine. Stai fresca se ascolti il maresciallo.»

«Capito: servizi segreti. Con certa gente io non siedo e non bevo.»

«Forestale.»

L'informazione la colpì. Guardò bene in viso l'ispettore e poi: «Mi pareva di averti già visto. Se ti metto addosso la divisa, berretto compreso...». Rifletté e poi: «Sì, sei proprio tu!». Il forestale la guardava senza capire. «Non fare il furbo. Per poco non mi hai sfasciato l'auto, ieri. È il modo di guidare?»

«Eri tu! Come t'è venuto in mente di salire lassù? Con quel giocattolo, poi, proprio adatto per i sentieri di montagna. Che cavolo ci facevi verso la Ca' Storta?»

Finalmente la ragazza sedette. «Andavo a casa mia. Mi chiamo Francesca Bordini.»

«Io Marco.»

«E poi?»

«Gherardini. È importante?»

«Che c'entra Poiana?»

«Come sai che mi chiamano Poiana?»

«L'ha detto il maresciallo al suo attendente...»

«Si chiama appuntato.»

«È la stessa cosa. Allora, che c'entra Poiana?»

Prima di rispondere Marco Gherardini offrì il suo bicchiere e Francesca sorseggiò.

«È una storia lunga e complicata. Te ne parlerò un'altra volta. Così sei la figlia del dottor Bordini.»

«Lo conosci?»

«Se è per questo, conosco anche te. Sei sua figlia. Ti ho vista che eri una ragazzina...»

«Io non mi ricordo di te» lo interruppe lei.

«Per forza, eri presuntuosa e non te la facevi con quelli del paese, con i montanari.»

«Balle, ho avuto amici villeggianti e amici di qui e non mi ricordo di te.»

«Me ne sono andato presto dal paese, alla scuola della forestale, e quando sono tornato ho cominciato a trattare con daini, caprioli, cinghiali e, più pericolosi, con i bracconieri.»

«A proposito di cinghiali» lo interruppe lei. «Cos'è la storia del cinghiale con il piede in bocca che ha fatto incazzare il maresciallo? Me l'ha menata per un quarto d'ora prima di ascoltare quello che ero andata a dirgli.»

«Altra storia lunga e complicata.»

Francesca vuotò il bicchiere e lo restituì: «Sei troppo lungo e complicato per i miei gusti».

«Che sei andata a fare dal maresciallo?»

La ragazza lo guardò in silenzio, ci pensò e poi: «È una storia lunga e complicata».

«Abbiamo tempo.» Fece segno d'avvicinarsi ad Amdi, che li teneva d'occhio, e chiese a Francesca: «È ora di cena, cosa prendi?».

Mangiarono pane e salumi. E due birre: «Scure» aveva ordinato Poiana senza chiedere a Francesca.

«Chi ti dice che mi piace scura?» aveva chiesto lei. Non aveva avuto risposta, ma aveva gradito la birra scura.

Prima di salutarsi, Poiana sapeva quasi tutto di Francesca. Anche che era andata dal maresciallo a denunciare la presenza di sconosciuti alla Ca' Storta...

«Di mia proprietà» aveva precisato.

«Sconosciuti. Come fai a dirlo?»

«Se no, come si spiega che la casa, abbandonata da anni, è in ordine e pulita come se fosse abitata?»

«Ci sono tanti pellegrini che girano per i boschi» le spiegò Poiana.

«Che pellegrini?»

«Per esempio, gli elfi, come si chiamano fra loro. Sai, quelli che hanno abbandonato la vita, come dire?, normale, per ritirarsi a vivere a contatto con la natura. Ce ne sono diverse comunità, ora, disperse fra questi monti. Poi, sempre per esempio, qualche extracomunitario che non ha ancora un posto dove dormire. Per esempio...»

«Basta così. Voglio sapere chi entra in casa mia. Io ci devo dormire, alla Ca' Storta.»

Fu allora che Poiana le diede un altro dispiacere. «A quanto ne so, sei tu che stai in casa d'altri.»

«Sarebbe a dire?»

«Mi risulta che sia in vendita. Anzi, mi risulta che sia già stata venduta.»

«Chi te l'ha detto?»

«In paese, le cose si sanno.»

Francesca lo guardò male e: «Chi l'avrebbe comperata?». Poiana si strinse nelle spalle. «Chi?» insisté lei. Cominciava ad arrabbiarsi. «Nome cognome e indirizzo, visto che in paese le cose si sanno!»

«Non prendertela con me, signorina» le rispose secco l'ispettore. Lo infastidiva il tono prepotente di Francesca, classico dei giovani abituati male da una famiglia troppo ricca.

Francesca si alzò facendo cadere la sedia. «Signorina lo dici a tua sorella.»

«Mi spiace, figlio unico. E non te la prendere con me. Rivolgiti al Pieri.»

«Chi sarebbe?»

«Agenzia immobiliare Sull'Appennino» e aggiunse, con il tono sconsolato di chi non intravede speranze: «Altro bel tipo.»

«Lo farò» e se ne andò senza salutare.

«Ci rivediamo?» le gridò dietro Poiana. Senza voltarsi, lei sollevò la mano destra con il medio alzato. «Vuol dire sì?» chiese lui, sempre a voce alta.

Amdi, venuto per sparecchiare, raccolse la sedia e, ironico, constatò: «Andata buca, eh, Poiana?».

«Pensa ai cazzi tuoi, Amdi.»

«Amdi pensa cazzi suoi» e si allontanò con gli avanzi dello spuntino commentando: «Comunque, gran bella gnocca.»

«Hai imparato anche questa? Sei uno che fa presto a adattarsi all'ambiente, tu.»

«Si deve vivere, Poiana.»

Capitolo X

Qualcosa che vale un piede

«Voglio parlare con Poiana» disse Adùmas appena il Ferlin gli aprì la porta.

«Intanto più rispetto» lo riprese l'allievo agente. «È ispettore e si chiama Gherardini Marco.»

«Quante seghe» mugugnò Adùmas fra sé. Alzò la voce. «Ooo, l'ho visto nascere e l'ho chiamato Poiana da quando andava con i braghini corti. C'è o non c'è?»

«Te lo dirò quando porterai rispetto alla nostra divisa.»

Adùmas perse del tutto la pazienza. Aveva fatto una camminata della madonna per portare a Poiana una cosa importante e sto pistolino arrivato dal paese della polenta stava a fare la punta agli stuzzicadenti. «Senti un po', tu, bella gioia! Se non mi dici subito dove trovo Poiana, io ti...»

«Cos'è sto casino, Adùmas?» urlò il sovrintendente Farinon uscendo dall'ufficio. «Che succede, Ferlin?»

Ferlin Valentino, ventidue anni, era figlio di sua sorella. Aveva fatto in modo di prenderlo con sé subito dopo il corso allievi alla scuola madre di Città Ducale. Glielo aveva chiesto sua sorella. Sia lei che Farinon sapevano che era un ragazzo da tenere d'occhio.

«Devi dargli una mano» lo aveva pregato lei.

«Tuo figlio ha troppi grilli per la testa.»

«È tuo nipote» aveva insistito lei. «Poi, a vent'anni, chi non ha grilli per la testa?»

«Io. Mai avuto grilli per la testa, io.»

«Erano altri tempi, Clemente. Vedrai che cambierà, che diventerà un bravo figliolo» e Farinon se l'era preso in carico e gli stava addosso.

Il sovrintendente guardò bene in faccia i due, ancora sulla porta della stazione. «Adesso dentro!» ordinò. «Se avete da disputare, fatelo senza che lo sappia tutto il paese.» Si fece da parte, li lasciò entrare, chiuse la porta e disse: «Allora?».

«Sto fringuello vuol fare il galletto con il sottoscritto, ma ha sbagliato indirizzo.»

«E tu? Pensi di venire qui a comandare? Che vuoi, Adùmas?»

Il bracconiere si toccò la tasca della mimetica. Gli pesava il reperto. «C'hai ragione, Farinon, ma ho fatto una camminata sotto il sole...»

«Vieni al dunque.»

«Ho da parlare con Poiana. Una cosa urgente.»

«Puoi dire a me.» Adùmas negò con il capo. «Allora non è urgente. L'ispettore lo troverai domani. È salito alla Matrogana a controllare l'allevamento.» Adùmas ci pensò su, girò i tacchi, aprì la porta e uscì in strada. «Ho ragione: non è poi così urgente» gli disse dietro Farinon.

Adùmas borbottò fra sé: «Sono affari miei». Il sovrintendente non lo intese e chiuse la porta della stazione.

Adùmas si allontanò accarezzando il cartoccio che gli pesava nella tasca destra della mimetica. Era urgente sì, era molto urgente.

La Matrogana, vecchio rudere sull'altipiano sopra il paese, era l'ultima costruzione prima del crinale. L'avevano costruita con massi a secco e legname chissà quanti secoli prima come ricovero estivo per un pastore e le sue pecore. In seguito, abbandonata la pastorizia, anche la Matrogana era andata in malora. L'aveva poi risistemata la forestale come punto d'appoggio per le necessità del servizio in alta montagna. Accanto alla Matrogana un torrente scendeva a valle con un percorso tortuoso che precipitava in molte cascate, alcune di notevole altezza. Ai piedi di una di quelle la forestale aveva ricavato anche un bacino naturale per l'allevamento di pesci e gamberetti destinati al ripopolamento di torrenti e fiumi della zona.

Ci si arrivava per una strada ripida e piena di buche, buona per scassare le sospensioni della Panda, e Adùmas, a ogni sobbalzo, bestemmiava il maledetto giorno che Benito gli aveva chiesto di procurargli un cinghiale.

«Se fossi andato a letto invece che alla posta» borbottava in risposta ai lamenti delle sospensioni.

Attraversò un fitto bosco d'abeti e, arrivato alla Matrogana, fermò l'auto dinanzi alla cancellata. Parcheggiò, prese dal sedile posteriore il sacchetto di plastica, entrò dal cancelletto pedonale e percorse i pochi metri pavimentati a sassi e in salita che lo separavano dall'edificio. La porta era chiusa, ma la vecchia campagnola della forestale era parcheggiata lì. Sedette su una panchina accanto alla porta, si accese una sigaretta e si mise ad aspettare, fischiettando un motivo.

La porta si aprì e un Gherardini assonnato si fece fuori, stropicciandosi gli occhi.

«M'era sembrato di sentir arrivare qualcuno e quel qualcuno...», guardò Adùmas. «Col casino che hai fatto mi hai svegliato.»

L'altro non rispose, tirò una boccata e cacciò fuori il fumo lentamente. «Il mattino ha l'oro in bocca. Comunque basterebbe mettere un po' d'olio ai cardini del cancelletto. Se vuoi vengo io a mettercelo, *a gratis*.»

«Così non sento arrivare le persone indesiderate. Come hai fatto a sapere che mi sarei fermato a dormire qui?»

«Le voci corrono.»

«Sèèè, corrono anche i bracconieri che ieri notte hanno vuotato la vasca della trota salmerino. Con la corrente elettrica, le hanno pescate. Due sono scappati ma uno ha preso la scossa, è caduto e si è spaccato un femore. Quell'imbecille, per quattro pesci, e i due che sono scappati, corrigli dietro, ma intanto so chi sono e li becco... mi sono perso una notte di sonno, fra chiamare l'ambulanza, portarlo giù in barella e tutto. Nanni e Melini sono andati a casa, ma io, accidenti ai pescatori di frodo e ai bracconieri...» Guardò Adùmas: «A proposito, l'hai preso il caffè?».

«Prenderlo l'ho preso, ma devo dire che quello che mi faccio non è tanto buono. Assaggiamo il caffè dello Stato, dev'essere meglio.» Si alzò, schiacciò la cicca sotto i piedi e seguì Poiana all'interno, e rimase meravigliato. «Avete fatto un bel lavoro. Me la ricordo com'era ridotta! Ci hai messo anche l'acqua corrente e la luce elettrica.»

«Per forza, se no come facevano a mantenere in funzione l'allevamento e il resto?»

C'era una saletta con un tavolo e delle seggiole, al muro una bacheca piena di carte, fogli con l'intestazione del corpo forestale dello Stato, alcune riviste sulla natura, un tabellone colorato con le foto dei funghi commestibili.

Adùmas si fermò a controllare i funghi e borbottò: «Per forza poi i coglioni si avvelenano: guardano queste foto e raccolgono di tutto».

Dalla saletta si passava in un'altra stanzetta adibita a cucina, con tavolo e sedie, fornello, lavandino e cassetti e pensili per le stoviglie e le poche provviste. Nell'angolo salivano le scale per il bagno e le due camere da letto.

«Caffè di moka o con la cialda?» chiese l'ispettore.

«Come ti viene meglio.»

«Leggo ogni tanto i gialli di un bolognese» disse Gherardini mentre preparava il caffè, «c'è un questurino che la mena sempre con il caffè. Dice che come fa il caffè lui non lo fa nessuno. Si vede che noi forestali siamo diversi. Sentirai che con la cialda viene buono senza tante balle.»

«Mia madre metteva la polvere direttamente nell'acqua bollente. Quando c'era il caffè. Di acqua» e Adùmas sogghignò «ce n'era sempre tanta. Anche troppa. È il caffè che mancava. Adesso vedo le signore al bar che vogliono il caffè d'orzo. E lo pagano anche. Quello, l'orzo, non ci mancava.»

«Vedo che sei in chiacchiera questa mattina. Cos'è?» e Gherardini mise sul tavolo due tazzine con il caffè, un barattolo con lo zucchero e un cucchiaino che si scambiarono per zuccherare.

Presero il caffè in silenzio, poi Adùmas disse: «Meglio del mio» e si pulì la bocca con la mano, si frugò in tasca e si accese una sigaretta.

«Nei locali pubblici è vietato fumare.»

«E tu fa' finta di non vedere» sbuffò fuori il fumo e scosse la cenere dentro la tazzina.

«Come faccio a far finta di non vedere se adesso fumo anch'io?» Si accese una sigaretta. «Ma tu sei venuto fin qui per mostrarmi come sai infrangere le leggi dello Stato?»

Adùmas sorrise e scosse la testa. «Sono venuto per farti un regalo.»

«Che regalo?» L'altro gli mostrò il sacchetto chiuso da un nodo e l'ispettore lo prese. «Funghi?»

«Funghi speciali. C'era un altro a cercarli, là nel bosco, ma ha fatto come i tuoi pescatori di frodo. Aprilo.»

Lo aprì e ci guardò dentro. «Questa poi!» disse. Ci infilò la mano e tirò fuori una scarpa da cantiere. «E cosa mi rappresenta, questo?»

«Questo sta a significare che Adùmas quando vede un cinghiale con un piede in bocca non è ubriaco. Questo sta a significare che Adùmas ha ragione. Questo...»

Gherardini lo fermò con un gesto. «Dove l'hai trovato?»

«Dove doveva essere» e indicò la scarpa da cantiere: «Lì dentro c'era un piede.»

Pensieroso, l'ispettore si rigirava fra la mani il reperto tastandolo qua e là. Si trattava di una calzatura obbligatoria sui luoghi di lavoro, collaudata contro gli infortuni. Suola a prova di chiodi e *spunterno* rinforzato antischiacciamento. Quella che Adùmas gli aveva portato era sporca di terra scura che adesso, ormai secca, si sgretolava mentre l'ispettore la esaminava e saggiava la grande flessibilità della suola. Altri analoghi scarponi, capitati per vari motivi fra le sue mani, erano molto più rigidi e non si lasciavano piegare a causa della lamina d'acciaio inserita nella suola e nella tomaia.

L'ispettore rimise il reperto nella sportina e la restituì dicendo: «Hai fatto una solenne puttanata, Adùmas». L'antico bracconiere ci rimase male. «Adesso tu prendi e vai a rimetterla dov'era.»

«Dov'era? Cosa sei, matto? Tornare lassù? E poi, scusa, è la prova che non sono un visionario, che non ero ubriaco – ubriaco io?, figuriamoci! –, e adesso devo stare zitto, non solo, devo fare in modo di riportarla dov'era, questa scarpa dei miei...»

Poiana cercò di metterci tutta la sua pazienza: «'Scoltami, Dùmas, tu in teoria non avresti dovuto cercarla e quindi trovarla, questa scarpa, né portarla a me. O meglio, potevi casualmente trovarla... passavo di lì, andavo a funghi, ho visto un cespuglio scarpa, mi ci sono infilato dentro... oh, non c'era una scarpa da cantiere? E invece di portarla a Gherardini, dico, dovevi correre, senza muoverla di là, perché diventa occultamento di prove, dovevi correre dal maresciallo e dirlo a lui che l'avevi trovata e dove, che ci pensasse lui».

«Correre da quel cattivo attrezzo di Cruenti, quel bagaglio, quel cioccapiatti? Ma io mando te e lui a dar via...» e Adùmas sottolineò quello che diceva con uno slancio verso l'alto del braccio destro. «Sai che se ne fa lui della scarpa? Un *breve*, se ne fa! La ficca da qualche parte e chi s'è visto s'è visto e io rimango il coglione che dicono.» Tacque un attimo. «E che forse sono» aggiunse a bassa voce.

«No, sta' mo' buono. Adesso fotografo la scarpa. Così rimangono le prove, data, ora, tutto. E se Cruenti non farà niente, vedrai che qualcuno farà» e cominciò a trafficare con la macchina fotografica digitale. Scattò foto della scarpa da varie angolazioni, sopra, sotto, il particolare della marca e della terra scura, lo stato della suola e dei lacci... e intanto parlava. «Sai micca niente tu dei pesci che si mangiano in paese? E dei gamberetti?»

«In che senso?»

«Non fare il furbo con me, Dùmas. Lo sai bene che ci vengono a rubare i pesci e i gamberetti.»

«Ho capito. Adesso dovrei anche fare la spia. Per chi mi prendi?»

«Faresti un piacere alla comunità.»

«Quando la comunità farà dei piaceri a Adùmas, Adùmas farà dei piaceri alla comunità.»

Altri scatti e poi: «Non è un modo civile di parlare». Esaminò il risultato e li mostrò a Adùmas. «Guarda com'è venuta bella, la tua scarpa.»

«Mia?»

«Tua, tua. E adesso la rimetti nel sacchetto e la riporti dove l'hai trovata.»

«Perché io?»

«Perché tu sei pensionato e io no. Io ho delle cose da fare.»

«Me lo immagino» commentò.

«Sì, caro Dùmas. Sto preparando una bella sorpresa ai tuoi amici bracconieri.»

«Vacci piano, Poiana, con gli amici. Io, certa gente, non la voglio neanche sentir tossire. Quelli di oggi non sono bracconieri.»

«No? E cosa sono, secondo te?»

«Delinquenti che massacrano e distruggono. Io ho imparato dai vecchi a rispettare gli animali. Ai miei tempi, caro mio...»

«E quali sono i tuoi tempi?» chiese Poiana porgendo la scarpa al bracconiere d'altri tempi.

«Lasciamo perdere» disse Adùmas e, rassegnato, ritirò il reperto che l'ispettore continuava a porgergli, lo rimise nel sacchetto di plastica e uscì dalla Matrogana brontolando fra i denti il suo scontento.

Gherardini lo seguì fino alla Panda, aspettò che Adùmas sedesse al volante e fece per rientrare. Adùmas si sporse per chiedere: «Tanto per sapere, cosa stai preparando a quei delinquenti che ti rubano i pesci?».

«Perché, hai qualche problema se li maltratto?»

Adùmas non rispose. Si strinse nelle spalle, mise in moto e la Panda s'avviò. Ma subito inchiodò e si sporse dal finestrino. «Oh, un'altra cosa, Poiana: sarà un caso, ma da quando ho visto il cinghiale con il piede in bocca, c'è una quantità di gente in giro per le nostre montagne.»

«Che vuoi dire?» Adùmas fece un segno vago e fece per ripartire. «No, no!» gridò Poiana. «Adesso ti spieghi» e lo raggiunse alla Panda. «Cos'è sta storia?»

«Sono passato da Pastorale e le vedove mi hanno parlato di due che si sono fermati a fotografare il borgo di sotto e di sopra e di qua e di là. Poi, mentre ero in giro per i boschi, ho visto uno che di sicuro non andava a funghi. Frugava e frugava dappertutto come frugavo io. Ho cercato di arrivargli addosso, mi ha sentito, è scappato e l'ho perso. Sparito come un fantasma. Mai stata tanta gente per i boschi.»

Poiana pensò, per un po' in silenzio. «Le due vedove di Pastorale sanno chi erano i fotografi?»

«Sono state vaghe, ma io credo che lo sappiano.»

Poiana si chinò verso Adùmas e gli puntò contro il dito. «Mi sa che ti stai mettendo nei guai. Cos'è tutto sto darti da fare? Da questo momento la smetti di fare l'investigatore e ti occupi delle tue galline, conigli e capretta. E non è un consiglio, capito? Ti sbatto dentro per bracconaggio, danneggiamento a proprietà dello Stato, intralcio nelle indagini...»

Adùmas non aspettò che Poiana completasse l'elenco degli addebiti. Diede gas, la Panda saltò avanti e per un niente l'ispettore della forestale non volò a terra.

«Brutto figlio di puttana!» gli gridò dietro.

Capitolo XI

La Ca' Storta non è in vendita!

Sdraiata su un panno all'ombra della grande quercia davanti alla Ca' Storta, Francesca si godeva il fresco e ripensava a come aveva trattato Poiana. Non se lo meritava e se ne dispiacque. Da quando era tornata aveva fatto il possibile per procurarsi inimicizie. Tanto per dire, con il medico condotto, il dottor Antinori, colpevole incolpevole di essersi comperato la sua casa in paese.

"Se è vero che a Casedisopra si impara tutto, adesso saprà di sicuro di chi era la mano che l'ha mandato a fanculo dal finestrino della C3."

Anche con Novello e la sua ragazza, Cristi, si era comportata da cafona. Era stata scostante con il povero Giorgio, ingrassato e senza capelli, che l'aveva accolta e servita con grande affetto.

"Neppure ho risposto alle sue domande, accidenti."

Si era presentata al maresciallo per denunciare l'intrusione di sconosciuti in casa sua e se n'era andata mandandolo al diavolo. Per ultimo aveva mandato in quel posto anche Poiana, che pure le aveva offerto, oltre allo spuntino alla trattoria-bar Da Benito, la sua amicizia. Infatti il forestale aveva fatto il possibile per risultarle simpatico.

"Devo comportarmi meglio o nessuno vorrà più saperne di me." Senza contare che del maresciallo aveva bisogno. "E pure di Poiana... Poiana, strano soprannome per un giovane ispettore della forestale." Aprì il cellulare sperando di avere campo. «Figurati!»

Si alzò decisa a cercare un posto da dove chiamare. Ci mise il suo tempo ma lo trovò nel fienile sopra la stalla. Le onde elettromagnetiche, ammesso che di loro si trattasse, si comportavano in modo strano.

«Pronto.»

«Ciao, sono io.»

«Franci! Ma dove sei, cosa fai? Almeno...»

Ricomincia!

«Lascia perdere dove sono e cosa faccio, mamma, e dimmi piuttosto una cosa. Qua succedono strani fenomeni. La Ca' Storta è ancora nostra o per caso l'avete venduta come la *mia* casa in paese?»

Dall'altra parte ci fu un breve silenzio. «Be', venduta non credo...»

«Cosa vuol dire "venduta non credo"?»

«Be', sai, nessuno ci andava più, e ho incaricato quelli dell'agenzia, l'agenzia di quel tipo in paese, Pieri mi sembra, l'ho incaricato di cercare... se per caso si fosse trovato un acquirente. Almeno non andrà in malora, almeno.»

«Ma cosa sei, matta? Vendi la casa del nonno?»

«Franci, non parlare così a tua madre! E poi era lì che non faceva niente, che non interessava più a nessuno!»

«Interessava a me, accidenti! Ma come puoi essere così insensibile da pensare di disfarti di una cosa di tuo padre?»

«Ti ho detto di non parlarmi in questo modo!»

«Non è questione di modo, ma ti rendi conto di cos'hai fatto? Ci sei nata, qui.»

«Oh insomma! Venduta ancora non credo, basta che tu vada all'agenzia e dica che non è più in vendita e amen, senza tante storie. Ma sei lassù? Almeno dimmi cosa vuoi fare, dove...»

«Speriamo sia così, mamma, perché se non è così stavolta davvero non mi vedete più!»

«Almeno non dire delle cose così.»
«Il nonno l'aveva lasciata a me o no?»
«Così aveva detto, ma sai, io e il babbo avevamo pensato che i soldi della vendita li avremmo dati a te.»
«Sai che me ne importa dei soldi? Io voglio la Ca' Storta!»
«Ma per farne cosa, santoddio? Per farne cosa?»
«Non ti preoccupare.»
«È un rudere...»
«Un rudere al quale tengo.»
«Adesso ti faccio parlare con tuo padre...»
«Non mi interessa parlare con mio padre!»
«Francesca» urlò la madre prima che la ragazza chiudesse con uno scatto il telefonino.

Era davvero arrabbiata: «Ma tu guarda, vendere la casa del nonno, senza dirmi niente. Fanno sempre come pare a loro, e io chi sono? E poi si lamentano se me ne vado». Diede un calcio a un mucchio di fieno che le era capitato fra i piedi e, sempre più arrabbiata, scese veloce la scaletta a pioli del fienile.

«È ora di capirci qualcosa in questa storia! Voglio vedere, voglio proprio vedere. Intanto, vado all'agenzia e poi da quel maresciallo a dirgliene due.» Aveva già dimenticato il proposito di essere gentile con i paesani.

Cercò le chiavi della macchina, che come sempre erano sparite (Ma dove diavolo le avrò infilate?), poi se le ritrovò in tasca, si avviò alla Pluriel (Ha ragione Poiana: poco adatta per questi sentieri), ci salì e partì grattando.

Si fermò in piazza, scese sbattendo lo sportello e si guardò attorno. «E ora dove cavolo sarà questa agenzia?»
«Vedo che non è giornata, oggi.»
La voce di Novello la fece voltare. «Ciao, Novello. Mai niente da fare, tu?»
«Dipende dai giorni e dipende dal da fare. Ma com'è che sei così nera?»

«Sta' buono, va' là. I miei hanno messo in vendita la Ca' Storta.»

«Quel rudere? Be', hanno fatto bene. Chissà chi se la compera.»

«Anche tu! Sarà un rudere, ma io ci tengo.»

«Guarda che se vuoi stare qui, c'è di meglio in giro.»

«Dimmi piuttosto dov'è l'agenzia di Pieri.»

«A due passi, ma ti avviso, Pieri è uno che non è biondo subito, è da trattare con le molle.»

«Ah sì? Se è per questo sono poco bionda anch'io, soprattutto oggi, e le molle, se mi fa girare, gliele do in testa!»

«Ehi, calma, calma. Ti accompagno all'agenzia.»

Era davvero poco distante dalla piazza. Si prendeva una stradina laterale e, dopo pochi passi, fra un negozio di oggetti ricordo e uno di scarpe c'era l'agenzia. Sotto a una sgargiante insegna SULL'APPENNINO e, più in piccolo, DI PIERI ADOLFINO SPA, c'era l'ampia vetrina con la scritta PERIZIE E CONSULENZE IMMOBILIARI e un pannello ricoperto di foto di case con le scritte VENDESI, AFFITTASI, PERMUTASI. A lato due piante di sempreverdi.

Entrarono facendo squillare un campanello. Si scendeva un gradino di marmo, all'estremità del quale erano appoggiati un vaso d'aralia e uno d'aspidistra. A fianco, un attaccapanni di ferro a stelo ai cui piedi c'era un portaombrelli di ceramica dai disegni cinesizzanti. Di fronte, a un'ampia scrivania, sedeva una ragazza molto vistosa che, masticando un chewing-gum, batteva sui tasti di un computer. All'ingresso dei due alzò la testa.

«Ciao, Novello, hai bisogno?»

«Ciao, Noemi, io no, la signorina qui ha bisogno di Pieri. C'è?»

La ragazza guardò Francesca e la studiò un momento. «Il dottore c'è, è di là, ora guardo se è occupato.» Si alzò e andò lentamente verso la porta di un ufficio. «Chi devo dire?»

«Francesca Bordini.»

Noemi bussò e senza attendere risposta aprì la porta. Nell'ufficio qualcuno parlava, poi s'interruppe e la ragazza annunciò: «Dottore, c'è di là la signorina Bordini con Novello, faccio entrare?». Si girò verso Francesca, indicò la porta e disse: «Prego, accomodatevi».

Entrarono. Pieri aveva ripreso a parlare al telefono: «No, Luca, lo sconto l'ho già fatto». Indicò due poltrone di fronte alla scrivania e sorridendo fece segno di aspettare la fine della telefonata. «No, no, non posso più abbassare, assolutamente. Poi lo sapeva, scusa, quanto costava, che balle mi viene a trovare oggi? Digli pure così, o non se ne fa niente, e adesso ti saluto che ho gente. Sì, sì, ciao, ciao.»

Posò il telefono e sorrise ai due. «Scusate ma con questo lavoro ci sono sempre delle grane. Dunque lei è, se non sbaglio, Francesca Bordini, la figlia della signora Maria Musolesi. Che piacere.» Si alzò e porse la mano che la ragazza strinse controvoglia. «Se mi consente un complimento, lei è degna figlia di sua madre, portate in giro la stessa bellezza. Vedo che ha già trovato un cavaliere.»

La ragazza storse la bocca sbuffando e Novello s'intromise: «Frena, frena Pieri, Francesca è qui per la Ca' Storta».

«Ah, sì, la Ca' Storta. Be', certo, l'abbiamo messa in vendita, ma sa, non è una cosa facile, un po' la crisi che c'è in giro, e colpisce per primi noi dell'immobiliaristica, ci mancava anche la crisi, poi, onestamente, non è che la Ca' Storta sia un grosso affare. Messa com'è messa, un eventuale acquirente dovrebbe anche affrontare la spesa di una ristrutturazione e oggi come oggi, lo vede anche lei... anche se noi ovviamente queste cose non le diciamo a un cliente eventuale, sa, indoriamo, come si dice, la pillola, comunque io e i miei ragazzi siamo sempre al lavoro e...»

Francesca alzò una mano per fermare il fiume di parole. «No, guardi, non sono qui per sollecitare, ma per dirle che la Ca' Storta non è più in vendita.»

Pieri si lasciò andare contro lo schienale della poltroncina cambiando espressione. «Come non è più in vendita?»

«Semplicemente non ho più intenzione di vendere. Non è felice? Le tolgo ogni preoccupazione.»

L'immobiliarista si drizzò di nuovo. «Ma signorina, non può!» Appoggiò le mani sulla scrivania e si protese in avanti come per mordere la ragazza. «Mi spiace, ma non è più possibile!»

«Glielo dico io che è possibile. Se non intendo più vendere, non si deve vendere.»

«Ma scusi, la Ca' Storta non è intestata a sua madre?»

«Intestata a me o a mia madre, non le deve interessare. Mia madre in questo caso fa quello che decido io, perché il nonno l'aveva lasciata a me, la Ca' Storta.»

«Lasciata a lei? Ma ha un documento che attesti la donazione?» Convinto di aver toccato l'argomento giusto, Pieri si rilassò di nuovo sulla poltroncina e sorrise. «Perché, vede, a quanto mi risulta, la casa è di proprietà della signora Maria Musolesi in qualità di legittima erede e quindi lei, se mi consente, non avrebbe voce in capitolo.» Accentuò il sorriso ipocrita. «Ma questo, guardi, è un aspetto secondario, perché anche se la signora Musolesi, sua madre, dico, non lei, decidesse di non vendere, non lo potrebbe più fare. E questo taglia la testa al toro.»

«E perché, scusi, non potrebbe più farlo?»

«Perché, perché... perché uno interessato all'acquisto l'abbiamo già, anche se non posso ancora fare nomi, e mi ha versato una caparra. Ora, se interrompessimo la trattativa, lei non solo dovrebbe restituire la caparra, ma dovrebbe corrispondere alla persona in questione una cifra analoga come indennizzo. Non solo» e batté tre volte l'indice sulla scrivania prima di puntarlo sulla ragazza. «Non solo, lei dovrebbe anche pagare all'agenzia una cifra da stabilire per le spese da noi sostenute, il disturbo, il mancato guadagno e...»

«Non si permetta di puntarmi contro quel dito!» Francesca era inviperita. «Ma come? Prima mi fa una gran *tomella* sulla crisi, sul momento difficile che non si batte un chiodo, sulla casa che» e imitò il tono di Pieri «lei mi capisce, è messa male, e uno dovrebbe restaurare, e sopra, e sotto...» Riprese il suo tono: «Poi mi spara che c'è già un acquirente, che l'agenzia ha già incassato una caparra, e la cifra, e un conguaglio, e le sue spese». Si bloccò e piantò gli occhi in quelli dell'immobiliarista. «Ma lei, Pieri, è una persona onesta e seria?»

«Signorina, non si permetta...»

«Mi permetto sì, mi permetto. Prima mi arruffiana da stronzo quale è, ah, è bella come sua madre, poi mi salta fuori con sta storia da ladro!» Novello le mise una mano sulla spalla per calmarla, ma Francesca se la scrollò di dosso e si alzò in piedi puntando l'indice minaccioso sul muso di Pieri. «La Ca' Storta non è più in vendita, capito?»

«Signorina, io l'ho trattata gentilmente, fino a ora, ma vedo che lei non capisce o non vuole capire. Se la casa era da vendere, resta da vendere. Chi è lei? Con quale diritto viene qui e mi impone una cosa che non può assolutamente impormi...»

«Non impongo niente se si comporta onestamente con me. La Ca' Storta è mia e ne faccio quello che voglio. E la Ca' Storta non è in vendita, capito, disonesto ruffiano? Non-è-in-vendita!»

Anche Pieri si alzò, rosso in viso. «Lei sta passando ogni limite, anzi l'ha già passato. Adesso le dico una cosa, stia attenta a come parla o la denuncerò per offese e calunnie. Per fortuna c'è un testimone e...»

«Me ne sbatto delle sue denunce e anche del testimone. Mi dia la chiave della Ca' Storta, subito!»

«Non se ne parla neanche! E ora la prego di accomodarsi!»

«Accomodarmi? Mi dia la chiave o io...»

«Io cosa? Cosa? Guardi che aggiungerò anche le minacce.» Si voltò verso Novello. «Tu sei testimone che mi ha anche minacciato.»

«Testimone di cosa, Pieri?» e Novello prese la ragazza per le spalle. «E tu, Francesca, calmati. È meglio che ce ne andiamo.»

«Calmarmi? Se questo ladro non mi dà subito la chiave...»

«Ma che chiave e chiave! Esca subito dal mio ufficio, subito!»

Francesca si scrollò dalle mani di Novello, fece il giro della scrivania e si lanciò su Pieri afferrandolo per i risvolti della giacca. «Lei, lei...», ma Novello la riprese tenendola ben stretta.

«Ascolta, Francesca, è meglio che ti calmi adesso, o finisce davvero male. Meglio che ce ne andiamo, ora.»

La ragazza guardò Pieri che si rassestava la giacca. «Ora me ne vado. Ma si ricordi che non finisce qui.» Scaraventò a terra una poltroncina, scansò Noemi, la segretaria, apparsa sulla porta richiamata dalle grida, e uscì.

Prima di seguirla, Novello fece un cenno a Pieri come per dire: "Lascia perdere". Ma Pieri urlò: «Non lascio perdere. Noemi, chiami subito il maresciallo Cruenti, subito!».

«Dal maresciallo ci vado io!» gridò anche Francesca. Uscì sbattendo la porta dell'agenzia con tale violenza che la vetrina vibrò paurosamente.

Capitolo XII

Strani fatti accadono alla Ca' Storta

«Dal maresciallo ci vado io» ripeté in strada.

«Sì, e che gli racconti?» chiese Novello. «Lascia stare che perdi solo tempo. Pensiamo piuttosto a cosa fare di utile» e la portò al bar di Benito dove, seduti a un tavolino, all'esterno, fece segno ad Amdi di avvicinarsi.

«Che vi servo, giovani?» Poi, vista l'espressione accigliata della ragazza e il viso serio di Novello, Amdi diventò formale: «Cosa posso servire?».

«Qua ci vuole qualcosa di forte» ringhiò lei.

Amdi aveva già pronta una risposta intonata all'espressione della ragazza, ma si trattenne: non era il momento di scherzare. Chiese a Novello: «E per te?».

«Come lei, fai tu» e nell'attesa del "fai tu" i due restarono in silenzio. Francesca a guardarsi attorno e a smaltire la rabbia; Novello a fissarla e a cercare le parole giuste per aiutarla a calmarsi. Offrì una sigaretta che Francesca accettò.

Fumarono in silenzio fino all'arrivo di Amdi, che posò due bicchieri appannati e colmi fino all'orlo.

«Che roba è?»

«Aperitivo, cioè vino bianco della casa...»

«Allora stiamo freschi» mormorò Novello.

Amdi ignorò l'interruzione. Ormai conosceva i suoi polli. «... una spruzzata di soda, ghiaccio, Aperol e una fetta d'arancio.» Posò anche una ciotola con salatini e olive. «Altro?»

Novello fece segno che per il momento bastava.

Francesca mandò giù senza sentire il gusto e si sfogò. «Quel coglione! Con chi crede di parlare?»

«Te l'ho detto: è fatto così e tu l'hai preso per il verso sbagliato» e sorseggiò lui pure.

Finirono sigaretta e aperitivo che la rabbia di Francesca se ne stava andando. Novello se ne accorse da come lei spense la cicca nel posacenere, lentamente e pensierosa, e da come giocherellava con i residui di ghiaccio che andava sciogliendosi.

«Così mi piaci» disse. «Non vale la pena prendersela per un coglione.»

«Hai ragione, tanto la Ca' Storta non è in vendita! Dovranno uccidermi, prima.»

«Tranquilla, non ce ne sarà bisogno» e Novello si chinò verso Francesca. «Ti confido un segreto: sono azionista dell'agenzia e qualcosa conto.»

Francesca non lo lasciò finire. «Vuoi dire che sei socio di quel delinquente?»

«Abbassa la voce che se s'impara in giro... Questo è un paese di merda e le cose vengono sempre travisate. Da qualche parte dovevo investire i soldi di mio padre, no? Adesso mi torna utile. E torna utile anche a te. Ci parlo io con Pieri, ma tu prometti di lasciar perdere il maresciallo e di metterti tranquilla. D'accordo?»

«Ti do una settimana e poi...»

«E poi?»

Francesca non rispose. Si alzò dal tavolo e: «Grazie» disse sottovoce, «adesso ho da fare alla Ca' Storta».

«Cos'avrai mai da fare?»

«Ciao.» Si staccò dal tavolo arretrando di qualche passo e finì fra le braccia del maresciallo Cruenti, che non si spostò e lasciò che fosse Francesca a staccarsi da lui, poi le sorrise e disse:

«Un felice scontro, direi, signorina Bordini.»

«Tranquillo, maresciallo, puramente casuale» e fece per riprendere la sua strada, ma il maresciallo la fermò:

«Ha molta fretta, signorina.»

«Sì, ho da fare alla Ca' Storta...»

«A proposito, ho appena incontrato il signor Pieri.»

«Buono quello» mormorò Francesca.

«È molto arrabbiato con lei, lo sa?»

«Per quello che m'importa...»

«Invece dovrebbe, dovrebbe importarle, visto che ha intenzione di denunciarla.»

«Lo faccia!» Il maresciallo Cruenti indicò a Francesca la sedia dalla quale lei si era appena alzata. «No, grazie, ho da fare alla Ca' Storta» ripeté lei.

«Come vuole» disse il maresciallo. Il suo tono era diventato ufficiale. Sedette di fronte a Novello e disse ancora: «Una denuncia non fa bene a nessuno» e fece segno ad Amdi che subito si mise alla macchina per il caffè. «Anche se la trovo eccessivamente scortese, cara signorina Bordini, le comunico che, grazie a me, il signor Pieri per ora soprassiede.» Francesca fece un cenno di saluto a Novello, girò la schiena ai presenti e si allontanò. «Signorina Bordini!» le gridò dietro il maresciallo. «Signorina, non tiri troppo la corda!» Scosse il capo e mormorò a Novello: «Quella sta cercando guai» e aspettò il caffè.

Novello non aveva messo bocca nelle battute acide fra il maresciallo e la ragazza. Disse ad Amdi che aveva appena portato il caffè a Cruenti: «Nel mio conto» e si alzò. «Buona giornata, maresciallo. Anch'io ho qualcosa da fare.»

«Mi raccomando a lei, signor Guidotti, la tenga d'occhio o la signorina Bordini si metterà nei guai.» Poi, fra sé: «In ogni caso io avvertirò il dottor Bordini».

Novello lo intese ma continuò per la sua strada. In fondo alla piazza, l'auto di Francesca si stava allontanando a tutto gas lasciando sull'asfalto un bel po' di battistrada.

Guidò senza preoccuparsi della sterrata malridotta, sollevando polvere e sassi, specie in curva. Percorse veloce anche l'ultimo tratto, il più sconnesso prima della Ca' Storta e, arrivata nell'aia, frenò. La polvere sotto le ruote non tenne, la C3 sbandò e la ruota posteriore destra finì nel fossetto di scolo delle acque piovane.

«Fanculo anche te!» gridò Francesca. Scese, sbatté la portiera, corse in casa e fece quello che avrebbe voluto fare dall'arrivo: perquisizione alla grande. Come aveva visto nei film e cioè buttando tutto all'aria senza sapere cosa cercare.

Al termine della perquisizione aveva allineato sul tavolone della cucina un pacchetto regalo e due sportine di plastica. Il pacchetto regalo, ancora da aprire, con tanto di fiocco, lo aveva trovato in bagno, dentro a un cassetto. L'aprì stracciando l'incarto. Conteneva una bottiglietta di Acqua di Parma, profumo certamente non acquistato da nonno Musolesi per un regalo a "quella donna". Dietro la porta di cucina aveva trovato una sportina di plastica con la pubblicità del negozio di Giorgio: "Prodotti tipici della montagna". Contenuto: resti di cibo ammuffito e scontrino. L'altra sportina di plastica, più elegante e raffinata, con l'indicazione di un negozio di Bologna, "Intimo per lei", l'aveva rinvenuta sotto un panno da letto nel cassettone dell'armadio. Dentro c'erano minuscole mutandine rosa e reggiseno in armonia, mai indossati, come indicavano i cartellini appesi agli indumenti.

Frugò anche fra i residui di un fuoco di chissà quanto prima e scoprì una scheda telefonica bruciacchiata sul bordo.

Nella stalla, niente di interessante. Come nel fienile. Ma quando stava per scendere dalla scaletta vide un brandello di stoffa spuntare da sotto il fieno. Lo tirò ed ebbe fra le mani una piccola coperta.

«E questa cos'è?»

La coperta aveva lasciato in vista i manici di una vecchia sporta di paglia. Cavò dal fieno anche quella e cautamente l'aprì. Conteneva una bottiglia di birra vuota, dei pannolini, un biberon.

«Di bene in meglio. Che ci fanno dei pannolini e un biberon alla Ca' Storta?» Ci pensò su. «Lo stesso che ci fa l'Acqua di Parma, immagino.» Scostò gli oggetti e sul fondo della sporta trovò un coltello da macellaio. «Giusto: fra le cose per un poppante ci deve sempre essere un coltello da macellaio.»

Tornata in cucina, distese un tovagliolo di carta in un angolo del tavolo, andò in cantina e portò in tavola una bottiglia, sperando in bene, perché del vino del nonno si fidava il giusto: non le era mai piaciuto, anche se lui sosteneva, dopo ogni sorso: «Buono, proprio buono il mio montuni*». Chissà dove lo comperava e chissà come poteva sostenere che fosse buono. Ne assaggiò un sorso e lo trovò come quello che ricordava, da bambina: appena bevibile.

Cenò con pane e scatoletta di tonno comperati da Giorgio, "Prodotti tipici della montagna". Mangiò dando un'occhiata ogni tanto ai reperti che aveva allineato sul tavolo. A cosa e a chi accidenti sarebbe potuta tornare utile quell'accozzaglia sparpagliata di oggetti?

"La mostrerò al maresciallo!" decise infine. "Lo costringerò a salire qui anche se non ne ha voglia! Vediamo come giustificherà sta roba." Un rapido pensiero: "Mi conviene parlarne prima con Poiana, sempre che l'apparenza non m'inganni".

Chissà perché, dopo il primo impatto, aveva cominciato ad aver fiducia in quello strano forestale, giovane quanto

* Il montuni, o montù, è un vino ottenuto da un vitigno la cui origine e coltivazione si perde nei secoli, soprattutto nella zona bassa della valle del Reno, nel bolognese, e del quale non si hanno notizie certe. Dà un vino giallo dorato, tannico, un po'acido, sufficientemente invecchiabile e, nel complesso, un vino comune da pasto.

bastava e dal viso onesto. E che anche lui ce l'avesse su con il maresciallo Cruenti glielo rendeva simpatico. Inoltre, se aveva capito bene il tono con il quale lui ne aveva parlato al bar di Benito, non gli era simpatico neppure il Pieri. Bastava e avanzava per fidarsi di quello strano forestale che a Casedisopra chiamavano Poiana. Chissà perché? "Storia lunga e complicata" le aveva risposto.

Più tardi, era già notte, si affacciò alla finestra della camera. La luna piena e le stelle illuminavano l'orto che nonno Musolesi coltivava dietro casa, nello spazio che divideva la Ca' Storta dalla boscaglia e che vide ridotto a un intrico di cespugli e di *razze*. Le tornò in mente la suggestione, o forse la paura, che le procurava da bambina l'immagine del buio nascosto nel sottobosco e, con quel senso di piacevole paura, si mise a letto.

Non aveva sonno e si dedicò al romanzo portato da casa. Un paio di pagine e si accorse che le righe le scorrevano sotto gli occhi senza fermarsi nella mente e ne perdeva il senso. Sospese la lettura. Stava diventando tardi e, anche se non aveva sonno, sentiva una gran voglia di riposare.

Non si addormentò subito. La tormentavano le troppe notizie che le si accavallavano nella mente: la tensione dell'incontro con Pieri, gli oggetti trovati per casa, gli strani visitatori della Ca' Storta: pellegrini che giravano per i boschi o elfi o qualche extracomunitario senza fissa dimora, aveva detto Poiana. Che c'entravano, oggetti e personaggi, con l'Acqua di Parma?

Forse si addormentò ma fu un sonno leggero, quasi un non-sonno accompagnato dai soffusi rumori di una vecchia casa: scricchiolii, cigolii, strani suoni che giungevano da fuori e che la facevano sussultare. Non ricordava di averli mai sentiti da bambina. Anche perché si buttava nel letto e subito piombava in un sonno pesante che nulla riusciva a disturbare.

Poi...

"Questo non viene da fuori" pensò, sforzandosi di non aprire gli occhi per non perdere il gradevole senso di leggera sonnolenza dalla quale, finalmente, si sentiva coperta.

Passi leggeri accanto al letto.

"Cazzate!"

Di colpo il pensiero della porta forse lasciata aperta. Non aveva scardinato la serratura per entrare?

Aprì gli occhi e il grido che uscì le fece male alle corde vocali.

Qualcuno chino su di lei la fissava e teneva il braccio sollevato come per colpirla. Sorpresa dal grido che non si aspettava, l'immagine si rizzò, stette un istante indecisa e poi corse alla porta. Francesca sentì i passi veloci che scendevano le scale e non pensò neppure per un attimo di inseguire il visitatore notturno. Corse alla finestra e vide la sagoma allontanarsi di corsa e sparire nel buio del bosco dietro la Ca' Storta. In quel bosco che le aveva sempre fatto paura.

Il cielo era una voragine nera e la luna piena e le stelle che l'avevano accompagnata a letto non c'erano più, coperte dalla coltre scura delle nubi. In basso, sul paese, un lampo illuminò la boscaglia dentro la quale s'era infilata l'immagine notturna della sua paura.

Francesca tremò al tuono che seguì. Chiuse le imposte e scese da basso. Con due sedie puntellò la porta scardinata, poi, tremando per il freddo, o per la paura, si avvolse in un panno e sedette sul ripiano del camino, la schiena appoggiata al muro. Così, a occhi chiusi, aspettò la pioggia e l'alba.

Capitolo XIII

Trappola per bracconieri

L'allievo agente Ferlin la guardò da capo a piedi, le sorrise e sussurrò: «Desidera, signorina?».

«C'è Poiana?»

Ferlin continuò a guardarla e a sorriderle, poi scosse lentamente il capo: «Mi dispiace, signorina, niente poiane», poi, con tutti i sottintesi che riuscì a mettere nella frase: «In ufficio non teniamo quel tipo di uccello. Se vuole...» e lasciò in sospeso.

«No, non voglio! Ho bisogno di Poiana, subito!»

Il tono deciso di Francesca riportò l'allievo agente Ferlin al suo ruolo. «Se intende l'ispettore Gherardini, mi spiace, ma non c'è neppure lui.»

«Quando lo trovo, accidenti?»

«Non glielo so dire, accidenti. È fuori sede e non ha lasciato detto... Posso esserle utile io?» Francesca negò con il capo. «Se crede, lo sostituisce il sovrintendente Farinon.»

«No, ho bisogno di Poiana. Non ha un cellulare?»

«Forse, ma non sono autorizzato a divulgare il suo numero.»

«Guarda che è una cosa importante, accidenti!» Non voleva dirlo: odiava quella frase sentita mille volte, ma fu più forte di lei e la pronunciò: «Questione di vita o di morte».

Ferlin accentuò il sorriso e, visto che lei gli aveva parlato con il tu, lui fece altrettanto: «Guarda che le questioni di vita o di morte sono la mia specialità. Le tratto tutti i giorni».

«Sarà pure, ma io preferisco Poiana.»

«Ti capisco: il fascino dei gradi...»

Francesca avvicinò il suo viso al viso di Ferlin e sussurrò: «Se non ti metti in contatto con Poiana, e subito, saranno guai».

«Non me lo dire. Cosa mi succederà?»

Francesca avvicinò ancor più la bocca all'orecchio dell'allievo Ferlin: «Fa' un po' tu: cosa rischia un agente della forestale che non ha evitato un omicidio, pur essendone informato?». Si allontanò e chiarì, molto seria: «Mi vogliono ammazzare» e il sorriso si gelò sulle labbra di Ferlin.

«Cos'è sta storia che ti vogliono ammazzare!» gridò Gherardini prima ancora che Francesca scendesse dall'auto.

«Un altro viaggio come questo e addio alla mia Pluriel» divagò lei. «Non potevi scendere tu?»

«No, non potevo.»

«Cos'avrai mai di così importante da fare alla Matrogana?»

«Te lo dirò quando saprò del tuo omicidio. Accompagnami, che intanto finisco la trappola» e prese il sentiero che scendeva dalla Matrogana verso il torrente. «Tu devi essere un po' matta. E anch'io, che sto ad ascoltarti.»

Il sentiero, coperto di vegetazione, era stretto fra la costa a monte e il burrone verso valle e l'umidità leggera sollevata dalle cascate arrivava fin lì. Gherardini, che precedeva, chiese senza voltarsi indietro: «Sei mai stata da queste parti?». Immaginò che lei negasse con il capo. «Attenta a dove metti i piedi.»

Francesca rispose: «Per chi mi prendi?».

«Per la *piangiana* che sei.»

«Ho passato più tempo a Casedisopra che all'università.»

«Da come ti sei presentata, non fatico a crederti.» Si fermò e indicò: «Dietro quel gomito del sentiero, vedrai qualcosa difficile da dimenticare».

Non esagerava. Il sentiero finiva in una gola, sulla sponda di un torrente ricco d'acqua chiara precipitata da una cascata d'una decina di metri, fatta a gradoni di roccia. Di là, l'acqua scorreva verso valle, in piano per un breve tratto, e spariva poi precipitando in un'altra cascata. In alto, fra la vegetazione, s'intravedeva una terza cascata.

Lasciò che la ragazza si godesse la visione e poi disse: «Da qui alla sorgente ce ne sono altre sei e tre stanno a valle. Che ne dici?».

Francesca allargò le braccia. «Ci potrei vivere» disse.

«Non sbilanciarti. D'inverno è un ghiacciaio. Dal momento che sei qui, dammi una mano» e andò a una prima vasca che il torrente formava sotto la cascata. «Dobbiamo trasportare le fascine nell'altra vasca. Con molta precauzione, che non li perdiamo per strada.»

«Che non perdiamo, cosa?»

«Ti faccio vedere.» Immerse le mani nell'acqua della vasca, tirò su una fascina e la posò sulla sponda. «Guarda» disse. Sollevò alcuni rami e scoprì tre gamberetti di fiume che lì avevano trovato rifugio. «È pieno. Adesso portiamo tutte le fascine nella vasca più a valle. Poi mi parlerai della tua morte.»

«Sono contenta perché ti vedo preoccupato per la mia vita.»

«Adesso sono più preoccupato per questi gamberetti.»

«È consolante essere messa dopo i gamberi» borbottò Francesca, poi mise le mani nell'acqua per la sua prima fascina. Subito le ritrasse. «Gelata, accidenti!»

Lui annuì e le sorrise.

Durante i molti viaggi che fecero, le spiegò che si trattava di un allevamento per ripopolare i torrenti della montagna, l'unico ambiente, disse, dove viveva quel tipo di gamberi.

«Vive e si riproduce in acque pulite, con buona ossigenazione e ricche di rifugi tipo sassi e *massiere*, tronchi, nicchie, ramaglie... Come puoi immaginare, un ambiente simile è sempre più raro e i gamberi di torrente si vanno estinguendo.» La vide interessata e fece una sosta nel lavoro per spiegare ancora: «Come se l'ambiente inquinato non bastasse, ci sono anche i bracconieri che ne fanno strage. La pesca è vietata, ma c'è gente disposta a pagare una fortuna per una cena a base di gamberi di torrente».

«Perché li trasferisci da una vasca all'altra?»

«È una storia lunga e complicata» e fece per riprendere il lavoro.

«Sei uno che rimanda, tu. Con sta storia lunga e complicata, te la cavi sempre e non spieghi niente.»

Non insisté e lo aiutò a completare il travaso delle fascine da una vasca all'altra. Poi lo aiutò a riempire di nuovo la prima vasca con altre fascine, nuove, queste, e senza gamberi. A fine lavoro sedette su una roccia, si tolse le scarpe e mise i piedi nell'acqua. «È tempo che spieghi, no?»

L'ispettore le sedette accanto, vicinissimo, ma non mise i piedi a bagno. «Sto preparando la trappola per un bracconiere. È un tale che si prende i gamberetti appena sono pronti per il rilascio. La notte prima che io li liberi, quello arriva e mi vuota la vasca. Dovrebbe essere stanotte, ma ci resterà male.»

«Capirai la trappola! Il tuo bracconiere si accorgerà che nelle fascine non ci sono i tuoi amati gamberetti e andrà a raccoglierli nella vasca che abbiamo appena riempito.»

«La trappola non è ancora completa. Fidati.»

«Perché perdi tempo tu con questi lavori? Non puoi incaricare quel tuo agente che si crede irresistibile?»

«Aaa, Ferlin. Non farci caso, è giovane. Nessuno deve sapere della trappola, nemmeno i miei uomini.»

«Ti va un caffè?» La ragazza annuì. «Lo preparo e mentre lo beviamo, mi racconti com'è la storia della tua prossima morte.»

Francesca si sentiva tranquilla come non le capitava da molto e non se la prese per l'ironia e, dopo il caffè, raccontò della lite con Pieri, il titolare dell'agenzia immobiliare, e raccontò di Novello, suo socio in affari, del quale non poteva quindi fidarsi. Parlò dei propri timori, degli oggetti trovati alla Ca' Storta e della visita di un assassino nella notte.

«Dormirai in paese» decise l'ispettore.

«Tutto qui? Mi vogliono ammazzare e tu: "Dormirai in paese". Io non me ne vado da casa mia!»

«C'è un'altra soluzione» e Poiana sorrise. «Vengo io a dormire con te alla Ca' Storta.»

«Tutto qui?» ripeté lei.

«Ti sembra poco?»

«Non c'è da scherzare. Io l'ho vista quella mano sollevata e pronta a pugnalarmi. Se non mi darai una mano tu, andrò dal maresciallo.»

«Lascialo perdere. Anche lui è socio nell'agenzia di Pieri.»

«Anche lui? Andiamo bene.» Guardò Poiana negli occhi. «Adesso dimmi che sei socio anche tu.»

«Se avessi dei soldi, mi comprerei la Matrogana. La forestale ci ha impiantato un suo posto, ma non l'ha comperata. Non si è trovato il proprietario, ma io so di chi è e chissà che un giorno...»

«Per farci cosa?»

«Guardati attorno e, se non lo capisci, non posso spiegartelo.»

Francesca si alzò, andò sulla porta e guardò attorno, fuori. Capì, ma non glielo disse. Qualcosa doveva pagare per la sua insolenza, quel forestale presuntuoso. Chiese: «Allora che si fa?».

«Te l'ho detto. Per prima cosa dormirò con te...»

«E la tua ragazza?»

«Se ne farà una ragione. Il dovere prima di tutto. Mi farai vedere gli oggetti trovati, studieremo un piano... insomma, fidati di me.»

«Dici che posso?»

L'ispettore si strinse nelle spalle. «Decidi tu» mormorò, indifferente.

Capitolo XIV

Uno sporco massacro

«Ecco fiorentina per Adùmas, con insalata mista» e sorridendo Amdi posò i piatti sul tavolo. Adùmas lo ringraziò burbero con un gesto del capo. Da un paio di giorni non si faceva vedere in trattoria, temendo le prese in giro dei soliti avventori che, come al solito, eran quasi tutti lì.

Al suo ingresso molte teste si erano voltate verso di lui e Nedo della Valeria, ridacchiando, l'aveva indicato ai tre amici che sedevano con lui giocando a carte e, mentre il bracconiere d'altri tempi passava loro accanto, aveva mormorato, ma con tono sufficiente perché Adùmas lo sentisse: «Stasera ci divertiamo: ci racconterà di un cinghiale con una mano in bocca».

«Non era un piede?» aveva detto uno dei giocatori.

«Sì, ma questo l'altro giorno. Stasera sarà una mano.»

«La destra o la sinistra?» aveva ridacchiato anche un altro, scartando.

Adùmas non li aveva degnati e s'era seduto mentre, dal bancone, Benito aveva urlato: «Ooo, chi non mòre si rivede, eh!».

Lui aveva borbottato qualcosa poi, senza salutare nessuno, s'era messo a sedere e aveva ordinato.

«Oh, Dùmas, cos'hai fatto in sti giorni, sei tornato a cercare il tuo cinghiale?» rise il Pieri.

Adùmas stava per mettere in bocca un pezzo di fiorentina. Sospese e, la forchetta a mezz'aria, guardò fisso Pieri. «Proprio così, Pieri. E ti dirò che l'ho pure trovato.» Poiana, seduto al solito tavolo, lo fulminò con uno sguardo. Se n'accorse solo Adùmas, ma non s'intimorì e continuò: «Spiegami una cosa, Pieri: tu come fai a sapere che sono stato per il bosco?».

«A Casedisopra le notizie volano, no?» e risero, forse per dovere di subalterni, anche i due giovani collaboratori dell'agenzia che cenavano al suo tavolo.

«Se Cesarino si facesse i fatti suoi» disse Adùmas, e s'infilò finalmente in bocca il pezzo di fiorentina. Si versò un bicchiere di vino, lo bevve e poi, guardando fisso Pieri, esplose in un rutto fragoroso.

«Auguri Dùmas! Ai tempi dei maiali eran sospiri!» Pieri tornò a ridere seguito dal resto degli avventori.

S'intromise Badaloni, al tavolo assieme al capocantiere Florio e al tuttofare Cesarino: «Al tempo dei cinghiali, vorrai dire, Pieri».

Intervenne anche Nedo: «Giusto! Adùmas tratta solo cinghiali, dovresti saperlo».

Il bracconiere non lo guardò nemmeno, si infilò in bocca una forchettata di insalata e bevve un altro bicchiere. Con un bicchiere in mano, Benito gli si sedette accanto.

«Ragazzi» disse, «lasciatelo stare, gli rovinate la digestione» e si versò dal fiaschetto di Adùmas. «Bisogna che ti aiuti, se vai avanti a berlo tutto, dopo chissà che cosa avrà in bocca il prossimo cinghiale, altro che un piede.»

Adùmas si pulì la bocca, appoggiò il tovagliolo e guardò in giro, poi si rivolse a Benito: «Sai ancora fare il caffè o sei buono solo a sparare delle cazzate?».

Benito si alzò: «Come siamo diventati suscettibili!».

«E portami anche una grappa!» gli urlò dietro Adùmas.

Nedo sospese la giocata per gridare: «Attento, poi dicono che sei sempre bevuto!».

«Uno che spara ai cinghiali con i pallini per le allodole,

deve solo star zitto» borbottò Adùmas. Si alzò per bersi caffè e grappa al banco, ma fece una sosta al tavolo di Nedo della Valeria. «Voi bracconieri della domenica dovete solo star zitti! L'altro giorno ho visto come tu e i tuoi compari avete conciato quella povera bestia, un capriolo.»

Nedo si guardò attorno e poi mormorò, cattivo: «Vecchio, ho idea che se continui a occuparti dei cazzi del prossimo, finirai come quel capriolo».

«Guarda, bimbo, che Adùmas è troppo duro per i tuoi dentini da latte. Impara: agli animali, grandi o piccoli che siano, si spara per ucciderli al primo colpo, bestia che non sei altro! Quel povero capriolo stava lì e mi guardava come se piangesse.»

Visto che non era riuscito a intimidire il vecchio, Nedo la mise sullo scherzo. «Ooo, questa m'è nuova» sghignazzò rivolto ai compari di partita. «E da quand'in qua gli animali piangono?»

«Piangono, piangono. Se tu avessi visto quel povero capriolo. Gli hai tirato, l'hai preso in pancia e quello t'è scappato. Stava lì, quel povero animale, con le budella mezzo di fuori e mi guardava come per dire: "Aiutami". L'ho finito io, ma te l'ho lasciato lassù perché tu vedessi come l'avevi ridotto, il mio coglione!»

Nedo della Valeria si alzò di scatto facendo cadere la sedia e stava per afferrare Adùmas per il bavero. Lo tenne il compagno di destra che disse: «Che fai, Nedo? Stai a questionare coi vecchi, adesso?» e senza alzarsi raccattò la sedia dal pavimento e la rimise sotto il culo del giovane. «Siediti ch'è meglio.»

«C'hai ragione, coi vecchi ci si rimette la reputazione e basta.»

«Il caffè si fredda, Adùmas!» urlò Benito.

«Te lo farei vedere io, il vecchio, te lo farei vedere...» e Adùmas andò al banco. In silenzio sorseggiò il caffè, scolò il grappino, pagò il conto e riprese la via per l'uscita.

Lo fermò Nedo con: «Ooo, Adùmas! Come fai a sapere che gli avevo sparato io, a quel tuo povero capriolo? O non gli hai piuttosto sparato tu, l'hai preso in pancia e gli sei corso dietro per mettergli il sale sulla coda?».

La battuta fece ridere tutti. Non l'anziano bracconiere, che gli si rivoltò. «Nedo, quando Adùmas tira, non sbaglia! E se vuoi posso dimostrartelo anche subito.»

In osteria s'era fatto silenzio e Nedo era diventato serio. Disse: «Cos'è, ti vuoi fare bello con la forestale stasera? Sarai contento di aver spifferato a Poiana che ogni tanto Nedo va a caccia».

«Tranquillo, Nedo, tranquillo» lo rassicurò l'ispettore dal suo tavolo. «Non ho bisogno che mi vengano a dire chi caccia di frodo e chi no. Vi conosco tutti, uno per uno. Lo sapete che non posso fare niente se non vi prendo sul fatto e ve ne approfittate. E, Nedo, l'ho vista anch'io quella povera bestia e ti voglio dare un consiglio: siccome hai la mira che hai, usa le Brenneke*, usa le Brenneke, dammi retta, così non costringi me a usare la pistola per finire quelle povere bestie, che non soffrano più. Sai quante volte l'ho fatto, Nedo?»

«E lo vieni a dire a me, Poiana? Pensa piuttosto ai tuoi, che te la fanno sotto il naso e nemmeno te ne accorgi.»

«Lo dici tu, Nedo, lo dici tu. Guarda che Poiana non dorme e vi sta preparando una bella sorpresa. A te e a tutti quelli che massacrano gli animali per il gusto di massacrare. Oh, capisco quando lo facevano i nostri vecchi. Quelli lo facevano per mangiare... Prendete mio nonno: aveva cinque figli da mantenere, ma voi? La rete, la trappola, la tagliola, la carabina di precisione che colpisce a mille, duemila metri... Che gusto ci provate?» Da parte sua, Gherardini ave-

* Palle di piombo grosse come una noce che, qualunque parte colpiscano, non lasciano scampo all'animale.

va perduto il gusto per la cena e si alzò. «Benito» disse, «segna sul mio conto» e si avviò alla porta. Prima di uscire si fermò e completò: «Non fate neppure più la fatica di camminare: avete il fuoristrada e arrivate dove volete in neanche mezz'ora; avete il cellulare e vi tenete in contatto con gli altri sfigati per comunicarvi i nostri spostamenti; accendete i fari e quei poveri animali, che pensano sia sorto improvvisamente il sole, si bloccano come statue e dovreste colpirli come niente... eppure riuscite a sbagliare il colpo anche così. Che gusto ci provate ad aprire con un coltellino la pancia di un tordo solo per vedere se è maschio o femmina?». Tornò indietro di qualche passo. «Lo so che mi chiamate il Bastardo, Poiana il Bastardo, ma come si fa a non essere bastardi con gente che sventra un capriolo con una pallottola e lo lascia lì a morire?» Uscì.

Ancora per un poco in sala ci fu il silenzio. Lo ruppe il giovane alla destra di Nedo: «Ooo, questa volta Poiana il Bastardo s'è incazzato di brutto».

Qualcuno rise e poi, lentamente, il brusio riprese e presto tornò la solita caciara. Anche Adùmas stava per uscire e si accorse che nel suo fiaschetto era rimasto un dito di vino. Tornò al tavolo e, in silenzio e in piedi, lo vuotò: porta male lasciare la tavola senza finire il vino. Poi: «Saluto questa bella compagnia». Prima d'uscire fece un'altra sosta al tavolo di Badaloni e soci: «E qua c'è una compagnia ancora migliore».

«È proprio una brutta sera, eh, Adùmas? Ce l'hai con tutti.»

«Io? Perché dovrei? Solo perché qua c'è gente che ama girare per i boschi, che va a funghi quando non è stagione e che se incontra altra gente scappa a nascondersi?» Guardò fisso Cesarino. «Tu che dici, Cesarino?»

Cesarino abbassò gli occhi, poi balbettò: «Cosa vuoi dire? Vedi d'essere chiaro».

«Chiaro o scuro, tu m'hai capito. Stai attento!»

Intervenne Badilone: «Ooo, Dùmas, cos'è, minacci adesso?».

Adùmas ignorò la domanda. «Adesso vi saluto, bella gente» e prima di uscire si voltò: «Oh, signori, tanto perché lo sappiate, il piede era quello sinistro.»

In osteria si fece di nuovo silenzio. Lo ruppe Pieri:

«Finalmente! E come fai a saperlo, di grazia?»

«Come faccio a sapere che la Terra è tonda? Lo so e basta.» Spinse la porta e uscì.

Poco lontano e nascosto dietro l'angolo di una casa, in un cono d'ombra, lo aspettava Gherardini:

«Bel colpo, Adùmas, proprio un bel colpo!» lo aggredì mentre gli passava davanti. «Fortuna che mi ero raccomandato. Adesso sarai contento. Hai comunicato all'universo mondo di essere tornato sulla scena di un probabile delitto, di aver trovato degli indizi compromettenti...»

«Oh, Poiana!» lo interruppe Adùmas. «Mi avevano rotto le palle, va bene? E anche tu me le hai rotte, se proprio lo vuoi sapere!» Si allontanò borbottando: «Capirai che danno, capirai».

«Te lo saprò poi dire» e ognuno per la propria strada.

Come Adùmas, anche l'ispettore Gherardini, di strada da fare, ne aveva.

Capitolo XV

La visita c'è stata

Non c'era stato verso e, alla nuova proposta di Poiana per restare da lei l'intera notte, «La Ca' Storta è casa mia e devo abituarmi a restare sola» aveva ribattuto. «Voglio vedere chi la vince, se io o quel... chiunque sia, non gliela darò vinta» e, salutato il forestale, si era chiusa dentro.

«Non dirmi che non te la senti di restare sola con me una notte intera.»

«Figurati! Ci vediamo domani» l'aveva liquidato lei.

Tornò su presto, all'alba, perché era stato in pensiero per la ragazza. Bussò discretamente, ma lei non rispose. Gli ci volle pochissimo a spostare la sedia che avrebbe dovuto, secondo Francesca, tenere fuori di casa i malintenzionati. Con cautela salì nella stanza: la ragazza dormiva tranquilla e non la svegliò.

Allineate sul tavolo c'erano ancora le cose trovate da Francesca qua e là nella Ca' Storta. Cominciò dalla sportina di plastica targata "Prodotti tipici della montagna". La data dello scontrino era di dieci giorni avanti, l'elenco degli acquisti era completo e l'importo era di sedici euro e qualche centesimo. Trovò lo scontrino anche nella sportina "Intimo per lei". Importo, duecentosei euro.

«Bella cifretta per delle mutande» mormorò.

Una coincidenza interessante: la data di emissione dei

due scontrini era la stessa. Controllò la scheda telefonica. Anche se era esaurita, perché tentare di bruciarla? Non era esperto, ma forse le nuove tecnologie erano in grado di rilevare i numeri chiamati. Infilò nel portafoglio scontrini e scheda telefonica e preparò la colazione. Riempì la macchinetta per il caffè, la mise sul fornello e soppesò la bombola per capire se e quanto gas liquido ci fosse.

«Piena, direi.» Non accese e salì in camera.

Francesca dormiva ancora, nel grande letto dei suoi antenati. Un peccato doverla svegliare, ma lui doveva tornare alla Matrogana per controllare se la trappola per bracconieri avesse funzionato. Si chinò all'orecchio della ragazza e sussurrò:

«La colazione è quasi pronta.» Gli rispose un piacevole grugnito e un sospiro assonnato. Francesca neppure aprì gli occhi. «Io devo andare. Te la lascio sul tavolo» e scese.

Aveva fatto colazione a casa, ma una tazzina di caffè ci stava. Se l'era appena versata che Francesca gli arrivò dinanzi, scalza e con addosso una sottoveste trasparente. Gli si avvicinò, gli sfiorò una guancia per un veloce bacio distratto e mormorò: «Sei venuto a controllare se ero ancora viva?».

«No, sono venuto a prepararti la colazione» e la guardò. «Sicura di indossare le tue, di mutandine?» Assonnata, Francesca non capì e lui indicò il minuscolo indumento che traspariva dalla sottoveste: «Uguali a quelle che hai trovato nella borsa di plastica».

Francesca si guardò: «Sì, me n'ero accorta. Frequentiamo lo stesso fornitore». Andò a sedere al tavolo e aspettò, a occhi socchiusi, che Poiana versasse il caffè anche per lei.

«Abituata bene, eh?»

Lei annuì. «Me lo zuccheri anche? Due, grazie.» Poiana eseguì e la guardò prendere la tazzina a due mani, come una bimba, e sorseggiare lenta, a occhi chiusi e gustando il piacere del primo caffè.

«Mangi qualcosa?» Francesca negò con il capo senza

aprire gli occhi. «Male» disse lui, «la colazione del mattino è importante.»

«Sembri mia madre» disse lei. Aprì gli occhi per dare un'occhiata a quanto Poiana le aveva preparato sul tavolo. «Pane, burro, miele: da vomito.»

«Faccio colazione così da una vita.»

«Lasciamo perdere.» Indicò gli oggetti controllati da Poiana. «Che ne dici?»

«Credo di sapere a chi appartengono.» Francesca lo guardò aspettando la rivelazione. «È una storia lunga e complicata. Poi te la racconterò.»

«Ooo, Poiana!» sbottò lei. «Sai che hai rotto con le tue storie lunghe e complicate?»

«Va bene. Potrebbero essere di Florissa, una ragazza che ha vissuto per un certo periodo in un borgo con gli elfi. È rimasta incinta e, dopo partorito, ha lasciato il gruppo e si è sistemata in un casolare abbandonato. Da sola. Coltiva qualcosa, raccoglie frutti di bosco, ha un paio di capre, fa i formaggi... insomma, se la cava. Quando ha qualcosa da vendere, scende in paese. Una volta l'ho sorpresa a gironzolare qua attorno, con il piccolo appeso al collo. Mi ha spiegato che quando veniva a Casedisopra passava la notte nel tuo fienile e...» Francesca pareva essersi riaddormentata. «Te l'avevo detto: una storia lunga e noiosa.»

«Tranquillo, ho seguito tutto. Non mi tornano le mutandine rosa e il profumo. Una come Florissa... che razza di nome è?, comunque, una così non è ragazza da mutandine e reggiseno sexy. E neanche da Acqua di Parma.»

«Io sto parlando delle cose trovate in fienile. Il resto, gli indumenti intimi e il profumo, per il momento, non me li spiego.» Si alzò. «Devo andare.» Sulla porta si fermò: «Che tu lo voglia o no, la prossima notte resterò a dormire qui, così non dovrò alzarmi presto per salire a vedere se sei ancora viva» e sparì nella luce dell'alba.

Francesca gli gridò dietro: «Lo dirai alla tua fidanzata?».

Da fuori le arrivò: «Un giorno o l'altro glielo dirò!».
«Poiana, sei un gran figlio di puttana!»
«Lo so, che ci vuoi fare?»
Solo allora Francesca aprì il cellulare e controllò l'ora. «Le sei! È matto! Non andrò mai a letto con uno che si alza all'alba, accidenti!» Risalì le scale e si ributtò sul letto. «Pazzesco, le sei, mai successo.»

Quando avevano adattato la Matrogana per gli usi della forestale, nessuno aveva immaginato che i gamberetti di fiume sarebbero diventati tanto appetibili, una fonte di guadagno, e per ciò, per il cancelletto, non avevano previsto opportuna chiusura a tenuta di bracconiere. Sempre che esistesse una simile chiusura.

Quella notte, come l'ispettore Gherardini aveva previsto, c'erano state visite alla vasca. Se n'accorse di lontano perché il cancello era spalancato.

«Se ne sono andati di fretta e con male alle mani.»

Parcheggiò la campagnola e andò di corsa alla vasca-trappola. Le fascine erano al loro posto. Una sola era stata spostata, ma stava ancora immersa nell'acqua. L'ispettore sorrise e tornò alla Matrogana. Entrò, premette l'interruttore e la luce non si accese. Mormorò soddisfatto: «Ha funzionato». Andò al contatore per inserire il salvavita e ci rimase male. «Non è scattato!» Riprovò ad accendere, ma la corrente mancava. «Fortuna che la corrente se n'è andata lo stesso», ma gli vennero i brividi all'idea di cosa sarebbe potuto accadere a quel poveraccio.

O forse gli era accaduto?

La campagnola sfilò dinanzi all'ingresso della caserma e Poiana si accorse che qualcosa non andava: le imposte dell'ingresso, dov'era sistemato il centralino, chiuse. La prima cosa che faceva Ferlin arrivando era di aprirle. Quella mattina non lo aveva fatto.

Parcheggiò dietro, salì di corsa le scale e arrivò al piano terra. Nessuno seduto al centralino.

«Farinon!» gridò.

Il sovrintendente si fece sulla porta dell'ufficio, che divideva con gli altri forestali e fece un cenno con il capo che significava: "Che c'è da urlare?".

«Non faccio che raccomandarmi che ci sia sempre qualcuno al centralino!»

Dalla soglia Farinon chiarì: «Per prima cosa sia io che Radici siamo a portata d'orecchio, quindi...» e fece per tornare alla scrivania.

«E Ferlin, tuo nipote, dove s'è ficcato?»

«Stanotte è stato male, ha preso la macchina ed è andato giù, al pronto soccorso.»

«Grave?» e attese con ansia la risposta.

«Non lo so, aspetto una telefonata. Lo sai come sono i pronto soccorso...»

«Sceglie sempre i momenti migliori per i suoi guai, quello!»

Il sovrintendente allargò le braccia: «Che ci vuoi fare, è giovane».

«Sono giovane anch'io, eppure sono qui!»

Capitolo XVI

Il grande fuoco

Quasi alla sommità del monte della Vecchia, in un pianoro senza vegetazione, a poco più di mille metri di altitudine, i volontari della protezione civile avevano eretto il loro posto d'avvistamento. Dalla cima del traliccio si dominavano le due vallate, a levante e a ponente e, con un buon binocolo, si arrivava fino a Casedisopra: la chiesa e il campanile, la piazza con la trattoria-bar Da Benito e l'imponente e antico fabbricato della famiglia Guidotti che, visto di lassù, incuteva un certo rispetto per il suo ergersi prepotente sui tetti delle altre case e per le sue possenti mura grigie e minacciose.

Fino a quel momento l'estate era stata calda e secca come non se n'erano viste da dieci anni. L'ultima pioggia rispettabile era caduta a fine aprile e poi più una goccia, a parte l'acquazzone di un paio di settimane prima, troppo breve per lasciare un segno sulla terra e nella vegetazione, che ne avevano un gran bisogno. Già gli alberi più grandi si liberavano delle foglie superflue in modo da non far evaporare troppa umidità e il sottobosco era coperto da sterpaglie secche che un niente avrebbe incendiato.

I volontari si alternavano in una vigilanza ventiquattr'ore su ventiquattro e la forestale aveva appeso cartelli un po' dappertutto con la raccomandazione di non accendere fuochi e di prestare molta attenzione. Nei cartelli era anche indicato il numero di telefono dei vigili del fuoco, con l'invito a comunicare ogni minimo segno di fumo: meglio un allarme inutile che un allarme mancato.

Quel mattino di fine luglio, sulla sommità del traliccio era di guardia un certo Mario, un tipo che, a giudicare dalla struttura alta e possente che ancora si portava addosso, in gioventù doveva essere stato vigoroso come un torello. Una bella faccia aperta e cordiale, capelli folti e bianchi, bianchi i baffi spioventi, alla Pancho Villa. Già prima di andare in pensione era volontario della protezione civile, poi, maturato un minimo d'età e di stipendio, aveva lasciato il lavoro e si era dedicato totalmente al volontariato. La lunga militanza fra i volontari gli aveva permesso di conoscere i sentieri, gli animali e le piante della zona.

Quel mattino aveva già scattato molte foto e stava mandando giù un sorso di un rosso leggero, tanto per preparare lo stomaco allo spuntino delle dieci, che lo sguardo incontrò un filo di fumo. Saliva dal bosco in un punto fra Casedisopra e Pastorale.

«Per dio!» bestemmiò e, preso il binocolo, lo puntò sul fumo che, in quel momento, cominciò a salire più alto e più denso, in una colonna che non lasciava dubbi. Mario s'attaccò alla trasmittente e comunicò alla centrale, leggendoli nel binocolo, i gradi riferiti al punto dal quale cominciavano a levarsi piccole ma minacciose lingue di fuoco.

In centrale attivarono i computer, sulla cartina luminosa appesa alla parete sopra i computer apparve il punto esatto del presunto incendio e subito si misero in contatto con Mario:

«A noi risulta zona boschiva...»

«Per dio! Lo so anch'io che è zona boschiva. Bastava chiederlo, no?» gridò mentre con il binocolo continuava a controllare. «Attenzione, le fiamme sono alte, sopra gli alberi! Attenzione, altro fumo a due, trecento metri dal primo. Vi passo i gradi del secondo incendio. Non perdete tempo! Stavolta non è un barbecue per braciole di maiale. Stavolta è una cosa grossa» e, presa la macchina fotografica, cominciò la mitragliata di scatti. Potevano sempre servire a futura esperienza: come si erano sviluppati i due incendi, la direzione presa, dove le fiamme attecchivano più facilmente...

Dal centro operativo regionale partì l'allarme che mobilitò vigili del fuoco e protezione civile, compresi i volontari presenti. Ovviamente l'allarme arrivò anche alla caserma della forestale di Casedisopra e l'autobotte, sempre piena e pronta all'intervento, partì a sirene spiegate e fu la prima ad arrivare sul posto.

L'ispettore Gherardini si rese subito conto che la cosa era grossa, come l'antica esperienza di Mario aveva previsto. Mandò immediatamente due uomini a prelevare Beatrice e Genoveffa da Pastorale, primo centro minacciato dall'incendio.

«E se non vogliono lasciare casa, portatele fuori con la forza, a costo di stordirle con una botta in testa» avvertì i suoi. Sapeva com'erano le due vedove. «Provvisoriamente le farete alloggiare da Benito. Con lui mi accorderò poi io.»

Intanto i fronti dei due incendi si erano congiunti ed erano diventati un unico grande fronte di fuoco e i due elicotteri, subito arrivati, facevano la spola fra il lago, a riempirsi la pancia d'acqua, e le fiamme.

Dal paese arrivò Adùmas. Per dare una mano, disse, e aggiunse, indicando il fuoco che si stava divorando il bosco: «Bell'idea quella di farmi riportare la scarpa dove l'avevo trovata. Adesso ci metti su una croce» e in quel momento l'ispettore si rese conto che l'incendio era partito proprio da dove Adùmas aveva incontrato il cinghiale con un piede in bocca. Da dove erano cominciati i guai.

«Ho le foto» lo rassicurò.

«Mi sa che te le puoi ficcare dove dico io.»

Altri volontari arrivarono dal paese: Badaloni con il suo

capocantiere Florio e Semir il "marocchino", come in paese chiamavano i due fratelli tunisini. Arrivò la squadra di Salvatore, quelli del Sud, nulla chiesero e si misero subito al lavoro. Arrivò Nedo della Valeria che guardò Adùmas e gli disse:

«T'è passata la *fotta*, Dùmas?»

«Adesso abbiamo altro da pensare.»

Arrivarono l'appuntato dei carabinieri Abbuono Pasquale, «Nel caso ci fosse bisogno di mantenere l'ordine» disse, e sulla stessa camionetta dell'Arma, Novello.

L'ispettore dislocò i civili nelle zone dove il fuoco era già stato domato per vigilare su possibili ritorni di fiamma. Consegnò anche un paio di ricetrasmittenti e si raccomandò: «Fate molta attenzione, e se vedete che i focolai riprendono vigore, non state a fare gli eroi: avvertite il capo dei pompieri e attenetevi alle sue disposizioni».

Ci davano dentro da ore e di colpo il fronte del fuoco cambiò direzione. L'ispettore cercò di capire dove stava andando. Gridò: «Farinon, va verso la Ca' Storta! C'è Francesca!». Fece il numero del cellulare della ragazza.

«Ispettore, non c'è pericolo. Fra qui e la Ca' Storta ci stanno di mezzo i calanchi e il ruscello...»

«Non c'è campo! Vado a prelevarla!»

«T'ho detto: non c'è pericolo!»

«Bisogna portarla via lo stesso che non si sa mai.»

«Vado io!»

«Tu sta' qui che serve la tua esperienza» e corse giù, dove aveva parcheggiato la campagnola.

Alla Ca' Storta, l'auto di Francesca non c'era e non c'era Francesca. Per sicurezza la cercò nella casa, nella stalla e nel fienile. Arrivò fino alla sorgente e riprovò a telefonare. Niente campo.

«Fantastico! A questo servono i cellulari!»

Tornò alla campagnola e prima di rimontare valutò il fronte del fuoco, gli parve che non si fosse avvicinato alla Ca' Storta e si tranquillizzò.

Di lontano vide gli elicotteri che stavano facendo il loro lavoro. Le due grosse api andavano veloci a succhiare nel lago, tornavano più pesanti, scaricavano l'acqua nei punti dove più alte si levavano le fiamme e ripartivano verso il lago. L'elicottero 6 volava più basso del suo compagno e l'ispettore, per un istante, lo vide scomparire nella nube scura dell'incendio.

«Stai più alto! Più alto!» gridò come se il pilota potesse sentirlo.

Invisibile ai suoi occhi perché nascosto dal fumo, l'Eli 6 aprì le cateratte e subito balzò in su ricomparendo alla vista. L'ispettore tirò un sospiro e accelerò.

Alla centrale operativa, che teneva i contatti con tutti i reparti antincendio, gridò al tecnico:

«Chiama l'elicottero 6 e di' a quel coglione di pilota di volare più alto! Abbiamo abbastanza guai senza andarne a cercare altri!»

«Elicottero 6, elicottero 6. L'ispettore Gherardini ordina a quel coglione di pilota di volare più alto.»

«Ricevuto. Di' all'ispettore Gherardini che pensi alle cose della terra, che dal cielo ci penso io» rispose la voce di una ragazza e, come per chiarire meglio i ruoli, portò l'elicottero a lambire le fiamme e scaricò l'acqua, tanto preciso che di colpo le fiamme, dopo un ultimo guizzo, si abbassarono fin quasi a spegnersi. «Va bene così, ispettore?» chiese ironica la stessa voce.

L'ispettore Gherardini non rispose. Con uno sguardo fulminò l'operatore radio e andò a cercare Farinon.

«Dov'è Novello?»

«Hai fatto sgombrare la ragazza?» chiese quello, anziché rispondere.

«Non c'era. Dov'è Novello?»

Farinon si guardò attorno: «Era qui fino a un minuto fa. L'ho visto andare da quella parte».

Lo trovò poco distante che stava frugando con una pala fra i resti carbonizzati di un roveto. «Che stai facendo?» gli urlò arrivandogli da dietro.

Novello sussultò: «Che sto facendo? Quello che mi hai detto di fare». Sempre con la pala scostò della cenere. «Ho visto salire del fumo da qui...»

«Sai qualcosa di Francesca?»

«In che senso?»

«Alla Ca' Storta non c'è e non c'è neppure la sua auto.»

Novello allargò le braccia e scosse il capo.

All'alba, dopo un giorno e una notte di lavoro, alla base operativa arrivò finalmente l'attesa comunicazione: «Eli 6 a base: ho sorvolato la zona più volte e non ho visto focolai».

«Qui Eli 2: anch'io non segnalo focolai.»

L'ispettore Gherardini guardò la desolazione attorno, un panorama di ceneri fumanti, di tronchi d'albero anneriti e contorti e di quello che era stato un bosco restava una distesa di rovine distrutte dal fuoco. Si passò il dorso della mano sulla fronte sudata e sporca di fumo e cenere.

«Che disastro! Speravo che non ci sarebbe toccata questa sciagura.»

«E invece c'è toccata» disse Farinon. «Ora la solita domanda: spontaneo o doloso?»

«I forestali credono ancora alla favola dell'incendio spontaneo?» si chiese una voce alle loro spalle. Adùmas li guardava scuotendo il capo. «Quanti incendi *spontanei*» e calcò la voce sulla parola "spontanei" «avete incontrato nella vostra carriera?»

L'ispettore lo guardò male. «Cosa ci fai ancora qua, sei venuto a intralciare il nostro lavoro?»

«Guarda che conosco il bosco meglio di voi due messi

assieme. Comunque lo sapete anche voi: la cicca gettata, il fuoco del campeggiatore coglione... balle! Ma si fa presto a cercare eventuali inneschi, e se non li trovate voi ci sono sempre i pompieri.» Fece una pausa. «O se no c'è Adùmas, che forse sa meglio di voi due dove e cosa cercare.»

«Ma perché un incendio doloso proprio qui? Che senso ha? O è un matto, che so, un piromane, o lo provocano per avere dei vantaggi. Ma qui che vantaggi ci possono essere, a chi potrebbe giovare?»

Adùmas sbuffò. «Ma sei nato ieri, Poiana? Te ne racconto una. Quando Pieri era sindaco venne un giorno a casa mia. La prese lunga, e questo, e quell'altro, stai ancora in questa casa, che è vecchia, e cosa te ne fai di quel po' di terra che hai?, insomma, e girala e rigirala a un certo punto gli faccio: senti, vieni bene giù dal pero e dimmi cosa vuoi. E per fartela breve voleva comprarmi casa e terra, per una cantata, ma questo non c'entra, per fare non so bene quale villaggio di seconde case, e c'era da guadagnare per tutti, le imprese, i muratori e il paese e tutto. Io l'ho mandato a far qualaltro ma l'idea già circolava e forse c'è rimasta, in testa a qualcuno; non dico che Pieri c'entri, ma se non lui un altro. Bosco bruciato, non serve più, io non so come funzionano quelle cose lì, ma ci vuole poco a farlo passare come terreno edificabile.»

«Di questo parleremo poi» disse l'ispettore. Controllò ancora attorno, prese il microfono della centrale operativa e comunicò: «Ragazzi, direi che ce l'abbiamo fatta! Grazie a tutti». Dall'intera zona controllata partirono grida di gioia e si levarono alte le braccia ad applaudire i mezzi in aria. «Grazie, elicotteri» continuò, sempre nel microfono, l'ispettore. «Eli 6, puoi atterrare nella radura prima di rientrare alla base?»

«Veramente mi stavo dirigendo verso la doccia di casa mia» rispose la ragazza che sembrava divertirsi a volare sopra le loro teste.

«La doccia la offre la locale caserma della forestale assieme a una ricca colazione. Scendi, per favore.»

«Gherardini?»

«Sì, sono Gherardini.»

«Allora questa cogliona non può rifiutarsi, immagino.»

Eli 6 scese con un ultimo volteggio e Poiana lo raggiunse.

«Sei stata brava, ma ho avuto paura... il serbatoio sfiorava le cime degli alberi e le fiamme, accidenti! Scusa per il coglione: non sapevo che...»

«Fa niente. È difficile pensare che anche una ragazza possa pilotare un eli. Sei stato bravo anche tu.»

«Come lo sai?»

«Dal cielo si vedono cose che da terra neppure si notano» e finalmente, dopo tante ore di volo, si tolse il casco. Spuntarono capelli corti e biondi e un viso stanco. La ragazza posò il casco sul sedile dell'elicottero e tese la mano a Gherardini. «Sei scusato. Mi chiamo Chiara.»

«Sei giovanissima.»

«Ti dispiace?»

«Assolutamente no.»

Capitolo XVII

Una colazione mancata

Fece entrare Chiara e chiamò: «Agente Goldoni Giuseppe!».

Dalla cucina arrivò un ironico: «Presente!» e il nominato Goldoni si affacciò in corridoio. Non era proprio come ci si aspetterebbe fosse un agente: mutande e canottiera. Vide la ragazza che accompagnava l'ispettore e cercò di giustificarsi: «Scusate, non aspettavo visite. Poi, non ne potevo più. Ventidue ore in tuta e senza lavarmi...».

«Scusato, agente Goldoni» disse Chiara, anche lei ironica. «C'è odore di caffè.»

«Caffè e ciambella del forno di Gandino. Non so se conosce Gandino, signorina, ma fa il pane e i dolci più buoni della montagna e dintorni.» Poi l'agente Goldoni considerò il suo stato: «Vado a rendermi presentabile».

«Prima ci prepari la colazione» disse l'ispettore.

«In mutande?»

«In mutande. Novità di Ferlin?»

«Sta meglio.»

«Ce la prepari la colazione?» e indicò Chiara. «Gliel'ho promessa.»

Goldoni si adeguò, salutò militarmente e: «Ai comandi, ispettore» disse rientrando in cucina.

Il sovrintendente Farinon era rimasto sul luogo dell'incendio per i consueti primi rilievi e nella piccola mensa della forestale Chiara e Gherardini erano dinanzi a una caffettiera bollente, una cuccuma di latte tiepido e un piatto con fette di ciambella.

«Dio, come ci voleva» mormorò Chiara dopo un sorso di caffè e rilassandosi contro la spalliera. «Non ci è poi andata male male, no?»

«Da come si era presentato, poteva andare peggio...» e fu interrotto dal telefono. Stava ancora zuccherando il caffè. «Sì?» e gli arrivò la voce alterata di Farinon.

«Ispettore, un guaio, un grosso guaio!»

«Che c'è?»

«Devi tornare subito su!»

«Che c'è? Accidenti! Che c'è?»

«Abbiamo un problema, un grosso problema.»

«Cos'è successo, Farinon, si può sapere?»

«Ispettore, meglio se vieni su subito» la voce del sovrintendente era un soffio. Non era solito chiamare il suo superiore "ispettore". Accadeva solo in casi di particolare gravità.

«Arrivo.» Gherardini si alzò e guardò Chiara: «Mi dispiace, ma devo tornare su. È successo qualcosa di grosso...».

Anche la ragazza si alzò. «Vengo con te.»

«No, fai colazione e doccia. L'agente Goldoni ti riporterà all'elicottero. Spero di rivederti in un'occasione meno... meno...» Salutò con un gesto e la lasciò in mensa. «Goldoni!» gridò passando dinanzi alla cucina. «Occupati della signorina!»

«Con piacere.»

«Non fare lo spiritoso, che non è il momento.»

La voce dell'ispettore era preoccupata e Goldoni si affacciò. «Cos'è successo, capo?»

Il "capo" uscì senza rispondere e da fuori urlò: «Non lo so, accidenti! Non lo so!».

Ancora stagnava sul bosco bruciato l'odore del vapore acqueo – fuoco e cenere bollenti sui quali sia stata gettata un'abbondante quantità d'acqua. La desolazione di alberi diventati scheletri neri e del sottobosco morto. Un'immagine drammatica dentro la quale il corpo semicarbonizzato pareva aver trovato il luogo più consono: morte della natura e morte dell'uomo.

«Potrebbe anche essere di donna» mormorò l'ispettore.

Muti, guardavano il corpo l'ispettore Gherardini, il sovrintendente Farinon, l'appuntato dei carabinieri Abbuono, Adùmas, Novello e un uomo non più giovane, d'aspetto solido, capelli bianchi e bianchi baffi alla Pancho Villa.

L'ispettore ordinò agli estranei: «Via, via! Tornatevene a casa e senza toccare nulla qua attorno». I tre si allontanarono in silenzio. «Un momento!» e li raggiunse: «Come mai siete ancora qui?» Puntò il dito su Pancho Villa. «Lei chi è?»

Pancho Villa stava per chiarire; lo precedette il sovrintendente Farinon: «Lo conosco: si chiama Mario, è un volontario della protezione civile, era di servizio al posto d'osservazione di monte della Vecchia, è stato il primo a vedere il fumo e l'ha segnalato...».

L'ispettore fece segno che bastava. «C'è un bel po' di strada da monte della Vecchia a qui. Perché sei rimasto?»

Mario sollevò la destra e mostrò la macchina fotografica. «Documento tutto. Ho fotografato la successione degli incendi e il loro sviluppo e gli interventi sia di terra che degli elicotteri. Per capire come funziona il fuoco e se facciamo le cose per bene o le possiamo migliorare. Può servire, no?»

«Direi di sì» e l'ispettore passò agli altri due. «E voi?»

«Devo rendere conto?» mugugnò Adùmas.

«Se non te ne sei accorto, siamo davanti a un cadavere.»

«Tu sai benissimo perché sono rimasto...»

«Va bene» lo interruppe l'ispettore. «Ne parliamo poi. E tu, Novello?»

Anziché rispondere, Novello chiese a sua volta: «Posso

parlarti da solo?» e, preso l'ispettore sottobraccio, fece per allontanarsi dagli altri.

Gherardini non si mosse d'un passo e si tolse di dosso le mani di Novello: «Anch'io ho qualcosa da dirti. Facciamo da me, in caserma. Ti chiamo io. Adesso andate e non parlate con nessuno di quel...» e indicò il corpo. Avrebbe voluto dire "disgraziato", ma aveva il terribile sospetto che avrebbe dovuto dire "disgraziata". «Ah, Mario, tu resta che mi serve la tua macchina fotografica.»

«Sì, però la uso io.»

«Meglio.»

Il corpo semicarbonizzato era in posizione distesa, come se avesse atteso la morte rassegnato.

«Scattane qualcuna e che lo si veda bene» e, mentre il massiccio Mario cercava le posizioni adatte e scattava come se non avesse fatto altro che fotografare cadaveri, chiese al sovrintendente: «Che ne dici?»

«Lo stesso che pensi tu, immagino.»

«Sì, non è morto bruciato. Non ci si sdraia comodi ad aspettare che il fuoco ti riduca... così. Era già andato quando è bruciato.» Ci pensò su un poco e aggiunse: «Bruciato o bruciata».

Farinon si chinò sul corpo proprio nel momento nel quale Mario scattava una foto. «Sei venuto proprio bene, Farinon. La prossima, però, vorrei farla a lui» disse Pancho Villa indicando il cadavere.

«Scusa, scusa» e il sovrintendente principiò l'esame del corpo a partire da quello che restava della testa. «Difficile capire se uomo o donna, ridotto com'è.» Arrivato ai piedi, annuì, si rialzò e guardò in faccia il capo. «Di piedi ne ha due e questo esclude Adùmas e il suo cinghiale. Poi, se ti tranquillizza, non è Francesca» e indicò ciò che restava delle scarpe che il poveraccio indossava. «Quelle sono lamine inserite nelle suole di scarpe antinfortunio e Francesca non le usa, direi», poi aggiunse, con ironia: «O le usa? La conosci meglio di me.»

Si chinò anche l'ispettore e anche l'ispettore annuì, più tranquillo, per quanto ci si possa sentire tranquilli davanti a un morto di morte violenta. «Non la conosco ancora bene bene, ma direi di no.» A Mario: «Riprendi il particolare dei piedi e metti in evidenza i resti delle scarpe». Si guardò attorno. «Dov'è finito l'appuntato?» si chiese.

Anche Farinon cercò attorno e si strinse nelle spalle. «Poco fa era accanto a me. Non sopporterà la vista dei cadaveri. Lo cerco?»

«Lascia perdere» e si rivolse a Mario: «Ascoltami bene: quello che senti qui è strettamente riservato.»

Mario si alzò, sovrastando di una spanna buona l'ispettore Gherardini, che pure non era un ometto. Lo guardò bene negli occhi e lo stesso fece con il sovrintendente: «Ooo, forestali, con chi credete di stare parlando?» e riprese il servizio fotografico borbottando il suo malumore.

«Allora, omicidio?» chiese ancora Farinon.

«Non c'è molto da scegliere: se non è infarto o un malore improvviso, è omicidio. Ti viene in mente chi possa essere?»

Farinon ci pensò su. «No, ma si fa presto a saperlo. Basta fare un giro sui luoghi di lavoro qua attorno dove si usano scarpe antinfortunio e chiedere chi manca all'appello. Nella zona, di fabbriche, ce ne saranno cinque-sei al massimo.»

«A meno che sto disgraziato non sia venuto da fuori per morire o farsi ammazzare qui.»

«Non credo.» Farinon era piuttosto sicuro della sua opinione. «Chi brucia i boschi ha interessi locali, come ha detto il vecchio...» Lo interruppe ancora una volta la voce di Adùmas, arrivato dietro di loro senza che se ne accorgessero.

«Il vecchio è qui, Farinon, e ci vede meglio di voi giovani.»

«Ma tu stai sempre fra i piedi?»

«Fra il piede, Farinon, fra il piede, per dirla come va detta.» Si avvicinò all'ispettore e lo tirò per una manica: «Vieni un momento qua, che ho da dirti qualcosa».

«Allora dimmelo, senza tanti scimitoni», ma lo seguì.

«Sono stato a vedere il posto dove avevo riportato la scarpa. È bruciata in buona parte ma una bella fetta c'è ancora. Vuoi vedere?»

«Certo che voglio vedere. E anche fotografare, accidenti!» Adùmas gli indicò con il capo i due, Mario e Farinon, che aspettavano i loro comodi. «Anche loro, sì, ormai fanno parte dell'inchiesta.»

Della maledetta scarpa da cantiere che aveva rovinato la vita di Adùmas e la stava rovinando anche a molti altri restavano la lamina della suola e la tomaia. Carbonizzate, ma ancora intatte, fuse dal calore e indurite.

L'ispettore fece segno a Mario di procedere con le fotografie, aspettò che ne scattasse un buon numero e, quando il Pancho Villa dell'Appennino gli fece segno come per sapere se bastavano, disse: «Va bene, grazie, Mario. Poi ti faccio avere quanto ti spetta per le tue prestazioni.»

«Stai scherzando, Poiana? Io mi sono divertito» e, rendendosi conto della castroneria appena detta, chiarì: «Nel senso che mi piace fotografare, magari non cadaveri e incendi, ma all'occorrenza... Insomma, non mi devi niente, per me è stato un piacere» e la piantò lì per non complicare il suo grottesco discorso.

L'ispettore Gherardini indicò i resti della scarpa da cantiere. «Adesso bisognerebbe raccoglierli... Averlo saputo, portavo con me le buste di plastica per i reperti» e cercò attorno qualcosa che potesse contenere e conservare ciò che restava della scarpa. Niente, nella desolazione lasciata dal fuoco.

«Se ti va bene questa» disse Adùmas mentre gli porgeva la solita sportina di plastica.

«Cos'è, te ne porti sempre una dietro?»
«Può sempre servire.»
«Certo, meglio di niente, Adùmas. Sai, saresti un uomo prezioso se non fossi un rompipalle» e, raccolti i resti della maledetta scarpa da cantiere, li depose con cura nella sportina di plastica gentilmente offerta dal bracconiere.

Capitolo XVIII

Nessuna traccia di Francesca

Quando era preoccupato accendeva troppe sigarette e di preoccupazioni, in quel momento, ne aveva e come. Per quanto possibile, cercava di affrontare uno per volta i problemi che gli si presentavano nella vita. Anche i più gravi. Un problema per volta.

Adesso di problemi ne aveva tanti e insieme: un cinghiale con un piede in bocca, un incendio doloso, uno dei suoi uomini al pronto soccorso, il cadavere di uno sconosciuto. Ne aveva un altro, per lui il più importante: Francesca sparita dalla faccia della Terra. O almeno dalla faccia di Casedisopra e dintorni.

Il campanello si era appena fatto sentire: un suono cortissimo, timido. «Fai passare, Goldoni, fai passare.»

L'ispettore si era acceso una sigaretta ed era andato a consumarla davanti alla finestra aperta del suo ufficio e da lì l'aveva visto avvicinarsi e non aveva aspettato che l'agente Goldoni glielo annunciasse.

«Fai passare, fai passare.» Spense la sigaretta, non gli serviva più, e sedette alla scrivania. Indicò la sedia: «Accomodati, Novello».

«Ho un po' di fretta. Dovrei scendere in città... Mi hai chiesto di venire?»

«Lo sai, c'è una tua risposta in sospeso» e vedendo lo stupore sul viso del giovane: «Non mi hai chiesto tu di parlarmi da solo?»

«Ah, sì, ma non è importante.»

«Per me sì.»

Novello lasciò perdere la fretta e sedette. «Perché ero ancora lassù, sì. Be', prima di tornare in paese, avevo fatto una scappata alla Ca' Storta.»

«A fare che?»

«A controllare che a Francesca non fosse accaduto...»

L'ispettore si alzò, andò accanto a Novello e si chinò su di lui. «Balle, Novello. Te l'avevo già detto io che alla Ca' Storta Francesca non c'era! Cosa sei andato a fare alla Ca' Storta? Se ci sei andato!»

«Che discorsi fai, Poiana? Se ho detto Ca' Storta...»

«Ti credo. A fare cosa?» Novello non rispose. L'ispettore cambiò tono, offrì una sigaretta e lo rassicurò. «Tranquillo, Novello, non c'è niente che tu non possa dirmi. Voglio solo capire dov'è finita Francesca. E anche tu, se è tua amica, no?» Gli accese la sigaretta.

«Tu non fumi?» chiese quello.

«Allora? La vogliamo trovare sta benedetta ragazza o no?»

«È la tua ragazza?»

«Cosa dici, Novello? Sto facendo il mio lavoro. Una persona è sparita in mezzo a un bosco, io sono un forestale e dunque... che c'entra se è la mia ragazza?» Novello taceva. «Se può tranquillizzarti: non è la mia ragazza, non voglio nessuna ragazza, almeno per adesso, va bene?»

La sigaretta era ancora a metà e Novello la schiacciò nel posacenere. «Non so dove possa essere.»

«Eppure sei andato a cercarla alla Ca' Storta.»

«Ero preoccupato per lei, va bene?»

«Vuoi dire che sei interessato a lei per motivi... come li vogliamo chiamare? Di sesso?»

«È una bella ragazza» si lasciò scappare Novello.

«Così va bene. Sei stato altre volte alla Ca' Storta?»

«Questo che c'entra?»

«Ti dispiace rispondere?»

«Sì, forse sì, qualche volta ci sarò passato, ma non di recente.»

«E ci sei andato per incontrarti con Francesca?»

«No, mai per Francesca.»

L'ispettore frugò nel cassetto della scrivania e: «Hai già veduto questi oggetti?» e posò sulla scrivania la boccetta di Acqua di Parma, mutandine e reggiseno rosa e scheda telefonica dal bordo bruciacchiato. Il giovane diede un'occhiata al materiale e, piuttosto sorpreso, guardò l'ispettore. «Li hai visti o no?»

Novello annuì. «Sì, le mutandine, forse di Cristina, qualche volta... ma il resto no.» Fece una pausa imbarazzata. «Dove le hai trovate?»

«Fanno parte dell'inchiesta.»

«Cosa c'entrano con l'incendio? Non capisco...»

«Per il momento neppure io, ma tutto quello che ho trovato e troverò sul luogo dell'incendio e nei dintorni verrà schedato e vagliato. L'hai visto, c'è di mezzo un cadavere.»

Novello s'arrabbiò. «E che c'entrano le mutandine *forse* di Cristina? È proprio necessario?»

«Calmati, Novello. Se Cristina non c'entra con le mutandine...»

«Sì, ma metti che suo padre lo venga a sapere... tu sai com'è Badilone, no? Quello mi ammazza di botte. È geloso come un... non so cosa. Me lo ripete ogni volta che vado a prendere Cristina: "Se imparo che fai del male alla mia piccola...".»

L'ispettore sorrise: «Tu non le fai del male, anzi, potendo, le fai del bene. Quindi, niente paura. Ma metti che siano di Cristina, come mai si trovavano alla Ca' Storta?».

«Alla Ca' Storta?» e la meraviglia si stampò sul viso di Novello.

«Pensavi che le avessi sfilate personalmente a Cristina?»

«Alla Ca' Storta» ripeté Novello sottovoce. «Proprio non capisco, non capisco...»

«E di questa che mi dici?» chiese l'ispettore mettendo sotto il naso del ragazzo la scheda telefonica bruciacchiata.

«Non ne so niente. Io uso il cellulare e Cristina pure. Dove l'hai trovata?»

L'ispettore Gherardini non rispose e, rimessi tutti i reperti nel cassetto, andò a battere una mano sulla spalla del giovane. «Tranquillo, quegli oggetti non usciranno dal mio ufficio.»

«Allora, me li puoi restituire e così Cristina...»

«Una cosa per volta, Novello. Per ora accontentati: nessuno saprà che ho trovato le mutandine alla Ca' Storta. Almeno non lo si saprà dall'ispettore Marco Gherardini. Per altri non posso impegnarmi.»

«Cosa vuoi dire, Poiana?»

«Lo sai, il paese è pettegolo. Ti saluto, Novello, e stammi bene», ma il giovane, che sembrava imbalsamato, non si alzò e Gherardini fu costretto a sollecitarlo prendendolo per un braccio.

«Come sta tuo padre, Giorgio?» e Poiana posò sul bancone della bottega un sacchetto di carta con dentro qualcosa.

«Ooo, Poiana, come vuoi che stia? Come uno che gli hanno messo il cuore d'un altro. Non vedi che tocca sempre a me stare dietro sto banco?»

«Con i tempi che corrono, ringrazia che hai un banco.»

«Forse hai ragione, ma guarda che st'anno non è come anno scorso.» Guardò che non stesse entrando un cliente e confidò: «St'anno i villeggianti si sono portato il mangiare da casa. Ogni tanto entra uno che ordina mezz'etto di prosciutto...».

«Io ne voglio un etto.»

«E te lo mangi tutto in un giorno? Farai indigestione.»

«... e lo voglio toscano.»

Giorgio si mise ad affettare, continuando a chiacchierare. «Come i piatti che prepara mi' madre. Finisce che ce li mangiamo noi. Ecco qua: un etto e dieci grammi. Che si fa, Poiana? Si lascia o non te la senti di spendere qualche centesimo in più?» Incartò continuando a lamentarsi per la crisi. Poi: «Ti serve altro?».

Gherardini indicò un vassoio sotto il vetro del banco. «C'ha 'na bella faccia.»

«Baccalà alla livornese. La mi' mamma è di Livorno e ogni venerdì prepara il baccalà. Non sta a me dirlo, Poiana, ma è una bontà» e, presa una vaschetta di plastica, cominciò a riempirla di baccalà. «Guarda, voglio che lo senti. Non me lo paghi, ma voglio che lo senti.»

«Ooo, Giorgio, non sarà che te ne vuoi liberare? Piano, piano, quanto ce ne metti? Lo sai che vivo solo, no?»

«Crepi l'avarizia, oggi la va così» e sbattuta la vaschetta sul piatto della bilancia, digitò l'importo unitario. «Garda qua, solo sei euro! Ti lascio i centesimi e niente ringraziamenti.»

«Un piatto leggero, ideale per il caldo.»

«Il baccalà va bene per il caldo e per il freddo e se lo dice la mia mamma... Altro?» e alla negazione di Poiana, mise i due acquisti nella sportina di plastica targata "Prodotti tipici della montagna" e si trasferì alla cassa.

Gherardini pagò e quando ebbe in mano lo scontrino, lo controllò e dal portafoglio ne prese un altro. «A proposito» disse, «ti ricorda qualcosa st'altro scontrino?» e gli porse quello trovato nella sportina alla Ca' Storta. «Da' un'occhiata agli acquisti e alla data.»

Giorgio lo fece e scosse il capo. «E come vuoi che faccia a ricordare tanto tempo fa?»

«Giusto, con la ressa di clienti che t'entrano in bottega. Ti aiuto: può essere stata Cristina a fare sta spesa?»

Giorgio controllò di nuovo, annuì e disse: «C'hai ragione! Cristina, proprio, e sai perché m'è venuto a mente? Cristina non mette quasi mai piede nella mia bottega». Si assicurò ancora che non ci fossero clienti in vista. «Detto fra me e te, Poiana, io alla signora Margherita ci darei due colpi. Non so se ho reso il concetto» e sorrise a quella che lui riteneva una battuta di spirito.

«Più che alla figlia?»

«Più che alla figlia di sicuro. Vòi mettere?»

«Badilone sarebbe contento di saperlo.»

«Ooo, Poiana, non mi farai lo scherzo di raccontarlo a Badilone, anche se quello pensa più al lavoro che a sua moglie!»

«Adesso però mi spieghi: stiamo parlando di Cristina e tu mi tiri fuori Margherita.»

«È perché Cristina, che non viene quasi mai in bottega da me, quel dì l'è venuta per conto di sua madre Margherita, ecco perché.»

Il complicato ricordo di Giorgio bastò alla curiosità di Gherardini, che chiese ancora: «A proposito di Margherita, hai veduto Francesca di recente?».

«Sì, qualche giorno fa, forse una settimana, non so. Da allora non l'ho più vista. Salutamela. Un'altra che varrebbe la pena di...» e fece il classico gesto volgare per indicare il rapporto sessuale.

«Mi sa che a te andrebbero bene tutte» e, salutato con un cenno, stava per lasciare la bottega quando Giorgio: «Ooo, Poiana. Dimentichi questo» disse sollevando e mostrando il sacchetto di carta posato sul bancone.

«Non è mio» disse l'ispettore.

«Come non è tuo? Mi prendi per il culo? T'ho visto bene mentre lo posavi...»

«Guardaci dentro.»

Il bottegaio frugò e trasse fuori il coltello da macellaio. Sorpreso guardò Gherardini. «O come fai ad averlo tu?»

«È tuo o no?»

«È mio, è mio, ma come... M'è mancato tempo fa e credo anche di sapere come.» Con un gesto Poiana lo invitò

a proseguire. «Niente, non voglio fare del male a nessuno. Per un coltello, poi.»
«Non lo dirò in giro.»
«Giura.»
«Due palle, Giorgio! Che m'importa del tuo coltello! Curiosità.»
«Per me è stata quella ragazza degli elfi, che sta su... dove accidenti sta?»
«Purgatorio, sta a Purgatorio.»
«Giusto. Il coltello m'è sparito subito dopo che lei è venuta a consegnarmi due ricottine per la mi' mamma. Sono andato di là a metterle in frigo e quando sono tornato per pagarla, lei non c'era più. Be', mi son detto, si vede che aveva fretta. La pagherò st'altra volta, mi sono detto, perché non mi piace avere dei debiti con la gente che conosco poco. Non si sa mai...» A gesti l'ispettore lo sollecitò a tagliare i particolari e arrivare al dunque. «Ho bell'e che finito: il coltello l'era sparito. Così io e lei siamo in pari: due ricottine per un coltello. Per me non è stato un affare, ma che vòi farci?» Restò pensieroso e poi: «Solo, mi piacerebbe sapere com'è finito nelle tue mani» e fece per rimetterlo assieme agli altri allineati sul bancone.
«Eh no, me lo devi ridare.»
«In che senso?»
«Nel senso che è un reperto.»
«E che vuol dire?»
«Vuol dire che non te lo posso restituire.»

Rientrando in caserma passò dinanzi a palazzo Guidotti. Si fermò a guardare gli stemmi d'arenaria che ne decoravano la facciata e si chiese se sul serio uno d'essi indicasse la sua, di famiglia.
«Vedi lassù?» usava ripetergli nonno Poiana ogni volta che capitava di passare di là assieme a lui. «Quello con un toro rampante è della famiglia Gherardini» e indicava con

orgoglio mai nascosto un imprecisato punto della facciata. Lui, bambino, cercava, cercava e non era mai riuscito a trovare un toro fra quegli antichi stemmi di nobiltà, corrosi e illeggibili testimoni di un'antica aristocrazia. Del tutto inutile, ormai. Soprattutto per lui.

«Oh, Poiana!» si sentì chiamare. Cristina lo salutava affacciata a una piccola finestra del secondo piano. «Entra, entra che voglio ringraziarti.»

«E per cosa?»

Cristina fece segno che glielo avrebbe spiegato, sparì all'interno e l'ispettore la sentì gridare ancora: «Quando ti sarà passata, avvertimi e forse ci rivedremo. Chissà!».

Sentì anche la voce di Novello: «Fanculo, Cristi!».

Il portone di palazzo Guidotti era sempre spalancato, forse perché troppo pesante da spostare a causa del rivestimento di lamiera chiodata che ne completava la parte esterna. Gherardini attraversò l'androne in penombra, cupo come l'intero fabbricato, arrivò nella corte e si fermò per godere il fresco che vi aveva sempre trovato, ma anche perché aveva sentito la corsa della ragazza lungo le scale. Sempre di corsa lo raggiunse e lo abbracciò. Ansimava.

«Sai che non ci vediamo da almeno sei mesi?» disse lei. «Forse di più.»

«Veramente io ti ho salutata la settimana scorsa, ma tu eri troppo occupata con Novello per notarmi.»

«E tu salutami quando non sono con Novello. Come stai? Mi hanno raccontato che sei stato bravissimo con l'incendio.»

«Non più degli altri. Chi ti ha raccontato ste balle?»

«Hai salvato Casedisopra e il municipio dovrebbe darti una medaglia.»

«Non saprei dove metterla.»

«Quando Novello sarà sindaco, te la daremo.»

«Avvertimi per tempo.»

«Per adesso ti offro da bere. Vieni» e, preso per mano, lo condusse nel salone a piano terreno.

Anche lì, fresco e penombra. Gli antichi sapevano vivere. I ricchi. I servi avevano altri pensieri che il fresco dell'estate.

Cristina preparò un miscuglio da alcune bottiglie, ci aggiunse un paio di cubetti di ghiaccio e offrì.

«Gradevole» disse Poiana.

«Solo? È il meglio che si possa offrire da queste parti.»

Anche a lei l'ispettore chiese di Francesca. Non la vedeva da almeno una settimana. Era convinta che se ne fosse tornata in città.

«Senza salutarmi» concluse. Vide la sportina con la spesa che Poiana aveva posato sul tavolone. «Siamo tanto in crisi che la forestale non ti passa più il cibo?»

«Anche tu fai spesa.»

«Mai entrata in un negozio.»

«Falso» la interruppe. «Sei stata da Giorgio e hai acquistato...» e stava per recitare l'elenco dello scontrino, ma lei lo anticipò.

«Una volta, una sola, sì. Me l'aveva chiesto Margherita.»

«Non ti ho mai sentito chiamarla mamma.»

«Non è mia madre» chiarì lei e riprese da dov'era stata interrotta. «Margherita doveva scendere in città per delle spese e me l'ha chiesto.»

«Ce l'hai con i bottegai?»

«Ce l'ho con la spesa. Non mi piace. Se penso a quelli che passano la domenica nei supermercati... pazzesco!»

«Senti» cambiò discorso l'ispettore, «c'è tua madre?»

«Non è mia madre!»

«Scusa. Sai dov'è Margherita?» Cristina negò con il capo. «Capito: non ti va di parlarne.»

«Meno ne parlo, meglio sto. Comunque è andata a trovare i suoi, giù, al Sud. Non so nemmeno in che paese. Non m'importa. Dirò a Margherita che la cerchi, va bene?» S'alzò e si allontanò senza neppure un cenno di saluto.

«Scusa se t'ho offesa!» le gridò dietro Gherardini.

Senza fermarsi Cristina disse: «Non m'hai offesa. È che

oggi sono tutti per Margherita». Si fermò in mezzo alla corte. «Ho piantato Novello nel suo studio proprio perché non faceva che parlare di Margherita. Adesso pianto anche te» e lasciò palazzo Guidotti.

Gherardini la seguì e dal portone la guardò allontanarsi con il culo dritto.

Fermandosi a parlare con Cristina, sperava di trovare risposta almeno a una delle tante domande che aveva in mente: come mai due sportine di plastica provenienti da due negozi così distanti e così diversi, stessa data di acquisto, erano finite nello stesso inconsueto luogo?

Intanto Cristina, sparita nelle stradine del paese, andava a smaltire la rabbia chissà dove.

Capitolo XIX
Kevlar?

L'ipotesi più probabile era che Francesca si fosse rotta del paese. Troppi problemi e ansie e paure e così era tornata in città. Ma Gherardini non aveva intenzione di telefonare alla famiglia. Metti che non fosse tornata a casa, i suoi si sarebbero preoccupati. Ma al terzo giorno trovò il modo di farlo senza impensierirli.

Gli rispose una voce di donna: «Pronto».

«Sì, sono Marco, un amico di Francesca. Me la passa, per favore?»

«Mi spiace, Franci non c'è.»

«Quando posso richiamare?»

«Be', almeno lo sapessi.»

«Sa dirmi dove posso trovarla?»

«In montagna, nel paese dei nonni. Almeno credo. Almeno l'ultima volta che mi ha telefonato, era lassù. Vuole che riferisca qualcosa, se mi chiamasse?»

«Sì, Marco l'ha cercata. Anzi, dica Poiana.»

«Poiana? Come l'uccello?»

«Sì. Oppure come lo spazzaneve di mio nonno.»

Dall'altra parte ci fu un silenzio e poi: «Ma io ti conosco! Sei il figlio del figlio di Poiana!».

«Un po' complicato, ma esatto, signora Musolesi...»

«Almeno chiamami Maria, che potresti essere mio figlio.» Un'altra pausa. «Come stai?»

«Tutto bene. Se sente Francesca, le dica che l'ho cercata.»
«Non mancherò. Almeno mi telefonasse ogni tanto.»
L'ispettore stava per chiudere ma la sentì ancora dire: «Aaa, mi ha fatto piacere sentirti».
«Anche a me.»

«Agente Goldoni Giuseppe!» gridò l'ispettore Gherardini dal suo ufficio.
«Presente» e Goldoni si presentò sulla soglia.
«Notizie di Ferlin?»
«Ha telefonato stamattina: conta di rientrare. Ispettore, che dici? Ce la caveremo da soli?»
«Non fare lo spiritoso, Goldoni. Te lo ripeto sempre: le tue battute non divertono nessuno.»
«Divertono me. Niente altro, ispettore?»
«La prossima volta che senti Ferlin, passamelo...»
«Agli ordini, ispettore.»
«... e, appena rientra Farinon, digli di venire da me.»
«Agli ordini, ispettore» disse allontanandosi.
«Chiudi la porta del mio ufficio!»
Goldoni si riaffacciò e sorridente mormorò: «Agli ordini, ispettore».

Farinon entrò nell'ufficio del capo e aveva una brutta cera. Serio e con più rughe del solito sulla fronte, sedette dinanzi alla scrivania, mise sul piano la cartella, si appoggiò alla spalliera, guardò l'ispettore Gherardini e mormorò: «Andiamo male, Poiana, molto male. Ti preparo una relazione?».
«Dopo, con comodo. Adesso aggiornami.»
Farinon lo fece e senza neppure consultare gli appunti. Dall'autopsia era risultato che il corpo bruciato dall'incendio era di uomo, probabile età sessant'anni, alto circa un metro e sessantacinque, peso attorno ai settanta... e qui il sovrintendente si prese una pausa. Poi: «Adesso viene il brutto: nessuna traccia di fumo nei polmoni, il che significa che era già

morto quando l'incendio lo ha ridotto... come lo abbiamo visto noi. Lo ha ammazzato una brutta botta sulla tempia destra che ha fracassato il cranio e provocato una morte istantanea». Dalla cartella degli appunti prese alcune foto e le distese dinanzi all'ispettore. «Foto scattate da Mario. Si vede il corpo che sta con la nuca appoggiata al terreno e questo esclude che sia stata la caduta a fracassare l'osso temporale destro.» Sistemò le foto della perizia necroscopica accanto alle foto di Mario. «Qui si vede come e quanto l'osso temporale sia rientrato. Nella sua relazione il perito assicura che la caduta non avrebbe comunque potuto procurare i danni riscontrati» e concluse come aveva concluso con lui il perito settore della scientifica, qualche ora prima: il colpo alla tempia è stato inferto con un oggetto di forma allungata e cilindrica.

«Un attrezzo?» si chiese l'ispettore. «Scarpe da lavoro, attrezzo da lavoro.»

In silenzio Farinon si prese il telefono vicino e compose un numero. «Dottor Carletti, sono Farinon della forestale. Sì, ho letto. Il mio superiore, qui, l'ispettore Gherardini si chiede se sia plausibile che il colpo sia stato inferto con il manico di un attrezzo da lavoro... sì, il manico di un martello, per esempio.» Arrivò una risposta che gli fece scuotere il capo e, in seguito, annuire. Chiusa la telefonata, riferì: «Niente martello. Non si capirebbe perché complicarsi la vita usando il manico e non il battente. Difficile anche da impugnare. Il manico di un piccone o di una vanga, più lungo, sarebbe più plausibile, anche se resta la domanda: perché usare il manico quando proprio il manico sarebbe più comodo da impugnare per colpire?».

I due si guardarono e l'ispettore decise e s'alzò: «Che ne dici di un caffè?».

S'alzò anche il sovrintendente. «Serve per schiarirsi le idee. Intanto ti aggiorno sulla ricerca delle scarpe da lavoro e sulla scheda telefonica.»

In paese, un casino. Da alcuni anni si era andata instaurando una nuova usanza per richiamare villeggianti e intrattenerli con la tradizionale ospitalità montanara che prevedeva ogni giorno cibi genuini e rispettosi delle tradizioni locali. Quanto fossero genuini e rispettosi, è difficile stabilirlo. Evidentemente le amministrazioni e le proloco non ritenevano il verde dei boschi, l'aria di montagna, il fascino delle sorgenti, le fresche, dolci acque del lago, e le altre attrattive che sempre avevano sedotto i villeggianti, sufficienti richiami turistici. E così imperversavano una quantità di iniziative. Mercatino dell'antiquariato, puttanate da pochi soldi, cianfrusaglie. Giornate della cultura con presentazione di libri; interviste a noti personaggi locali, sconosciuti appena fuori dai confini del Comune; esibizioni di corali della montagna; concerti per banda e via andare. Il mazzo delle offerte era completato dalla festa di benvenuto, dalla festa d'estate e dalla festa dell'arrivederci a st'altr'anno.

In quei giorni si stava preparando la festa d'estate; nella piazzetta si montava il palco per il concerto rock con relativi impianti di luci e amplificazione. Si sarebbero esibiti e alternati noti complessi di giovani e ancor più noti complessi d'antica data che vivevano una nuova età della vecchia musica.

«Bel casino» borbottò l'ispettore cercando un passaggio fra altoparlanti, sedie accatastate in attesa di essere allineate, mostruosità elettroniche e vacanzieri curiosi. «Se non avessimo per le mani un cinghiale con un piede d'uomo tra le fauci, un incendio doloso e un omicidio, me ne andrei su, alla Matrogana, a occuparmi di gamberetti.»

«A proposito» disse Farinon, «hai poi capito chi ce li frega?»

«Credo di sì e credo anche di averlo convinto a non provarci più.»

Da Benito, tutti i tavoli occupati e Amdi che viaggiava fra i clienti seduti come se avesse i pattini, bicchieri e bevande in bilico. Gherardini lo fermò mentre gli volava accanto senza vederlo.

«Ooo, Poiana» disse quello e riprese il volo. «Vi trovo un tavolo» assicurò. Più che trovarglielo, glielo costruì *ex novo*. Di recupero, sgangherato e lercio, velocemente montato in un angolo d'ombra, se pure discosto dagli altri clienti. Diventò passabile, anzi elegante, grazie a due zeppe sotto i piedi, una veloce passata di spugna e una vezzosa tovaglietta gialla con fiorellini verdi e azzurri. Alla fine dell'operazione il cameriere guardò soddisfatto il risultato. «Ecco, bel lavoro Amdi. Che prendete?» chiese, mantenendo il solito sorriso tanto gentile da rendere difficile ricambiare con uno sgarbo.

«Un caffè. E, per favore, Amdi, lo vorrei bollente, non tiepido, come l'altro giorno» ordinò l'ispettore.

Farinon stava per ordinare e Amdi lo fermò: «Fermo. Per te Amdi sa».

«Bravo marocchino» lo gratificò il sovrintendente. «Se continui così, farai strada in questo paese.»

«Dovresti metterci tu una parola buona» e se ne andò borbottando: «*Mo' soccia*, che palle.»

Nell'attesa, i due si rilassarono in silenzio guardando distratti gli altri clienti.

«Bollente per l'ispettore e corretto per il sovrintendente.»

Il primo bollente lo era, ma il sovrintendente storse il naso all'assaggio. «Ooo, braccino corto! Lo chiami corretto? Due gocce di grappa!»

«Due gocce? Ci ho vuotato dentro mezza bottiglia, che se mi vedeva Benito ne sentivo due!»

«Va' là, marocchino, raccontala a un altro.»

Sottovoce, Farinon completò il resoconto del suo lavoro: aveva visitato le fabbriche della zona mostrando le fotografie dei resti bruciacchiati delle scarpe antinfortunio trovate sul cadavere. I titolari avevano assicurato di non utilizzare quel modello per i propri operai. Alcuni avevano addirittura mostrato gli originali in uso nei loro stabilimenti e «nessuna del modello che ci interessa. È andata meglio quando ho mostrato le foto di Mario ai resti della scarpa carbonizzata. A proposito, non mi hai detto di che scarpa si tratta».

«La indossava il piede in bocca al cinghiale, ma resti fra me, te e Adùmas. Se lo viene a sapere il maresciallo, finisco sotto inchiesta.»

«Tranquillo, Poiana. Bene, pare che quella scarpa non sia comune. Troppo costosa. I datori di lavoro preferiscono quelle più a buon mercato che, si sono affrettati a rassicurarmi, sono altrettanto sicure se non di più. Dunque, pare che quei resti appartengano a una scarpa che ha, al posto delle tradizionali lamine d'acciaio, un particolare materiale... come si chiama?» Cercò nella memoria e scosse il capo. «Fa nulla, ce l'ho negli appunti, in ufficio.»

«Kevlar*» disse Poiana.

«Kevlar, sì, lo sapevi?»

«So che è un materiale usato per i giubbotti antiproiettile. Se la scarpa con il Kevlar è costosa, significa che il piede che l'indossava è un piede da ricco.»

«Un datore di lavoro quando va in fabbrica a far visita agli operai?»

«Possibile, ma se un datore di lavoro avesse perduto un piede, l'avremmo saputo, non ti pare?»

* Il Kevlar è un materiale con massa volumetrica bassa, elevata tenacità, debole allungamento alla rottura, alta resistenza all'escursione termica, alla corrosione e alla fiamma (non fonde, carbonizza). Un tipo (il Kevlar 29) trova impiego per la protezione balistica (per esempio nei giubbotti antiproiettile). Rispetto ad altri prodotti è più costoso, ma il peso nettamente inferiore e la resistenza due-tre volte superiore (che si eleva fino a cinque volte rispetto all'acciaio) ne fanno un materiale adatto anche nelle attrezzature antinfortunistiche. Di Kevlar è fatto il costume di Batman e il Punitore veste un giubbotto antiproiettile di Kevlar; Robocop è costruito, fra altri materiali, anche di Kevlar.

«Sì, se fosse di queste parti. Dove lo andiamo a pescare un tipo così? Ho già controllato tutte le fabbriche...»

«Le fabbriche. E i cantieri?» Il sovrintendente si lasciò scappare una bestemmia. E non era da lui. «Le scarpe antinfortunio si usano anche nei cantieri, Farinon. Quanti ne abbiamo di cantieri edili qua attorno?»

Il sovrintendente ci pensò su e scosse il capo: «Se estendiamo la ricerca ai comuni limitrofi, ne abbiamo uno sterminio. Stanno costruendo come se non ci fosse altro da fare». E poi: «Non va bene, Poiana, non va niente bene. Più passa il tempo e più casino salta fuori e più casino salta fuori, più merda rivoltiamo. Sai come si dice dalle nostre parti, no? Più la rimescoli, più puzza. Sarà un problema venirne fuori». Fece un'altra pausa. «Dalla scheda telefonica nessun risultato: troppo massacrata. Solo, si tratta di scheda per chiamate internazionali.»

Capitolo XX

Strani personaggi si aggirano per Pastorale

Già di lontano vide l'uscio di casa spalancato. Ricordava d'averlo chiuso l'ultima volta che era stato lì per portare Francesca lontano dall'incendio. Forse la ragazza era tornata, ma in giro non c'era la sua auto. A meno che Francesca non fosse rientrata a piedi. Improbabile.

Capì che non era tornata da come trovò la cucina. Francesca voleva troppo bene alla Ca' Storta per ridurla in quelle condizioni. Sedie rovesciate, cassetti aperti, cocci di piatti e posate a terra. Avevano aperto perfino il forno, accanto al camino, e scaraventato fuori dalla porta, nell'aia, lo sportello di ferro. Al piano sopra, ante dell'armadio spalancate, biancheria sul pavimento e lettone disfatto.

Nessuna traccia della ragazza.

L'ispettore sceso da basso, guardò il disastro, allargò le braccia e, sconsolato, mormorò: «Per cercare cosa?». Raddrizzò un paio di sedie e la piantò lì: non sarebbe servito a niente. C'era da lavorare per un giorno intero e lui non aveva tempo.

«Verrò con qualcuno a mettere ordine prima che Francesca veda sto disastro. Ci starebbe male.»

Nella stalla della Ca' Storta recuperò un rotolo di fil di ferro arrugginito, forse appeso là da secoli, un paio di tenaglie e qualche chiodo, anche questi coperti d'antico ossido, e due tavole di legno. Rabberciò alla meglio la porta di casa e, riprendendo la strada per Pastorale, dov'era diretto, si consolò così: «Servirà a poco, ma almeno si dovranno guadagnare il prossimo sopralluogo non autorizzato dalla proprietà».

Per andare dalle due vedove, a Pastorale, Poiana s'era messo in divisa. Le conosceva e sapeva dell'antico rispetto che avevano per la divisa, un rispetto dovuto alla soggezione degli umili verso l'autorità. Come sapeva del loro progressivo inselvatichire per la solitudine nella quale vivevano da troppi anni.

Le due vedove l'avevano inteso arrivare e Beatrice si fece alle tendine della finestra di cucina. Borbottò: «Ma cosa vuole questo?».

«Chi è?» chiese Genoveffa.

«Poiana» rispose la madre. «Questa è nuova: è venuto in divisa» e andò alla porta. «Che ci fai da queste parti, tu? Non sarai venuto per portarci ancora a stare da Benito?»

«Tranquilla, Beatrice, che non c'è più pericolo. Stavo andando su a monte della Vecchia per un controllo e mi sono detto: "Vado a fare un saluto alle due signore".»

«Potevi anche risparmiarti la fatica» disse Beatrice rientrando.

Genoveffa la sostituì alla porta. «Vuoi entrare, Poiana? Avrai sete, con questo caldo.»

«Volentieri» e l'ispettore si accomodò in una casa con stanze piccole e pulite, tenuta con cura: tutto il loro avere. «Com'è che non siete rimaste ancora da Benito?»

Beatrice biascicò qualcosa, ma rispose Genoveffa: «Cosa vuoi, noi stiamo bene solo a casa nostra, con le nostre cose, i nostri comodi e, appena non c'è stato più il fuoco, siamo tornate qui».

«Non vi siete trovate bene da Benito?» chiese l'ispettore. Sapeva già la risposta. Infatti:

«Sai com'è, siamo abituate ai nostri comodi» e scostò una sedia dal tavolo per offrirla.

L'altra, Beatrice, faceva di tutto per ignorare l'intruso e si occupava del fornello ricavato nello spessore del muro sul piano della finestra. Con un ventaglio di penne di gallina ravvivò la carbonella sulla quale bolliva lento il condimento per mezzogiorno.

Genoveffa posò bicchiere e fiasco sul tavolo e continuò: «Cosa sei venuto a fare, Poiana? E non dirmi che stavi andando al monte della Vecchia che non ci credo».

«Hai ragione, Genoveffa» convenne Poiana versando nel bicchiere e alzandolo alla salute. «Sono qui per delle informazioni.» La notizia fece irrigidire entrambe le vedove che si guardarono. «Tranquille, che non c'è niente che non possiate dirmi» e Poiana sorseggiò un vinello leggero, di color rosato trasparente. «Buono.»

Le due vedove annuirono assieme.

Ci mise un po' a vincerne la diffidenza, ma se ne andò con l'informazione. E non solo con quella. Beatrice, una volta rassicurata e dopo il terzo bicchiere di *tarzanello*, tanto per far compagnia a Poiana, raccontò che da un po' di tempo in qua si vedeva troppa gente dalle parti di Pastorale.

«Della strana gente che non porta bene, anzi» disse. «Prima sono venuti due con degli strumenti...»

«Prima, quando?» la interruppe Poiana.

«Prima. Sono venuti a prendere delle misure e sono stati qui fino a tardi, che dicevo che non andavano più via...»

«Li conoscete?»

Beatrice si consultò, a occhiate, con la figlia e, avuto il suo assenso, rispose: «Uno lo conosciamo, era Cesarino, e l'altro no, ma era un diavolo tutto scuro che non avevamo mai visto da queste parti» e anche per l'ultima affermazione chiese il conforto della figlia con un: «Vero te?». Genoveffa non rispose, abituata da una vita a una domanda, "Vero te?", che sapeva inutile.

«E gli altri?»

Gli altri, due giovanotti eleganti, in giacca e cravatta e con le scarpe lucide, non si erano fermati molto, ma avevano fotografato tutto, compresa la loro casa. «Senza neanche chiederci il permesso» concluse Beatrice alquanto risentita.

Dopo aver ringraziato per l'ospitalità, il vinello e le informazioni, Poiana vuotò l'ultimo goccio, s'alzò e, sulla soglia, disse: «Mi raccomando, Beatrice, mi raccomando Genoveffa, se avete bisogno, qualunque cosa, fatemelo sapere e Poiana corre qui».

Tornando in paese aveva chiaro in mente chi fossero i quattro strani personaggi che s'erano aggirati per Pastorale.

Si era lasciato dietro le due vedove più tranquille di come le aveva trovate. Parlando si erano scaricate dalla tensione che le strane presenze a Pastorale avevano messo loro addosso. Tanto che Beatrice disse alla figlia, appena l'ispettore le aveva lasciate: «Gran bravo ragazzo» e aggiunse: «Vero te?». Lasciò perdere perché Genoveffa era andata a occuparsi della carbonella che stava tirando gli ultimi e neppure l'ascoltava. Commentò fra sé: «Eee, quando si diventa vecchi...» e non chiarì se alludesse a se stessa o alla figlia.

Prima di staccare, l'ispettore Gherardini si fermò dinanzi all'ufficio del sovrintendente per chiedere: «Come sta tuo nipote?».

«Tornato stamattina, non c'è male. Credevo peggio. Adesso sta da me così se ha bisogno... di spazio ce n'è e mi aiuta anche a tenere la casa in ordine.»

«Prima di andare a casa faccio un salto a trovarlo. Se c'è bisogno, mi trovi da Pieri.»

«Ooo, Poiana, la cittadina ha colpito forte. Vi conoscete da un giorno e state già pensando di mettere su casa assieme?»

«Sovrintendente Farinon, sappia che una casa io ce l'ho già e mi basta.»

Appena fuori dalla caserma guardò l'ora, cambiò idea e,

anziché all'agenzia immobiliare, andò a trovare Ferlin. Di spazio ce n'era, come aveva assicurato il sovrintendente, ma quanto a tenere in ordine...

Ferlin venne ad aprire e ci rimase male. Non se l'aspettava, non subito. Sapeva che avrebbe dovuto affrontarlo, ma i giorni di prognosi che gli aveva dato il medico del pronto soccorso erano un tempo sufficiente per cercare una soluzione. Se lo trovava dinanzi, era impreparato e qualcosa doveva inventare.

L'allievo agente stava immobile sulla soglia, con le due mani fasciate come gliele avevano sistemate al pronto soccorso e tenute a mezz'aria come se non sapesse che farne. L'ispettore lo spinse da parte ed entrò. Andò in cucina e si avvicinò al fornello. «Non ti hanno mai detto che le bombole sono pericolose?»

«Ispettore» cominciò impacciato l'agente Ferlin, «adesso le spiego...»

«Non c'è niente da spiegare, Ferlin, proprio niente, perché è tutto chiaro, chiaro come l'acqua delle nostre vasche d'allevamento. Quello che non capisco» e andò davanti al suo agente, faccia a faccia, e gli urlò sul naso, «quello che non capisco è come faccia tuo zio a sopportarti ancora!»

«Ispettore» balbettò Ferlin, «lo zio non lo sa... ancora.»

«E cosa gli hai raccontato per giustificare?» e indicò le mani e parte degli avambracci in fasce.

«Be', gli ho detto di una fiammata nel fornello nel mentre che accendevo.»

«E lui ci ha creduto. Bel coglione. Sai una cosa? Non so più se posso fidarmi di uno che si fida di te.»

«Signor ispettore, per favore lasci stare lo zio che lui non c'entra niente e faccia quello che vuole con me. Mi maltratti, mi trasferisca se crede...»

«Ti trasferisco? Per andare a rubare anche altrove? Tu sei matto!»

«Allora?» chiese sottovoce l'agente.

«Allora ti denuncio per appropriazione di beni dello Stato, per ricettazione, per furto, per quello che mi verrà in mente, ma non ti voglio più fra i piedi. Chiaro?»

Il giovanotto annuì. «E mio zio? E mia madre?»

«Dovevi pensarci prima di metterti in società con un ristoratore di merda e vendergli i miei gamberetti» e l'ispettore si avviò per uscire.

«Signor ispettore» gli andò dietro Ferlin, «farò tutto quello che vuole, ma non mi denunci, per favore» e lo fermò con la destra fasciata ma decisa sulla spalla. L'ispettore lo guardò in faccia, cattivo. «Mi scusi» disse quello ritirando la mano.

L'ispettore rimase in silenzio per un po'. «Facciamo così, Ferlin: io non ti denuncio, ma tu cambi vita. La cambi sul serio, per dio! Se no te la faccio cambiare io! Ci vuole poco: i boschi e i monti sono pieni di pericoli, anche mortali» e lo lasciò sulla porta a riflettere. Ammesso che l'agente Ferlin fosse in grado di riflettere: un forestale che ruba gamberetti allevati dalla forestale! Solo uno stupido!

In strada si voltò e disse: «Non lo faccio per te, chiaro? Mi preme il mio sovrintendente».

Poco prima dell'ora di cena Casedisopra si spopolava e i pochi clienti erano seduti ai tavolini, fuori dal bar. Gherardini entrò e andò al bancone. «Amdi, un caffè e, se è buono, va bene lo stesso.»

«Amdi è specialista in caffè. Al suo paese lo chiamano Amdi del caffè» e il giovane abbronzato si mise alla macchina. «Notizie della cittadina?»

«Chi ti ha detto che la sto cercando?» Amdi non rispose, sorrise. Poiana scosse il capo e borbottò: «In che paese sono capitato».

«Amdi ci è capitato, tu ci sei nato e dovresti conoscerlo. Pronto il caffè. Trovata o no?»

«No. Ne sai qualcosa tu?»

«Cosa può sapere un Amdi?» e quando Poiana fece per pagare: «Questo lo offre Amdi al signor ispettore.»

La cosa era talmente straordinaria che Poiana si bloccò e per un poco non obiettò. Poi: «Che succede? Qualcosa da farti perdonare?».

Il giovane di colore sorrise, lo faceva spesso, e disse sottovoce: «Va bene così» e per tagliare corto, alzò il braccio verso l'esterno, come se lo avessero chiamato, e lasciò il bancone. «Arrivo, arrivo.»

Capitolo XXI

Una vita da elfo. Anzi, da *elfa*

Gli annunci di VENDESI - OCCASIONISSIMA - AFFARISSIMO - RISTRUTTURATO - PORZIONE - ANTICO BORGO - CIELO TERRA IN SASSO e altre allettanti offerte occupavano tutta la vetrina e assicuravano prezzi convenienti, stracciati, da liquidazione. Prima di entrare l'ispettore guardò dentro attraverso lo spazio fra un'occasionissima e un affarissimo. Nessuno nel primo locale, dove Noemi smistava clienti e telefonate. Titolare e dipendenti s'intravedevano riuniti nell'ufficio del capo, come ogni sera, a programmare l'attività del giorno successivo.

«Sono arrivato tardi. Ho perso tempo da Ferlin», ma la porta non era chiusa a chiave ed entrò. «C'è nessuno?»

Dall'ufficio di Pieri arrivò prima la vocina di Noemi, «Siamo chiusi» e poi lei, sulla soglia: «Aaa, sei tu».

«Chi è?» chiese Pieri da dentro. Gherardini si mostrò ed ebbe un nuovo: «Aaa, sei tu?».

«Due parole con i tuoi collaboratori. È ufficiale.»

Il tono professionale preoccupò Pieri. «Qualcosa non va, Poiana?» e fece segno ai suoi di lasciare l'ufficio.

«No, no, va tutto benissimo e possono restare.» Indicò i due giovani, Luca Aldoni e Cesare Cardi. «Vorrei sapere da loro due quali interessi hanno a Pastorale.»

I due giovani, eleganti, in giacca e cravatta e con le scarpe lucide, si guardarono. Luca stava per rispondere, ma Pieri lo fermò con un gesto: «Un momento, ragazzi. Intanto voglio sapere a che titolo tu entri nel mio ufficio e ti metti a interrogare... non l'hai mai fatto, che succede?».

«Vero, non l'ho mai fatto perché non ce n'era bisogno, ma oggi le cose sono cambiate e, se non ve ne siete accorti, c'è stato un incendio doloso che ha provocato un morto.»

«E cosa c'entriamo noi con l'incendio?»

«E chi ha detto che c'entrate?» L'ispettore tornò ai due giovani: «Allora?».

Indeciso, Luca guardò Pieri, ne ebbe un cenno d'assenso e rispose: «Noi, cioè l'agenzia è interessata al recupero conservativo del bellissimo borgo» e s'interruppe guardando il principale. Lo sbloccò il cenno di sollecitazione dell'ispettore Gherardini. «Sì» disse e si rivolse a Pieri: «Come lei ci aveva ordinato, siamo saliti a Pastorale per le fotografie...»

Lo interruppe il capo. «Sì, li ho mandati io, ma non vedo...»

«C'è un motivo particolare per fotografare Pastorale?»

«Certo che c'è, accidenti!» s'impazientì Pieri. «E tu lo conosci bene. Pastorale diventerà un bellissimo villaggio per le vacanze, verde, vista lago, tranquillità...»

«E delle due vedove, Beatrice e Genoveffa, cosa pensi di farne? Aspetti che muoiano o le aiuti tu?»

Pieri si arrabbiò di brutto: «Che insinuazioni sono! Gherardini, non esagerare, che c'è un limite a tutto! Andrò a trovarle di persona e le convincerò, farò un'offerta, le trasferirò in una casa come la vogliono loro, con l'orto, le galline, i conigli... Insomma, Poiana, si può sapere...?».

«E nell'attesa della casa e dei conigli, tu mandi Cesarino e Semir a prendere le misure a tutto Pastorale. Non è un po' presto?»

Pieri indicò i dipendenti. «Adesso che hai saputo quello che volevi, loro possono andare?» e senza attendere la risposta, li accompagnò alla porta, che subito chiuse. «Intanto non è mai presto quando si tratta di lavori edili. Si trovano incagli a ogni passo e non commetto reato se anticipo i tempi. Questo per primo. Poi, sì, ho chiesto a Badilone di mandare Haled» e sottolineò: «Haled, non Semir: è Haled l'ingegnere, ha anche preso la laurea in quel suo paese di sottosviluppati. Insomma, ho chiesto a Badilone di mandare Haled, a spese dell'agenzia, sia chiaro, a fare i primi rilievi per cominciare a studiare un progetto generale per il recupero...»

«Tutto chiaro, Pieri. Perché mi stai a fare sta *tomella*? Sono venuto per sapere dei tuoi ragazzi, l'ho saputo e me ne vado», ma sulla porta si fermò e chiese: «Cesarino e Haled sono andati a Pastorale prima o dopo i tuoi fotografi?»

«Prima, qualche giorno prima. È importante?»

L'ispettore fece un gesto vago per dire: "Niente, niente" e uscì. Si fermò accanto alla campagnola per accendersi una sigaretta e guardarsi attorno. Gli ultimi raggi del sole tingevano di un grigio luminoso le stradine e il paese gli sembrò diverso. Da quando era arrivato, aveva cambiato faccia e abito. Un'occhiata all'orologio, due conti e si disse:

«Ce la faccio, in tre quarti d'ora arrivo, due chiacchiere e per le nove, nove e mezza sono seduto da Benito, stasera è venerdì e un piatto di minestra nei fagioli tiepida non me la leva nessuno. L'Adele la fa buona.»

Montò, avviò motore e campagnola e prima di svoltare in piazza buttò un occhio nel retrovisore. Ci trovò Pieri che, sulla porta dell'agenzia, lo guardava allontanarsi. Era sicuro: *scancherava* e gli spediva dietro chissà quanti accidenti. Sorrise, imboccò la Comunale per monte del Paradiso, guidò tranquillo finendo in pace la sigaretta.

Monte del Paradiso è diverso dagli altri monti che gli stanno attorno. È alberato fin quasi sulla cima, che però è nuda e cruda come mangiata dalle intemperie, e mostra la stratificazione orizzontale delle rocce che formano una grande scalinata naturale verso il cielo. Verso il paradiso, appunto, solo che non ci si arriva in paradiso, ma è quasi come se.

Dalla cima del monte la vista non ha ostacoli, è straordinaria e c'è chi giura: in certi giorni particolarmente chiari, il mare sembra lì, a portata di mano.

Gli antichi abitanti del luogo chiamarono Purgatorio l'ultimo podere prima che la vegetazione finisca e inizi la scalinata verso il paradiso. Forse perché quel casolare un purgatorio lo è sul serio; forse perché prima del paradiso c'è il purgatorio o forse per continuare il gioco della vita e della morte. Purgatorio era abbandonato e ormai dimenticato da così tanti anni che solo i più anziani ne ricordavano il nome.

Una carrareccia sassosa, buona solo per scassare le sospensioni, portava a Purgatorio, ma la campagnola della forestale era abituata e andava su ch'era un piacere. Già di lontano l'ispettore vide segnali che il Purgatorio era abitato. Intanto, l'orto ben tenuto e in parte coperto del verde del radicchio e dell'insalatina, poi la porta di casa spalancata e alcune galline che vi razzolavano davanti.

Appena la campagnola si fermò nell'aia, il pollame schiamazzò via sbattendo le ali e dalla porta si affacciò Florissa.

Era vestita alla meglio, ai piedi aveva sandali di strisce di pelle intrecciate e i capelli, che dietro uscivano di sotto un fazzoletto annodato sulla nuca, scendevano lunghi e incolti sulle spalle. Teneva, stretta sul petto, la piccola seminuda che sgambettava nell'aria e gorgheggiava i suoi primi versi.

Florissa riconobbe il veicolo della forestale, si preoccupò, uscì di casa e, appena l'ispettore scese, lenta gli andò incontro.

«Che ci fai qui, Poiana?» chiese, preoccupata. «Qualche problema per me?»

«La piccola cresce bene» disse l'ispettore. «Tranquilla, Florissa, perché dovrei portarti dei problemi?»

«Lo sai, noi abbiamo sempre dei problemi. Con tutto. Magari il proprietario del Purgatorio ha saputo che ci sto dentro, mi ha denunciato e sei qui per cacciarmi via.»

«Ooo, per chi mi prendi? Non farei mai una porcata così. Intanto, hai una figlia e il minimo è un tetto sulla testa. Poi, chissà che terra tocca il proprietario del Purgatorio. Magari è terra da pignatte e adesso sta nel purgatorio vero.»

Florissa si rilassò, baciò la piccola e s'avviò per rientrare. «Andiamo dentro. Oggi è caldo anche qui, vuoi bere?»

L'ispettore la seguì senza rispondere.

In casa non c'era molto. Alcuni vecchi mobili lasciati dall'ultimo abitante che se n'era andato chissà quando; sul pavimento accanto al camino, una *côrga* di giunchi intrecciati, servita un tempo per il trasporto del fieno; un vecchissimo lavello di sasso lucido per l'uso, che scaricava la lavatura dei piatti subito fuori dal muro, a cielo aperto; sul piano del lavello, un tegame di terracotta coperto con un foglio di carta gialla e probabilmente pieno di latte bollito e con uno spesso strato di panna gialla; in un angolo, alcune ceste contenenti bacchetti e carbonella per il fornello di ghisa posato sul davanzale della finestra, con il quale Florissa cuoceva da mangiare e riscaldava il latte per la piccola; sul tavolo, un piatto con dentro lamponi; sopra il lavello pendeva un mestolo di rame... insomma, una situazione della quale Poiana aveva un vago e lontano ricordo, sepolto nella sua infanzia e proveniente forse dalla casa del nonno. Ricordo che tornava ed era lì, di nuovo reale, e quasi lo commuoveva.

«Come va?» chiese.

Florissa posò la piccola dentro la *côrga*, che divenne un box, e la rassicurò mormorandole qualcosa. La piccola gorgheggiò, si attaccò ai vimini, si arrampicò fino a tenersi in piedi e cominciò ad andare su e giù come se avesse scoperto un nuovo gioco. Aveva scoperto le sue gambe e le piaceva.

«Come si chiama?»

«Fiorellino» e coccolò la piccola con un sorriso soddisfatto.

«Nome da maschio, ma sta meglio a una femmina.»

«Ho del latte di capra appena munto, ne vuoi un bicchiere?» L'ispettore stava per rispondere: "No, grazie". Lo fermò la voce da fuori:

«Florissa, sei in casa?»

L'ispettore riconobbe la voce ancor prima che la sagoma si stagliasse contro la luce intensa dell'aia. La ragazza si fermò sulla soglia il tempo per adattare la vista alla penombra dell'ambiente. Aveva i capelli scomposti e alcuni le scendevano sulla fronte e davanti agli occhi ma, per le mani impegnate da un secchio d'acqua e da un bottiglione appannato, non poteva spostarli. Sollevò il viso per distinguere il tipo seduto.

Capitolo XXII

Cosa sa Florissa e perché si agita tanto?

«Aaa, sei tu» disse. Entrò, andò dritta a posare bottiglione e secchio sul lavello e poi, scostati finalmente i capelli dagli occhi, guardò di nuovo Poiana. «Come mi hai trovata? No, aspetta.» Riempì il mestolo di rame con l'acqua del secchio, ne bevve un lungo sorso e, soddisfatta: «Fresca di sorgente» mormorò. Presa una sedia, andò a sistemarsi dinanzi a Poiana. «Amdi?»

«Amdi, cosa?»

«Te l'ha detto lui, ha fatto la spia! Mi aveva promesso...»

«Non me l'ha detto Amdi, ma ho capito che sapeva. E poi, scusa, chi ti dice che sono venuto per te?»

«Per cosa, se no?»

«È una storia lunga e complicata.»

«Quando non sai rispondere o non vuoi, ti attacchi alla storia lunga e complicata.»

«Io so perché tu sei qui. Sei qui per sapere se gli oggetti trovati nel fienile sono di Florissa, come ti avevo raccontato io. Non ti fidi di me. Sbaglio?» Francesca non rispose. «Non sbaglio. Io sono venuto fin quassù... A proposito: ti sei arrampicata a piedi, che non ho visto la tua auto qua attorno?»

Stavolta Francesca rispose, indicando con un gesto del capo l'*elfa*: «Me l'ha fatta mettere dietro casa».

Florissa s'era tenuta fuori da un dialogo che non la riguardava. Ritenne di chiarire: «Qui, meno movimento la gente vede, meglio è per noi». Poi, di nuovo preoccupata per l'accenno di Poiana agli oggetti che lei aveva lasciato nel fienile, disse: «Allora avevo ragione, sei venuto perché mi fermo a dormire nel fienile della Ca' Storta. Cristo, non do fastidio a nessuno e nessuno mi vede».

«Tranquilla, la Ca' Storta è di Francesca e se dal suo fienile non ti sfratta lei... Da come se ne sta qui con te da una settimana, direi che non lo farà.»

Intanto Francesca si era avvicinata alla *côrga* e giocherellava con Fiorellino e scambiava con lei dei gorgheggi infantili. «Una settimana, dici? Accidenti come passa il tempo quassù!»

«Il tempo passa anche giù, a casa di tua madre. Aaa, dice se le telefoni.»

Francesca lasciò Fiorellino ai suoi piegamenti. «Non le avrai telefonato?» e, all'assenso: «Cosa accidenti t'è saltato in testa?»

«Non lo so. Te ne sei andata senza una parola, poi c'è stato l'incendio e c'era pericolo anche per te, alla Ca' Storta... sono andato, non c'eri... insomma, il mio dovere...»

«Lascia perdere, Poiana, ho capito, ho capito» e gli sfiorò la guancia con un bacio veloce prima di tornare da Fiorellino.

Dall'arrivo dell'ispettore a Purgatorio, Florissa era agitata e, ansiosa, aspettava che lui si decidesse a spiegare il motivo della inaspettata visita. «È strano che tu sia venuto... voglio dire che l'altra volta, ricordi l'altra volta?, volevi farmi la multa...»

«Non volevo farti la multa, ho minacciato di fartela se non la smettevi di accendere i fuochi senza avvertire la forestale. Non te l'avrei mai fatta.»

«Sì, insomma, l'altra volta hai aspettato che scendessi in paese a portare i lamponi a Benito, servivano all'Adele per una torta. Sì, l'Adele. Un chilo e mezzo me ne aveva chiesti. Chissà che torta è venuta fuori! Quella volta hai aspettato che uscissi dalla trattoria, stavolta sei venuto fin quassù e devi avere un motivo grave.»

Per tranquillizzarla, Marco le spiegò: «Sono qui per sapere quand'è stata l'ultima volta che ti sei fermata alla Ca' Storta».

Anziché tranquillizzarsi l'*elfa* cominciò subito a negare con il capo, a passarsi ripetutamente le mani sul grembiale come se le avesse sporche e dovesse pulirle, a mormorare: «Non me lo ricordo, non me lo ricordo...», tanto che l'ispettore le andò vicino e le mise le mani sulle spalle.

«Tranquilla, Florissa, tranquilla, adesso ci pensi e ti viene in mente.»

La vicinanza di Poiana e il suo tono la calmarono. Pensò ancora e poi scosse il capo.

«Eh no, Florissa, te lo devi ricordare per forza: hai lasciato laggiù una bottiglia da birra, pannolini, biberon... non è passato molto tempo, no?»

«Sì, sì, è stato a fine giugno. Ero scesa la sera prima e avevo dormito nel fienile e al mattino presto ho portato delle cose al dottor Antinori, il medico condotto. Due formaggi di capra... ho due caprette che sono una meraviglia. Poi gli ho portato dei porcini, pochi, quelli che avevo trovato... prima di tornare su, a casa, volevo ripassare dal fienile per riprendere le cose che ci avevo lasciato, ma c'era qualcuno e ho tirato dritto.»

Poiana interrogò Francesca con uno sguardo e lei rispose: «Non ero io. Io sono venuta su i primi di luglio».

«Hai visto chi era?» chiese l'ispettore all'*elfa*.

«So solo che c'era qualcuno, ho sentito le voci, e sono andata via.»

«Che dicevano?»

«Te l'ho detto, Poiana, sono venuta via subito.»

«Però hai sentito. Voci di uomo?»

L'*elfa* scoppiò: «Non lo so! Cosa vuoi che ti dica? Non lo so!».

La ragazza era troppo preoccupata e l'ispettore non sarebbe arrivato a nulla. «Tranquilla, Florissa, non c'è motivo di arrabbiarsi. Se puoi darmi una mano a risolvere i miei problemi, ti ringrazio, se non ci riesci, pazienza. Non sono qui per tormentarti. Anzi, me ne vado.» Si alzò, andò a dare un buffetto a Fiorellino e chiese a Francesca: «Resti?». La ragazza annuì. «Sì, lo immaginavo.» Un cenno di saluto e poi: «Florissa, se ti viene in mente qualche altro particolare... ma senza che ti preoccupi, mi raccomando». Le sorrise. «Se no Fiorellino me ne vorrà per tutta la vita.» Si fermò sulla soglia. «Me la dici un'ultima cosa, Florissa? Senza urlare, tranquilla?» L'*elfa* annuì. «Giù nel fienile, assieme al biberon, hai lasciato anche un coltello?» e subito si pentì della domanda: inutile raccomandarle tranquillità e poi chiederle di un coltello.

«Un coltello? No, non ho bisogno di coltelli quando scendo in paese. Perché me lo chiedi? Non ne so niente! Non è mio!» L'ispettore le tornò vicino e l'abbracciò mentre lei continuava: «Nessun coltello e se sei venuto per...».

«Lascia perdere, se non è tuo... se non è tuo, dovrò cercare altrove chi l'ha nascosto nel fienile. Non parliamone più, va bene?»

L'*elfa* annuì poco convinta e uscì dall'abbraccio, si asciugò gli occhi, prese su dalla *côrga* Fiorellino e se la tenne stretta stretta. Francesca fece segno a Poiana di togliersi di torno e abbracciò in un unico abbraccio madre e piccola.

L'ispettore non accennò alle condizioni nelle quali aveva trovato la Ca' Storta. Non era proprio il momento.

Passò in caserma per lasciare la campagnola e vedere se c'erano notizie sul cadavere. Non era soddisfatto del tempo speso fra il problema dell'agente Ferlin, l'agenzia immobiliare e Purgatorio. Farinon si accorse subito delle sue grane.

«Che c'è, ispettore?» Senza rispondere l'ispettore andò diretto nel suo ufficio e Farinon lo seguì: «Che intenzioni hai con mio nipote?».

«Ti ha telefonato?» Il sovrintendente fece segno di no. «Vuoi dire che sapevi?»

«Non sono tanto coglione da non accorgermi che sta *scantinando*. Mi chiedevo cosa aspettassi a parlarmene.»

«Tu che c'entri? Ne ho parlato con lui.»

«Non ti preoccupare: il problema Ferlin lo risolvo io. È mio nipote, no?» e il sovrintendente fece per andare.

«È tuo nipote, ma il problema è mio per cui tu mi fai il piacere di tenertene fuori.»

«Non posso, ispettore, io sono responsabile...»

«No, no, dei miei uomini rispondo io. Se mai dovrò sbatterlo fuori, voglio poterlo fare senza tener conto di parentele, amicizie, collaborazioni... e per il momento il problema non si pone. Il seguito dipenderà da Ferlin, per ora è avvisato.» Considerò chiuso l'argomento e cercò fra le carte della scrivania. «Novità sui resti del corpo?»

«Ci vorrà almeno ancora una settimana» rispose il sovrintendente.

«Chissà perché negli Stati Uniti ci mettono dieci minuti ad avere DNA, nome e cognome, rapporti di parentela, quante volte il defunto ha scopato. Da noi quindici giorni, se ti va bene.»

«Non negli Stati Uniti, nei telefilm» commentò il sovrintendente. E cambiò discorso. «Ho fatto i cantieri.» Poiana lo guardò senza capire. «La scarpa di Kevlar... Badaloni ha tre cantieri in corso e niente scarpe con il Kevlar; ho fatto anche altri cantieri attorno al paese, sono arrivato in Toscana. Niente Kevlar» e mentre lasciava l'ufficio: «Hai rischiato grosso con mio nipote.»

«In che senso?»

«Metti che il salvavita non scattava.»

«Non è scattato, infatti.»

«Allora ho fatto bene a inserire sulla linea un altro interruttore di corrente più sensibile.»

«Lo sapevi! Mi hai controllato!»

«Ispettore, certi trucchi te li ho insegnati io.»

«Adesso fai il piacere di salire alla Matrogana a ripristinare la corrente.»

«Subito o posso aspettare domattina?»

L'ispettore non rispose neppure: fuori era buio. Si alzò dalla scrivania e disse: «Ti offro la cena da Benito. Ti va bene la minestra nei fagioli?».

«Mi andrebbe di più la pasta e *fasioi*, e per pasta intendo i bigoli e per *fasioi* gli zolfini.»

«Stasera ti accontenti di borlotti e maltagliati, specialità dell'Adele.»

«L'ho mangiata, l'ho mangiata, non male, ma quella di mia madre, caro mio... dovresti assaggiarla.»

«Quando vuoi. Mi inviti...»

«Ho detto quella di mia madre. Come per te, la cucina non è il mio forte.»

Il sovrintendente Farinon a tavola ci stava bene e volentieri e mangiava abbondante e senza riguardi, ma non era grasso. Era solido e ben piantato e non si tirava indietro davanti alle camminate in montagna, alle notti all'aperto e alle fatiche del bosco.

Dopo la minestra nei fagioli, ordinò cappone lesso e sottaceti conditi da abbondante olio d'oliva e, quando l'Adele venne al tavolo per sapere se volevano il caffè, lui guardò l'ispettore e chiese:

«Prima del caffè, che ne diresti di un bicchiere di verdea* con biscotti alle mandorle?»

«Farinon, stasera ordina pure quello che ti pare che pago io, ma la prossima volta, anziché invitarti a cena, ti comprerò un vestito nuovo e un paio di scarpe.»

* Vino ottenuto dall'omonima uva dai chicchi allungati, classica del piacentino; nel bolognese è chiamata uva paradisa.

«Ooo» sbottò l'Adele, «come se non lo conoscessi! Non è la prima volta che lo vedi mangiare» e se ne andò per preparare il verdea con biscotti alle mandorle.

«Non per me!» le gridò dietro Gherardini. L'Adele diede di spalle e tornò con doppia porzione di tutto. «Tanto lo sai come fa Benito, no? Conta i coperti e moltiplica. Com'era la mia minestra nei fagioli?»

«Meglio del solito» rispose l'ispettore, ma Farinon storse il naso prima di dire: «Non male, ma una volta, almeno una, dovresti provare a farmi la pasta e *fasioi*. Ti do la ricetta, ti va?»

L'Adele guardò se qualche cliente avesse bisogno di lei, ma era tardi e i pochi rimasti ai tavoli, finito di cenare, si attardavano in chiacchiere e vino. Fece un cenno ad Amdi, che se ne occupasse lui, nel caso, e sedette al tavolo dei forestali; si tirò vicino il bicchiere di verdea che Gherardini non aveva degnato, ci bagnò un biscotto, lo succhiò e disse: «Sentiamo sta specialità, sentiamo.»

«Intanto dovresti usare gli zolfini e, se non li trovi mi accontento dei lamon, poi metti su dell'acqua e quando bolle ci metti dentro una cotica e la bolli per cinque minuti.» Si fermò e chiese all'Adele: «Mi fai parlare a vuoto?».

«Perché?»

«Non te la scrivi neppure.»

«Mai scritto in vita mia e ho sempre fatto da mangiare. Tira di lungo con sta ricetta.»

Il sovrintendente Farinon andò avanti. Dopo i cinque minuti si toglie la cotica, la si raschia e si getta l'acqua di bollitura. Si mettono a cuocere gli zolfini con sale, trito di cipolla, sedano e carota, in acqua assieme alla cotica. Si lascia a bollire fino a cottura degli zolfini, si toglie la cotica e si passano un po' di fagioli per fare denso il brodo. Si taglia la cotica a striscioline, nell'acqua di cottura si buttano giù i bigoli...

«Lo sai cosa sono i bigoli?»

«Per chi mi hai preso, Farinon?» E, per fargli capire con chi stava parlando: «Guarda che non sono nata e cresciuta nella cucina di Benito. Prima d'andare in pensione sono stata quindici anni nella cucina di un grande ristorante.»

«Facciamo finta che lo sai. Quando i bigoli sono cotti, fai le scodelle e ci metti sopra alcune striscioline di cotica, aspetti che intiepidisca, ci gratti sopra del pepe macinato al momento e un cucchiaio abbondante di olio d'oliva» e, al ricordo, il sovrintendente Farinon sorrise.

«È tutto?» chiese Adele. Ancora sorridente, Farinon ci pensò un poco e annuì. «Cosa ci vuole? La prossima volta che vieni, mi avverti per tempo e io ti preparo la pasta e *fasioi* con i tuoi zolfini e i tuoi bigoli.» Mandò giù il goccio di verdea rimasto nel bicchiere e lasciò il tavolo.

«Adele!» la richiamò Farinon. «C'è chi, al posto della cotica, mette a bollire l'osso del prosciutto. Questione di gusti. Mi raccomando un'altra cosa: non ti sognare di mescolare la pasta nella scodella dopo che ci hai messo sopra le striscioline di cotica, il pepe e l'olio. È importante per il sapore.»

Senza voltarsi, l'antica cuoca gli fece segno di non rompere con delle raccomandazioni, che lei non ne aveva bisogno.

Capitolo XXIII

Un'inchiesta per la forestale

Aveva dormito pochissimo. L'ultima volta che aveva dato un'occhiata all'orologio erano le quattro. Si svegliò alle otto: quattro ore scarse di sonno non erano granché, ma si consolò con un: «Meglio di niente». Diede colpa della notte infame alla minestra nei fagioli, anche se l'aveva mangiata altre volte di sera e non gli era mai accaduto di girarsi e rigirarsi nel letto. Più ragionevolmente decise che era stata la tensione di quei giorni, l'incendio soprattutto. Se l'era vista brutta, anche se non l'aveva mostrato. Se n'era accorto solo il sovrintendente che lo conosceva bene.

Non si alzò subito e il pensiero passò rapido dai pericoli dell'incendio a quel poveraccio morto bruciato.

«Ammazzato» si corresse sottovoce.

In paese non ne capitavano spesso di morti misteriose. L'ultima era stata quella del padre di Adùmas, ma tanto tempo prima che lui, Marco, ne aveva solo sentito parlare. Adesso era arrivato il cadavere senza nome, bruciato nell'incendio, ed era diventato argomento preferito nella trattoria-bar di Benito, anche mentre si mangiava, pranzo o cena che fosse.

Per movimentare la monotonia della montagna, gli esperti (nei paesi ce ne sono sempre, di esperti in qualcosa) avevano fatto la conta e stabilito che non poteva essere uno del posto. Anche i villeggianti avevano fatto la conta, c'erano tutti, s'erano dati pace ed erano tornati ai mercatini, alle fiere, ai balli e a quant'altro offriva il paese.

Con uno sforzo s'alzò dal letto. Ultimamente aveva avuto pochissimo tempo per sé e la barba di quattro giorni glielo ricordò. Non era il caso di continuare a tenerla, Farinon lo avrebbe guardato male e gli avrebbe ripetuto: "Un ispettore della forestale deve avere una sua dignità". Lui avrebbe ribattuto con la solita domanda: "Chi l'ha stabilito?". Farinon gli avrebbe dato la solita risposta e sarebbero andati avanti così per venti minuti. Non era il caso e decise per il taglio, anche se avrebbe fatto tardi in caserma. Si aspettava una telefonata da Farinon, accadeva sempre quando tardava senza avvertire, e si portò il cordless in bagno. Infatti squillò.

«Arrivo, arrivo» gridò nel microfono.

«Arrivi dove?» rispose Francesca. «Sempre così gentile il mattino presto?»

«Mattino presto? Sono le nove...»

«Quasi l'alba. Ho telefonato in caserma e mi hanno detto che non c'eri ancora.»

«Sto per andarci.»

«Ho un problema e devi venire subito.»

«Dove sei?»

«Nell'unico posto in questo buco di mondo dove c'è campo. Sono nel fienile della Ca' Storta.»

«Vengo su nel pomeriggio.»

«Subito, devi venire subito! Hanno massacrato la mia casa, hanno messo tutto sottosopra...»

«Lo so, ho visto.»

«Hai visto? Come sarebbe?»

«Sarebbe che ho visto, ma adesso ho appuntamento in caserma con il mio capo, viene su da Bologna. Mi libero e sono da te prima di mezzogiorno.»

«Siete tutti matti in questo paese?» gridò Francesca. «Prima di mezzogiorno potrei essere morta. Ammazzata!»

«Calmati, calmati e ascoltami: adesso, subito, prendi il tuo giocattolo di automobile e vieni in paese, vieni in caserma da me e poi, con calma...»

«Fanculo, Poiana!» e chiuse la comunicazione.

Arrivò in caserma con un altro problema da risolvere. C'erano già tutti: Goldoni Giuseppe, agente, in cucina a preparare il caffè; Radici Carlo, agente, in ufficio assieme a Farinon Clemente, sovrintendente. C'era, anche l'allievo agente Ferlin Valentino, seduto al centralino, nell'ingresso. Si era ridotto la fasciatura alle mani.

«Che sei venuto a fare?» gli chiese l'ispettore. «I tuoi giorni di malattia non sono finiti.»

«Che ci faccio a casa? Mi rompo le palle e basta. Qui posso essere utile al centralino.»

«Se te la senti» e Gherardini s'affacciò dal sovrintendente: «Dormito bene?»

«Benissimo, perché?»

«Io non ho chiuso occhio» esagerò Poiana. «Dev'essere stata la minestra nei fagioli.»

«Non credo, quella concilia il sonno.»

«Ooo, signor ispettore!» gridò il dirigente, dottor Baratti, dall'ufficio di Gherardini. «Ben arrivato. Fai con comodo, tanto io posso aspettare!»

L'ispettore accennò con il capo verso il suo ufficio e abbassò il tono per chiedere al sovrintendente: «È già qui?».

Farinon annuì e confermò: «Da almeno mezz'ora».

«Potevi chiamarmi. Lo fai solo quando non serve.»

«Bella figura avrei fatto con il dottore.»

Gherardini s'avviò ordinando al subalterno: «Vieni anche tu».

Il dottor Baratti era comodamente seduto alla scrivania dell'ispettore Gherardini. «Dottore, qual buon vento? Saranno cinque anni che non ci viene a trovare e arriva l'unico giorno che io tardo.»

«Fai lo spiritoso, Gherardini, oppure dormivi quando sono stato qui, a primavera?» Aveva già fumato parecchie sigarette, nell'attesa.

L'ispettore indicò il posacenere: «Negli uffici pubblici sarebbe vietato».

«Continui a fare lo spiritoso? C'erano già le tue cicche, Ghera. Non sono qui per divertirmi» informò. «Diventerai mai un funzionario serio?»

«Lo sono già, dottore. Il fatto è che, quando lei viene in montagna, c'è sempre un guaio per noi, in prima linea.»

«Be', un guaio c'è anche stavolta, ma prima» e fece segno ai due sottoposti, che erano rimasti sulla porta, di entrare e sedere davanti a lui, di mettersi comodi. I due eseguirono. «Ma prima la bella notizia» e, preso il tono delle occasioni ufficiali, declamò: «È stato deciso di conferire un solenne encomio all'ispettore Gherardini Marco, detto Poiana, per il lavoro svolto in occasione dell'incendio. Anche i suoi collaboratori sono stati elogiati e verranno ufficialmente premiati, assieme al suddetto ufficiale, nel corso di una cerimonia che si terrà proprio qui, fra la sua gente della montagna, riconoscente per lo scampato pericolo. Tale cerimonia si svolgerà in autunno, in occasione della piantumazione di alberi destinati a sostituire quelli bruciati nell'incendio...»

«Di chi è stata l'idea, dottore?» lo interruppe Gherardini.

«Te l'ho appena detto: la tua gente della montagna, riconoscente.»

Gherardini guardò Farinon che sorrideva felice. «Sei stato tu!»

«Io? Questa non è la mia montagna.»

«Sei stato tu» confermò e indicò il superiore, «e lei, dottore. Lei non me la conta giusta, comunque...»

«Niente comunque. Adesso la brutta notizia: il magistrato inquirente, vagliati i rapporti pervenuti, la situazione ambientale e valutate pure le specifiche professionalità e specializzazioni, ha deciso di affidare al corpo forestale lo svolgimento delle indagini relative all'incendio e a tutte le conseguenze, pertinenze e attinenze già verificatesi o che in seguito si dovessero verificare. Il che significa che ti dovrai impegnare con tutte le tue possibilità per trovare una logica spiegazione e possibilmente il o i responsabili del casino che hai messo in piedi in questo schifo di montagna. Sei contento?»

«Da matti, dottore. L'avevo detto io a quel *bazurlone* del maresciallo! Solo, vorrei dargli io la notizia.»

«No, adesso stammi a sentire. Sono venuto su apposta per comunicarlo di persona, al maresciallo; si è creata troppa tensione fra voi due, bisogna stemperare questi attriti, ci sono già state un paio di telefonate... come dire, antipatiche, ma poi anche i superiori del maresciallo hanno dovuto rendersi conto che il caso è roba nostra, non è stato facile ma è così, comunque volevo dirti questo prima di andare dal maresciallo stesso e dirglielo, indorandogli un po' la pillola, mi capisci? Se glielo dicessi tu chissà cosa potrebbe succedere.»

«S'immagini! Dottore, mi conosce, sono un maestro di diplomazia.»

«Proprio perché ti conosco mi è toccato venire di persona. Gherardini, non prendiamoci in giro, lascia fare a me che è meglio.»

«Va be', glielo dica lei. Ma se venissi anch'io, potrei spiegare le ragioni per cui Cruenti non c'entra più niente. L'incendio soprattutto è roba nostra, lo sa lei meglio di me, poi...»

«Di' che vuoi venire per vedere la faccia del maresciallo quando saprà che il caso è ufficialmente tuo.»

Gherardini rise. «Be', quella non la vorrei perdere per niente al mondo.»

Baratti restò pensoso. «Va bene, ispettore, vieni pure.

Guarda che al massimo ti permetterò di assentire o dissentire con lievi cenni del capo, d'accordo? Ma se ti scappa una parola in più ti mando a fare l'ispettore sulla Sila.»

Gherardini si mise sull'attenti, ma la sua faccia tradiva l'ironia del gesto, poi col pollice si segnò una croce sulle labbra. Baratti scosse la testa. «Non fare il buffone, Gherardini. Andiamo, e che Dio ce la mandi buona» e fece l'atto di alzarsi.

L'ispettore lo fermò con un gesto d'attesa e si rivolse al suo sovrintendente. «Prima di andare da Cruenti a dargli la bella notizia, è il caso che tu ci aggiorni sugli ultimi sviluppi, no, Farinon? Così anche il dottor Baratti ne sarà informato.»

Il sovrintendente si prese qualche secondo per raccogliere le idee e partì: «Non c'è molto. Ho visitato tutti i cantieri della zona: nessuno usa scarpe antinfortunio di Kevlar».

«Vuol dire che la scarpa viene da fuori, ma va' a sapere da dove» commentò sottovoce l'ispettore.

«A meno che» proseguì il sovrintendente, «a meno che il cinghiale con il piede in bocca non fosse un migrante. Mi è capitato di incontrarne un paio nella mia carriera. Uno, un grosso solitario, l'ho incontrato anni fa, quand'ero ancora in Friuli. Lo avevano avvistato alcuni giorni prima a una ventina di chilometri.»

«Non mi convince, Farinon, per niente. Un cinghiale non fa dei chilometri con un piede in bocca. Lo trova e al più perde un po' di tempo a cercare un posto tranquillo per mangiarselo, ma non fa dei chilometri. Può darsi che i chilometri li abbia fatti il titolare del piede, non il cinghiale.»

«Pensi a uno di fuori venuto a farsi ammazzare dalle nostre parti?»

«Venuto con i suoi piedi o portato qui da morto, Farinon.»

Nell'ufficio seguì un silenzio e poi: «C'è altro, giovani?» chiese il dottor Baratti.

Farinon ci rifletté su: «Per ora è tutto».

«Oltre a quello che le ho già riferito nel mio rapporto, dottor Baratti» completò l'ispettore Gherardini.

Il dottor Baratti diede un'occhiata alle pratiche che gli stavano davanti. «Sai che sei l'ispettore più giovane della forestale?»

«Dovrei essere contento?»

«Non lo so, fa' tu.» S'alzò dalla scrivania e uscì dall'ufficio.

L'ispettore Gherardini lo seguì e, passando davanti al sovrintendente, gli sussurrò: «Fammi un favore, Farinon, fai un salto alla Ca' Storta e vedi cos'è che ha spaventato la ragazza». E, alla faccia stupita del sovrintendente: «Mi ha telefonato molto agitata: va' a dare un occhio».

«Allora, signor ispettore, vogliamo andare o ne hai ancora per molto?» gridò il dottor Baratti dall'ingresso della caserma.

Capitolo XXIV

Villeggianti in crisi di nervi

«Caro dottor Baratti!» Il maresciallo si alzò e andò a stringergli la mano. «È sempre un piacere vederla fra di noi.» Si voltò all'ispettore con un veloce «Ciao, Gherardini» per tornare subito al dirigente della forestale. «Allora, comandante, mi dica a cosa debbo l'onore della visita.»

«Possiamo sederci, maresciallo?» fece quello, leggermente infastidito.

«Ma certo, ma certo, che testa» e indicò le sedie. «Posso offrirvi qualcosa, che so, un caffè? C'è il mio appuntato, un napoletano, che lo fa come solo quelli del Sud...»

«Non si disturbi» disse Baratti sedendo. Gherardini restò in piedi al suo fianco. «Dunque, i suoi superiori dovrebbero già averle comunicato qualcosa...»

«Comunicato? A che proposito? No, nessuno mi ha detto niente. Qualcosa di che, scusi?»

Baratti tossicchiò. «Be', penso che avrà presto una comunicazione ufficiale. È che le indagini sui casi, diciamo così, recenti, sono state affidate a noi della forestale.»

«A voi della forestale? Be', per quanto riguarda l'incendio, capisco. Anche se personalmente sono convinto che ci sia poco da indagare, sa, i campeggiatori incoscienti, è la solita storia...»

«Mi permetto di dissentire» e Baratti sorrise. «Per quanto riguarda l'incendio abbiamo già diversi indizi che spingerebbero in altra direzione, quella dell'incendio doloso. Ma non è solo l'incendio... i Comandi, il suo e il mio, si sono trovati d'accordo nel decidere di affidare a noi della forestale sia le indagini sul morto trovato carbonizzato sia quelle sul fantomatico piede visto in bocca a quel fantomatico cinghiale...»

Cruenti batté una manata sulla scrivania. «Ha detto bene, signor comandante: abbiamo troppi fantasmi in questa storia. Le mie accurate indagini mi hanno portato alla conclusione che non c'è nulla di vero e verificabile e che tutto si basa sulle sole dichiarazioni di un individuo poco di buono e abituale bevitore, un avvinazzato che spesso, in preda all'alcol, le spara grosse. Io, come dicevo, ho fatto accurate indagini e...»

«Ma quali indagini e quali accurate, Cruenti?» L'ispettore Gherardini non ce l'aveva fatta a restare in silenzio, come promesso al superiore. «Tu non hai fatto una beata mazza. Con la scusa dell'avvinazzato non hai mosso il culo dalla tua caserma, altro che accurate indagini.»

«Ma cosa dici, Gherardini? Le indagini le ho fatte, ma si sono necessariamente interrotte quando è scoppiato l'incendio – cosa, se mi permetti, ben più grave di un ubriacone che avrebbe visto, pensa te, un cinghiale con un piede in bocca.»

«Lascia stare l'ubriacone, che poi Adùmas non lo è. Tu parti con una tua idea che ritieni sacrosanta e non guardi a un metro dal tuo naso. Avresti avuto tutto il tempo per cercare qualcosa, o ti sapeva fatica andare in mezzo al bosco e rovinarti la piega delle braghe? Ora, con l'incendio che ha distrutto tutto, cosa cerchi, me lo sai dire? E se quel piede esisteva, come è esistito, a qualcuno dovrebbe pure essere stato attaccato, o no?»

«Ispettore, vieni a insegnare a me come si conduce un'indagine? Ma tu pensa ai tuoi fringuelli e alle tue piantine che alle indagini serie...» Un colpetto di tosse del dottor Baratti sospese la discussione e il maresciallo prese le distanze: «Mi scusi signor comandante, non volevo insultare la benemerita forestale, ma questo individuo» e agitò l'indice di fronte a Gherardini «viene a fare sul mio operato delle illazioni che non posso sopportare».

«Le puoi sopportare sì, e devi starmi a sentire! Arriva la notizia del piede e non fai niente, poi c'è l'incendio e ti affretti a dire che sono i soliti villeggianti distratti, così nessuno ci pensa più e c'è un nuovo terreno per la speculazione edilizia che fa comodo anche a te...»

«Gherardini, io non ti permetto...»

«Be', adesso basta!» gridò Baratti alzandosi in piedi. «Le vostre questioni personali non mi interessano. Ad affidare l'incarico delle indagini alla forestale è stato il magistrato, in piena autonomia, senza nessuna interferenza da parte nostra. Lei, maresciallo, riceverà al più presto la comunicazione ufficiale dai suoi superiori e si comporterà in conformità a tali disposizioni. Questo è tutto.» E rivolto a Gherardini: «Ispettore, possiamo andare».

Fuori il caldo era aumentato non di poco e l'agente che aveva portato il comandante Baratti in paese si era chiuso nell'auto a motore acceso e condizionatore al massimo. La porta della caserma si aprì e lui si accertò che uscisse il suo superiore e solo allora scese per socchiudere la portiera posteriore.

«Torniamo a Bologna» gli disse il dottor Baratti avvicinandosi.

«Agli ordini, signor comandante.»

«Più presto che puoi che qui mi hanno fatto perdere un casino di tempo.»

L'ispettore Gherardini lo seguiva da vicino. «Mi dispiace, dottore, ma non ce l'ho proprio fatta a tacere. Quello è un coglione che ha le mani in pasta in troppe cose...»

Il comandante lo interruppe puntandogli il dito sul petto. «Se è un intrallazzatore, come dici tu, allora non è un coglione. In ogni caso, Gherardini, le accuse o si dimostrano o si tace.»

«Ha ragione, comandante.»

«Comandante il cazzo!» sbottò Baratti. «Comandante quando ti fa comodo. Gli ordini erano di lasciar parlare il sottoscritto.»

«Le ho detto che mi dispiace e, per farmi perdonare, le offro una birra fresca.» Guardò l'agente. «La offro anche a te.»

«Non posso, mi aspettano in sede.» E all'agente: «Andiamo». Salì, l'agente chiuse la portiera, lui abbassò il vetro e concluse la sua visita così: «Stavolta hai fatto i comodi tuoi, ma da adesso in poi ti metti le *papusse* e viaggi con quelle, d'accordo?». Serio, Gherardini annuì. «Il che vuol dire: basta accuse basate su chiacchiere, indagini discrete ma serie e informare il superiore, che sarebbe il sottoscritto, prima di prendere qualunque decisione, anche quella che potrebbe sembrare la meno importante, d'accordo?» L'ispettore annuì ancora, sempre molto compunto. «Ooo, Ghera! Cos'è sto muso che mi tieni? Sta' bene allegro che la vita è bella! *At salut.*» L'auto partì che ancora il vetro della portiera posteriore stava salendo.

L'ispettore si allontanò dalla caserma dei *carabba* sfruttando più che poteva ogni possibile zona d'ombra delle case, ma la piazza era un deserto e l'attraversò sotto il sole del mezzodì che spaccava le pietre.

Una sola persona al bar di Benito, seduta sotto un ombrellone sistemato all'ombra del muro: Adùmas, con un bicchiere di birra vuoto per metà.

«Fai la cura del sole?» gli chiese Poiana sedendogli dinanzi.

«È l'unico buco dove tiri un po' d'aria» rispose quello. «Quando si ricorda di tirare» e, quasi per dargli ragione, un refolo mosse le frappe dell'ombrellone. Adùmas sorrise soddisfatto.

«Amdi, una birra gelata!» gridò Poiana.

«Piccola, media... come la vuoi, foresto?»
«Come sempre, Amdi. Ti arriva nuova?» e, nell'attesa del fresco sollievo, si rilassò sulla sedia e chiuse gli occhi. «Troppa gente in giro, oggi» e aggiunse, ironico: «Cos'è, il caldo?»
Adùmas stava per bere un sorso. Sospese. «No, è la paura.»
Poiana riaprì gli occhi e lo fissò. «Cos'è?»
«La paura. Forse sei troppo occupato con quella *squinzia* di Bologna e non te ne sei accorto, ma qui i villeggianti se ne stanno andando.»
Amdi posò la birra davanti a Gherardini. «Ecco una media gelata per la forestale.»
L'ispettore ringraziò con un cenno del capo, senza smettere di guardare Adùmas, e chiese ancora: «Per andare dove?».
Adùmas mandò giù il sorso e si asciugò le labbra: «Dove non lo so, di sicuro in un posto meno pericoloso di questo paese di merda». Si sporse verso l'ispettore. «Un piede in bocca al cinghiale, un incendio doloso, un morto bruciato, gente che entra nelle case e le mette sottosopra, una ragazza scomparsa... I villeggianti hanno paura anche ad andare a fare una passeggiata nel bosco. Non è che a me la cosa dispiaccia: meno casino, meno coglioni fra i coglioni, ma non hanno torto, poveretti. Spendono una fortuna... Perché tu lo sai che qui, quando arrivano i villeggianti, tutto aumenta? Quel ladro là» e indicò Benito, al banco «aumenta i prezzi della cucina che sembra di essere a Cortina. Insomma, vengono a cercare quindici giorni di pace e si trovano... dove si trovano e...»
Sarebbe andato avanti chissà per quanto se Poiana non lo avesse fermato con un gesto. Sempre tenendo la sinistra sollevata in modo che Adùmas non ricominciasse con la sua tiritera, bevve una lunga sorsata di birra. «Capisco la storia del cinghiale: ne hai parlato anche con il sedere; capisco l'incendio doloso e il morto: i giornali parlano anche a vanvera.» Un sorso. «Ma mi devi spiegare come fanno a sapere che la Ca' Storta è stata visitata dai ladri e che Francesca è scomparsa.»

«Ooo, pare che non sei nato qui! Lo sai o no che se fai una scorreggia, un secondo dopo ne parlano al bar di Benito?» Finì la birra e si alzò. «Vado a fare qualcosa nell'orto.»

«Sotto sto sole? Tu sei matto, caro mio.»

«Ho detto che ci vado adesso, subito? Prima o poi il sole se ne andrà.» Un cenno di saluto e si avviò alla cassa.

«Lascia stare, Adùmas, offro io» e all'espressione interrogativa di Adùmas spiegò: «Mi hai dato delle preziose informazioni e ti meriti la birra.»

«Non so di cosa parli, ma va bene così» e si allontanò con l'andatura ciondolante caratteristica dei montanari abituati ad andare per i boschi da una vita.

Con calma e in beata solitudine, Poiana finì la birra e andò alla cassa. «Due birre» disse.

«Veramente sarebbero tre. Il vecchio se n'è scolate due.»

«Allora tre birre.» Benito batté l'importo, Poiana lo controllò nel display, posò sul banco un foglio da venti euro e: «Mi piacerebbe sapere di dove vengono le stronzate che ho sentito qui oggi» disse.

«È il caldo, il caldo, Poiana.»

«Non credo. C'è qualcuno che si diverte a mettere paura alla gente e se lo becco...» e fissò dritto negli occhi Benito.

«Guardi me? Sta di fatto che io ci rimetto più degli altri. Tanto per cominciare, mi hanno già disdetto tre camere. Due telefonate da Bologna e una da Firenze e tre camere con pensione completa sono andate a puttane. Un bell'affare, no? Se i giornalisti si facessero i fatti loro...»

«Se li stanno facendo, Benito.»

Capitolo XXV

La signora lo prende amaro

«Sai, ispettore, che ti sta bene la divisa?» disse la voce di donna dietro di lui.

Il timbro era basso, leggermente roco, classico di chi fuma un po' troppo e, senza voltarsi, Gherardini disse:

«Grazie, Margherita, ma non sarà la prima volta che mi vedi in divisa.»

«Vero, ma non ci avevo mai prestato attenzione. Mi offri il caffè?»

L'ispettore fece segno a Benito che dai venti euro si tenesse anche il caffè per Margherita.

«Amdi!» gridò Benito. «Un caffè per la signora Margherita.»

«Al banco?» chiese Amdi.

Gli rispose Margherita: «Mi siedo, mi siedo. Il caffè mi piace comodo» e andò a sedersi al tavolino che il forestale e Adùmas avevano appena lasciato libero. «Non è bello offrire il caffè a una signora e lasciarla bere da sola» disse poi a Gherardini.

L'ispettore la raggiunse e restò in piedi. «Scusami, ma devo andare...»

Margherita non gli lasciò il tempo di completare: «... alla Ca' Storta» disse. «Guarda, Poiana, che sei tu ad aver bisogno di me. O mi hanno informata male?» Dall'elegante borsetta tolse sigarette e accendino e offrì all'ispettore.

Lui controllò e scosse il capo: «No, grazie, quegli spaghettini lì sono troppo leggeri» e, sedendo, accese una delle sue.

Amdi posò la tazzina davanti alla signora Margherita. «E tu? Vuoi qualcosa, ispettore?» Poiana fece segno di no con il capo e il ragazzo tornò dietro il banco.

«Cristina ha detto che mi cercavi, sono passata davanti al bar, ti ho visto ed eccomi qua» disse Margherita, un paio di tiri mentre girava il cucchiaino nella tazzina.

«Non hai zuccherato» disse.

Gli sorrise e solo allora, e solo per sorseggiare, posò la sigaretta in bilico nel portacenere. «Mi piace amaro» ma, visto il tipo, era più credibile non zuccherasse per non superare le calorie giornaliere. Infatti, la signora Margherita, sposata Badaloni, attorno ai quaranta, carnagione scura e scuri i capelli lisci, elegante, aveva un bel corpo snello e ci teneva a conservarlo. Giustamente. Finì di sorseggiare, riprese la sigaretta, guardò l'ispettore e aspettò.

«Sì, ti devo parlare» disse lui. Si guardò attorno: «Non qui. Non è il caso di pubblicizzare, anche se, come ho sentito, in questo paese è difficile tenere riservate certe notizie. Se non ti dispiace, andiamo in caserma».

«Non avevi fretta di salire alla Cə' Storta?» l'interruppe lei.

«L'hai detto tu, non io.»

All'allievo agente Ferlin, venuto ad aprire, chiese subito: «È rientrato il sovrintendente?».

«Non ancora, ispettore.»

Gherardini fece spazio a Margherita e poi, passando accanto all'allievo agente, chiese ancora: «Come vanno le mani, Ferlin?».

«Non male» e, sollevatele, mostrò la pelle arrossata. «Non c'è più pericolo di infezione e mi hanno tolto le bende.»

«Sono contento» disse l'ispettore. «Appena Farinon rientra, avvertimi» e fece segno a Margherita di precederlo.

«Cosa è successo a quel giovanotto?» chiese lei, in ufficio.

«Ha solo messo le mani dove non doveva. La prossima volta starà più attento. Accomodati.»

Margherita si accomodò: «Si sta bene qui» mormorò.

L'ufficio dell'ispettore era posto a nord e per ciò abbastanza fresco, data la giornata. Inoltre, per sue precise disposizioni, gli scuretti esterni dovevano essere mantenuti socchiusi fino al tramonto.

«Posso fumare prima che cominci l'interrogatorio?»

L'ispettore non rispose, ma dal cassetto della scrivania tolse il posacenere e lo spinse verso Margherita. «Niente interrogatorio, solo un paio di informazioni» disse mentre la signora accendeva la sua sigaretta sottile. L'ispettore accese una delle sue. «Non si potrebbe» disse, «ma a volte... Dunque, sto cercando di capire come mai due sportine...» Sospese e guardò in viso la donna: «Sai una cosa strana? Ti chiamano tutti signora Margherita e anch'io ti chiamo così. Toglimi una curiosità: qual è il tuo cognome?».

Sorpresa da una domanda che non si aspettava, la signora Margherita sorrise, scosse il capo e chiese: «Per questo, per sapere come mi chiamo sono stata convocata nel tuo ufficio?».

«Una mia curiosità.»

«Che sono lieta di soddisfare, ispettore. Il mio cognome da ragazza è Cariello. Sono frutto di un incrocio fra la Campania, mio padre era di Torre del Greco, e la Sardegna. Mia madre è sarda e, rimasta vedova, tornò nel paese natio. Dove vive tutt'ora, un po' malandata. Sono appena rientrata da una visita e non l'ho trovata bene. Sto pensando se sia o no il caso di farla assistere... Ma non credo siano queste le notizie che ti interessano.»

L'ispettore annuì. «Vero, sono interessato a due sportine di plastica, signora Cariello, e mi piacerebbe sapere come sono finite alla Ca' Storta.»

«E io che c'entro con le sportine e la Ca' Storta?»

«Non lo so, dimmelo tu. Una sportina è targata "Intimo per lei". Ti dice niente?»

La signora Margherita, che stava per aspirare dalla sigaretta, sospese il gesto a mezz'aria. «Mi dice, mi dice: all'"Intimo per lei" ho acquistato di recente alcuni indumenti...»

«Li hai addosso ora?» la interruppe Poiana, con un sorriso.

«Sì» rispose la signora Margherita con lo stesso tono ironico. «Vuoi controllare?» e fece l'atto di alzarsi per mostrare.

«Ti credo sulla parola» la bloccò lui. «A proposito, che profumo usi?»

La signora lo guardò sorpresa e incuriosita. «Cos'è, una proposta?» e, senza attendere risposta, si alzò e si protese verso l'ispettor Gherardini, porgendo il collo, fra orecchio e spalla. «Eccolo, Acqua di Parma.»

Gherardini non accettò la provocazione e tornò agli indumenti intimi: «Scusa, ma se li indossi ora, come si spiega che li ho trovati nella sportina di plastica, alla Ca' Storta?».

«In realtà oggi non indosso proprio quelli, mi sono cambiata» e sorrise. «Però mi piacerebbe tanto sapere come sono finiti alla Ca' Storta.» Poi, rendendosi conto che la sua risposta non spiegava, anzi, intrigava ancora di più, chiarì: «La sportina è mia, sì, me l'hanno rubata dall'auto».

La signora Margherita era stata a Bologna per delle spese e, fra le altre cose, aveva acquistato anche gli indumenti intimi, ma poi, tornata in paese, si era fermata da Benito per un the freddo...

«Faceva un caldo maledetto, l'impianto di condizionamento della mia auto non voleva partire ed ero arrivata in paese in un bagno di sudore» per cui, un the gelato... Insomma, aveva parcheggiato l'auto proprio dinanzi al bar di Benito e si era seduta a un tavolino senza preoccuparsi di chiudere le portiere. «Ero lì, a due passi, cosa vuoi che pensassi a qualcuno interessato alle mie mutandine?»

«Ti sarai chiesta chi possa avertele rubate, le mutandine e il resto, no?» La signora Margherita non rispose e all'ispettore parve imbarazzata. «La cosa è molto più grave di un furto di mutandine, Margherita» spiegò lui. «Non starei a perdere il tempo. Si tratta di un morto ammazzato, forse due, quindi...» e sospese, lasciando alla signora il tempo per riflettere.

Lei lo fece. Diede un ultimo tiro alla sigaretta, spense il mozzicone nel posacenere e abbassò il capo prima di dire: «Non vorrei metterti delle idee sbagliate».

«Deciderò io se sono sbagliate o giuste. Il tuo dovere è rispondere. Sai chi ti ha rubato la sportina?»

Il tono dell'ispettore sorprese la signora Margherita. Non lo aveva mai sentito così duro, deciso. Annuì: «Credo di sì, credo, ma non sono sicura». Fece una pausa. «Mentre bevevo il the, passò di lì quella ragazza... come si chiama? Ha un nome strano. Sai, quella che viene ogni tanto in paese a vendere...»

«Florissa» disse l'ispettore.

«Sì. Si fermò a salutarmi... aveva la piccola dentro un sacco appeso al collo. Mi fece un cenno di saluto... sai, a volte le compro qualcosa. Mi fece un cenno e andò a bere alla fontana. Io credo... Insomma, quando mi sono alzata per tornare all'auto, lei ancora bighellonava lì attorno con la piccola appesa al collo. Potrebbe essere stata lei, ma non ne sono sicura.»

L'ispettore si alzò. «Grazie» disse. «Mi sei stata utile.»

La signora Margherita non si alzò, guardò l'ispettore e chiese: «Cosa succederà ora?». Non ebbe risposta. «Ripeto, non sono sicura, non voglio fare del male a nessuno.»

«Tranquilla, non succederà nulla che non debba succedere.»

Ancora la signora, indecisa, non si alzò. «Hai parlato di morti e io sono preoccupata. Di cosa si tratta esattamente?»

«È una storia lunga e complicata, Margherita. Vieni, ti faccio accompagnare a casa. Tuo marito sarà in pensiero.»

«Il signor Badaloni ha altro per la testa. Per dire, è in cantiere da stamattina alle sei.»

«Molto lavoro?»

«Troppo. Sarebbe ora che si preoccupasse più della famiglia. Sua figlia, per esempio, Cristina...», ma non completò.

«Che ha Cristina?»

«Ha bisogno di un padre che la capisca. Poi si è messa con quel Novello che...» e ancora non concluse.

«Insomma» disse l'ispettore precedendola verso l'atrio, «secondo te, tutti gli uomini che vivono attorno a Cristina non sono adatti a lei, suo padre, Novello...»

Margherita si fermò in mezzo al corridoio e guardò in viso l'ispettore: «È così. Le ci vorrebbe uno come te». Si riavviò e nell'atrio disse: «Vado da sola, ho l'auto in piazza, faccio due passi».

«Come vuoi» e Gherardini restò sulla soglia a guardarla allontanarsi. Niente da dire, era una bella donna, e si chiese cosa accidenti avesse trovato nel signor Badaloni per sposarselo. Si chiese anche come mai, nelle ultime battute del loro colloquio, Margherita avesse cambiato umore. Sparite l'ironia, la simpatica provocazione, le velate allusioni...

Lo tolse dai pensieri il rumore della campagnola arrivata in cortile. Rientrò. Aspettò Farinon e subito gli chiese: «Francesca?». Il sovrintendente scosse il capo. «Vuoi dire che non c'era?»

«C'era la sua auto, non lei, ma ha avuto visite poco simpatiche. La casa era in uno stato...»

«L'ho vista. Hai guardato nel fienile?»

«No, ma ho girato attorno e l'ho chiamata. Niente.»

«Dovevi salire nel fienile!» gridò l'ispettore. «Torniamo su!» e corse in cortile, alla campagnola.

«Bastava dirmelo, di cercarla nel fienile, no?» urlò anche Farinon andandogli dietro di corsa. Poi, seduto nella campagnola accanto all'ispettore e con gli occhi fissi sulla strada, preoccupato per la guida, chiese: «Perché nel fienile?».

«Perché è di lì che mi ha telefonato.»

Il sovrintendente lasciò per un momento la strada per guardare il superiore: «Si può sapere cosa sta succedendo, Poiana?».

«Vorrei saperlo anch'io, Farinon! Vorrei proprio saperlo.»

«Poiana, Cristo, vai più piano!» L'ispettore neppure lo ascoltava, prendeva le curve in velocità e dalla sterrata che portava alla Ca' Storta s'alzava polvere e schizzavano sassi.

Inchiodò sull'aia, a un metro dalla stalla, e il sovrintendente già si era visto sfondare il parabrezza.

L'ispettore scese e andò di corsa alla porta della stalla.

«Ti preme proprio quella ragazza, eh, Poiana?» gli gridò dietro il sovrintendente.

Poiana non gli rispose. Gridò anche lui: «Da' un'occhiata attorno!».

«L'ho fatto un'ora fa!», ma non obiettò altro e fece quanto ordinato. Non era ancora entrato in casa che dal fienile gli arrivò:

«Farinon, è qui! Corri a darmi una mano!»

Il sovrintendente bestemmiò nella sua lingua madre, si maledisse per non essere salito lui nel fienile un'ora prima e corse.

L'ispettore, chino sul fieno accanto al corpo della ragazza, ne sosteneva il capo e aveva le mani insanguinate. Un'altra chiazza del sangue colato dalla nuca macchiava il fieno dove Francesca aveva posato il viso fino a pochi istanti prima.

Farinon bestemmiò ancora e si chinò sui due. «Faccio io» disse. «Tu chiama un'ambulanza.»

«Sai quanto ci mette per arrivare fin qui?» e, lasciato il capo della ragazza fra le mani del suo sovrintendente, telefonò all'elisoccorso.

L'elicottero atterrò nell'aia della Ca' Storta quando l'ispettore e il sovrintendente avevano già portato giù dal fienile il corpo di Francesca e l'avevano sdraiato sotto il portico della stalla, su un mucchio di fieno. L'ispettore Gherardini sosteneva il capo della ragazza in modo da lasciare libera la ferita sulla nuca; l'acqua fresca che le aveva poi spruzzato sul volto le aveva fatto socchiudere gli occhi. Lei si era guardata attorno, non aveva capito la situazione e aveva accennato un sorriso per Poiana, chino su di lei e preoccupato.

«Chi è stato?» le aveva chiesto sottovoce. Francesca aveva scosso lentamente il capo e richiuso gli occhi.

Velocemente Chiara, la giovane elicotterista, scese e corse verso il gruppo dei tre mentre medico e infermiere scaricavano la barella. «Cos'è successo?» chiese subito.

«Ancora non lo sappiamo, spero niente di grave» rispose l'ispettore, ma il tono non era tranquillo. «Grazie per essere volata.»

Capitolo XXVI

Ritorno alla Ca' Storta

Francesca lasciò l'ospedale della città il 13 agosto, il giorno prima della Festa del villeggiante, e tornò in paese. La madre e il padre l'avrebbero voluta a casa, in villa a Ozzano, dove «saresti accudita come si deve, e non in quel paese di selvaggi, in quella casa dove non c'è né acqua né gas».

Lei avrebbe voluto gridare che c'erano l'una e l'altro, ma quando urlava le pulsava la nuca e lasciò perdere.

La andò a prendere Poiana, che aveva passato più giorni al capezzale di Francesca che in caserma, tanto che il sovrintendente Farinon l'aveva battezzato assistente sanitario: «Non è da te» gli ripeteva. «Non hai mai trascurato il lavoro. Non sarebbe ora di concludere le indagini?»

«Farinon, mi sento responsabile. Se fossi andato su da lei, non le sarebbe successo. Ti rendi conto che avrebbero potuto ammazzarla?».

«Ragione di più per trovare il responsabile, no?»

«Lo faremo, lo faremo. Adesso pensiamo a Francesca.» Ci aveva pensato per l'intera degenza.

La andò a prendere Poiana, in un torrido pomeriggio d'agosto che faceva colare il sudore su tutto il corpo appena fuori dall'auto rinfrescata.

«Non ricordavo fosse tanto caldo» mormorò Francesca. «Spero che lassù sia meglio.»

«Non t'illudere, fa caldo anche in paese» furono le sole frasi che i due scambiarono fino ai primi tornanti, quando lei chiese:

«Finalmente mi dirai perché ti sei preso cura di me come se fossi mio stretto parente?».

«È una storia lunga e complicata. Come l'hai messa con tua madre?»

«È una storia lunga e complicata» rispose lei.

Nessuno dei due parlò più fin sull'aia della Ca' Storta, dove Poiana, fermata l'auto e prima di scendere, si girò verso la ragazza per dire: «Non vuoi proprio abitare da Benito per un poco? Se ne sono andati quasi tutti i villeggianti e sarebbe felice di ospitarti, a buon prezzo».

«Te l'ho detto: la Ca' Storta è casa mia e qui voglio abitare.»

«Chi ti darà una mano se avrai ancora dei problemi? Metti che mi telefoni: per arrivare qui ci metto almeno mezz'ora e in mezz'ora...»

«Sempre che tu non abbia di meglio da fare...»

«Lo sapevo che me lo avresti rinfacciato. Mi aspettava Baratti, accidenti!»

«Sto scherzando, non ti rinfaccio nulla. Sai perché non me ne vado da qui?»

«Mi piacerebbe.»

«Non voglio darla vinta a quel coglione di Pieri! Anzi, non mi stupirei se l'incendio l'avesse fatto appiccare lui per farmi sloggiare. Ti sei accorto che ha fatto in modo che il fuoco non danneggiasse la Ca' Storta?»

«E immagino che sempre lui ti avrebbe colpita alla nuca e quasi ammazzata.»

«Non lui, ma uno mandato da lui e...»

«Per favore, cose così non dirle in giro se non vuoi che... Lasciamo perdere. Dopo quello che ti hanno fatto, vuoi abitare qui! Va bene, affari tuoi. Fra l'altro non c'è né acqua né gas né...»

«Come mia madre, preciso» mormorò lei. Indicò la casa:

«Sarà sciocco quello che dico, ma lì dentro ho ritrovato qualcosa d'importante». Sorrise. «Sembrava che la Ca' Storta mi aspettasse. Figurati, ho trovato perfino una bombola piena di gas» e, ritenendo terminate le discussioni, fece per scendere.

L'ispettore Gherardini la fermò, serio: «Aspetta, aspetta: vuoi dire che la bombola era già lì, quando sei arrivata? Vuoi dire che non l'hai comperata tu?».

«Esattamente. Hai qualche problema?»

Poiana si sporse per aprirle la portiera e riprese il tono ironico: «Non io: il problema ce l'avrà chi ha comperato la bombola che adesso consumi tu». Le sorrise restando semisdraiato su di lei. «Vuoi scommettere che è stato il titolare della bombola a colpirti? Avresti dovuto pagargliela, no?»

Francesca continuò il gioco: «Sì, se me lo avesse chiesto». Ci pensò e aggiunse: «O se avessi saputo chi mi ha fatto il favore». Guardò Poiana: «Grazie per avermi accompagnata fin qui, signor ispettore, e per avermi aperto la portiera».

«Non crederà di cavarsela così, signorina. Dalle nostre parti usa ricambiare un favore con un invito a entrare per prendere qualcosa.»

«So bene cosa vorrebbe prendere lei, ispettore. La prego, non insista, sono una ragazza per bene. Poi, cosa direbbe la sua fidanzata se la facessi entrare in casa mia?»

«Glielo chiederò» e, sceso dall'auto, prese dal sedile posteriore la valigia contenente le poche cose che la ragazza aveva in ospedale.

Lei lo aspettava dinanzi alla porta chiusa. «Una serratura nuova. Immagino sia una tua gentilezza.»

«E io immaginavo che non ti avrei dissuasa dal tornare qui, per cui, ecco, adesso sei minimamente protetta» e le consegnò la chiave che la ragazza, guardando Poiana, si rigirò fra le mani senza decidersi a usare. «Che c'è? Non ti va?»

«Sono commossa» e, alzatasi in punta di piedi, gli sfiorò

la guancia con un bacio. «Grazie» mormorò e continuò a giocherellare con la chiave.

«Ci decidiamo o facciamo notte qui?»

Lei infilò la chiave e, prima di aprire, disse ancora: «Poi mi dirai quanto ti devo».

«Metto in conto, assieme al lavoro per rimettere ordine in casa, tutte le altre cose che ho fatto.»

«Hai fatto? Cosa, per esempio?»

In piedi accanto a lei, dinanzi alla porta chiusa e con la valigia in mano, Poiana aggiunse: «Che ho fatto e che farò, naturalmente non di persona».

«Naturalmente» e Francesca, infine, girò la chiave e spalancò la porta. L'accolse il fresco di un'antica casa ordinata e restò per un poco sulla soglia a goderne.

Entrarono e chiusero fuori il caldo.

«Si sta bene qui» disse Poiana.

«Lo so», ma l'ispettore non l'ascoltava più e si guardava attorno. «Posso aiutarti?» Lui non rispose e passò a frugare nel cassetto del tavolo, nei cassetti della vetrina, dentro le ciotole di terracotta posate qua e là, fino a quando lei non lo bloccò mentre passava allo sgabuzzino dietro la cucina. «Se mi confidi cosa ti serve...»

«La bombola del gas.»

Francesca lo guardò preoccupata. «La trovi sotto il lavello» disse sottovoce.

«Lo so. E la ricevuta?» e, allo stupore della ragazza, spiegò: «Se la bombola non l'hai ordinata tu, lo ha fatto qualcun altro e questo *altro* ha pagato anche il deposito cauzionale, oltre al costo del gas. Dov'è la ricevuta?»

«Non so di cosa parli, ma se qui c'erano ricevute le avrà buttate chi ha pulito.»

«Le pulizie le ha fatte l'Adele e l'Adele non l'avrebbe mai buttata. Sa cos'è e sa che vale i soldi del deposito, quindi...»

«Quindi l'avrà tenuta il famoso *altro* per farsi rimborsare prima o poi, quando non gli servirà più la bombola.»

«Brava. Non mi resta che andare dall'*altro* e chiedergli la ricevuta.»

Francesca, sempre più preoccupata per la confusione che Poiana le stava creando e che non capiva, chiese: «Che te ne fai?» e prima che l'ispettore le rispondesse: «Se mi dici che è una storia lunga e complicata, ti caccio fuori di casa».

«Infatti ti dico che se trovo la ricevuta, sappiamo chi ha abitato la Ca' Storta, chi ha portato qui gli indumenti intimi di Margherita, chi ti ha visitato una certa notte e forse chi ti ha fatto finire al pronto soccorso.»

L'unico commento della ragazza fu: «E chi sarebbe questa Margherita?».

Poiana lasciò perdere le ricerche, andò vicino a Francesca, le sorrise e le mormorò: «È una storia lunga e complicata».

Nel tardo pomeriggio un alito di vento scendeva dalle cime di ponente. Seduti sui due massi da secoli sistemati fuori dall'uscio di casa da chissà quale antenato, Francesca e Poiana si rilassavano con in mano due bicchieri di vino della cantina di nonno Musolesi. Era un rosso che nessun bevitore un minimo sensibile avrebbe mai assaggiato e che sapeva di acidulo, classico di un vino ormai andato. Ogni tanto una sigaretta.

Poiana teneva la testa appoggiata al muro e gli occhi socchiusi. «Non t'è venuto in mente altro?» le chiese.

«Di che parli?» L'ispettore passò la mano leggera sul cerotto che proteggeva la nuca di Francesca. «Ah, la botta in testa. No, e meno ci penso meglio sto.»

«Non è un comportamento razionale.»

«Forse non lo sarà per te, io so chi mi ha colpito e perché.»

L'ispettore aprì gli occhi, avvicinò il viso al viso della ragazza e la fissò: «Fantastico, allora abbiamo risolto».

«Risolto cosa?»

«Chi e perché ti sta perseguitando e ha tentato di ammazzarti.»

Francesca lo interruppe: «Se voleva ammazzarmi, l'avrebbe fatto. Pieri vuole solo spaventarmi e cacciarmi da casa mia. Il motivo è chiaro: non dover restituire l'acconto che non so chi gli ha versato per la vendita...».

«La fai facile, tu. Per quattro soldi Pieri si sputtana la reputazione e ammazza una persona, forse due – se mettiamo nel conto il piede nella bocca del cinghiale?»

«A parte che Pieri non ce l'ha una reputazione da sputtanarsi, oltre alla Ca' Storta chissà quanti altri interessi ci sono dietro il tuo incendio.»

Poiana si rilassò di nuovo contro la parete: «A parte che l'incendio non è mio e ne avrei fatto volentieri a meno, sentiamo questi interessi». Seguì il silenzio di Francesca. «Allora?»

«Allora... senza l'incendio, tu non avresti incontrato quella dell'elicottero. Come si chiama?»

L'argomento era interessante e Poiana tornò ad avvicinarsi a Francesca e le mandò il fumo sotto il naso. «Chiara, si chiama, ma tu che ne sai?»

«Be', è venuta a trovarmi tre volte all'ospedale. Vorrà dire qualcosa, no?»

«Non me lo avevi detto.»

«C'era motivo? Veniva a trovare me, non l'ispettore della forestale.»

«Capito» mormorò lui riempiendo i due bicchieri. Uno lo porse a Francesca, che ringraziò con un cenno del capo, e sollevò il suo in un brindisi appena accennato, perché il vino non meritava di più. «Non ho capito invece la tua testardaggine.»

«Testarda io?»

«Ti torna nuova? Strano, pensavo che te lo avessero già fatto rilevare.» Posò il bicchiere sul masso. «La tua decisione di non coinvolgere il maresciallo nella tua sicurezza, mi sembra insensata e stupida...»

«Non ci pensi già tu alla mia sicurezza?» l'interruppe lei con un sorriso che Poiana vide ironico. E forse non sbagliava: la botta in testa Francesca l'aveva rimediata proprio perché lui non era corso alla sua telefonata.

«La sicurezza dei cittadini è demandata alle autorità competenti per territorio. Nel caso specifico, ai carabinieri del luogo nel quale...»

«Mi sembri un manuale di... di non so cosa!»

«Fa' come ti pare, ma se ti dovesse accadere qualche altro guaio, più serio stavolta...»

Francesca vuotò il bicchiere, mormorò: «Buono» e lo porse a Poiana.

«Buono buono non direi. È un vino già andato da quel po'. Ma perché cambi sempre discorso! Io sto parlando seriamente.» Poi indicando il bicchiere che ancora lei gli porgeva: «Ancora?».

«No, posalo.»

Poiana eseguì e poi: «Serve altro, signora?». Francesca sorrise e negò. «Cerco di farti capire...»

«Lo so, ma dimmi una cosa: ti fidi veramente del maresciallo... come accidenti si chiama?»

«Cruenti.»

«Bene, un nome, una garanzia. Be', se tu ti fidi, io no! È d'accordo con Pieri per fregare il prossimo. Vuoi scommettere?»

«L'ho fatto una volta e non lo faccio più.»

«T'è andata male?» Poiana annuì. «Racconta.»

«È una storia...»

«... lunga e complicata, lo so. Ce l'hai qualche storia corta e semplice da raccontarmi?» Poiana finse di pensarci e scosse il capo.

Dietro gli alberi, il tramonto faceva rosso un cielo azzurrissimo, quasi bianco e, ascoltando il silenzio della montagna, fumarono un'altra sigaretta.

«Una scommessa però la farei» disse Poiana. «Florissa mi ha mentito.»

«Cioè?»

«Non mi ha raccontato tutto quello che sa.»

«C'è una bella differenza fra mentire e non raccontare tutto, no?»

«È una sottigliezza che non cambia la verità.»

«E su cosa ti avrebbe "mentito", come dici tu?»

L'ispettore fece un riepilogo mentale prima di rispondere: «Intanto era troppo agitata e senza pensarci mi ha subito risposto che non ricordava, poi invece ha ricordato».

«Tutto qui?»

«No. Ha ammesso che alla Ca' Storta c'era qualcuno.»

«Allora?»

«E se ne sarebbe venuta via senza neppure cercare di capire chi erano quelli che parlavano?»

«Sì, Florissa è una povera ragazza che ha sopportato di tutto e adesso ha paura di tutto. Ha avuto paura ed è scappata.»

«Lasciando nel fienile pannolini e biberon che servivano a Fiorellino?» Francesca non rispose. «Te lo dico io com'è andata: qualcosa o qualcuno l'ha fatta scappare in fretta e così lei ha lasciato qui biberon e pannolini.»

Intanto era giunto il momento nel quale il giorno diventa sera e Poiana si alzò. «Devo proprio andare. Sei sicura di voler restare?» Francesca gli sorrise e annuì. «Testarda, fa' un po' come ti pare.»

«Ti sei offeso? Senti, se c'è una cosa che non mi va è che mi si faccia da balia.»

«Ti faccio da balia?»

«Non so, tu che dici?» e cominciò a contare sulle dita: «Assistenza ospedaliera e farmaceutica, autista, sorvegliante, tutore» e sarebbe andata avanti se Poiana, in silenzio, non avesse annuito, non si fosse alzato e diretto all'auto.

Francesca non si mosse. Semplicemente lo guardò salire, mettere in moto, sgasare nervosamente, sgommare sollevando i sassi della carrareccia e infine allontanarsi veloce.

Capitolo XXVII

Una gibigiana sul soffitto

Francesca si era un po' pentita di avere trattato Gherardini... "scortesemente?" si diceva. "Non scortesemente, ma forse in maniera non del tutto gentile. È il mio carattere, mi devono prendere come sono e amen!"

Non era una delle sue serate migliori ed era un po' che si aggirava per casa, forse aveva fame ma non sapeva se ci fosse qualcosa da mettere sotto i denti, apriva un cassetto e lo chiudeva, apriva uno stipo e guardava dentro, ma non c'era niente di commestibile.

"Sono stata una stupida, ma non per essere rimasta senza qualcosa da mangiare, per averlo trattato da balia."

"Confessa che quell'uomo ti piace" diceva Francesca uno, e Francesca due rispondeva:

"Va be', mi piace, come tante persone che incontro" e Francesca uno:

"Ma questo ti piace un poco di più. Gli hai anche rinfacciato l'elicotterista, là, quella là, come si chiama. Non sarai gelosa?"

"Ma che gelosa! Gelosa io, figuriamoci!"

"E intanto sei qui senza mangiare, contenta?"

"Pazienza, fa bene alla linea."

Bussarono, Francesca sobbalzò e prima di rispondere si guardò attorno: il mattarello, sì, appeso alla parete. Lo impugnò e si avvicinò alla porta.

«Chi è?»

«È tornata la balia.»

Francesca rimase un attimo incerta, poi aprì la porta. «Sei tu? Non ho sentito la macchina.»

Gherardini sorrise. «Mi è venuto in mente che la signorina avrebbe saltato il pasto.»

«Be', ma non avevo fame» mentì Francesca.

«Appena vedrai cosa ti preparerò, ti verrà, la fame. Apparecchia o almeno tira fuori posate e bicchieri mentre vado a prendere la roba.» Uscì e tornò poco dopo carico di sacchetti di plastica. «Hai un recipiente che possa contenere del ghiaccio?»

«Del ghiaccio? Cosa te ne fai?»

«Cerca, cerca, quella pentola là va bene. Ho del vino che è già freddo, ma bisogna berlo ghiacciato: è rosato salentino, sentirai, altro che il vino di prima.» Rovesciò il ghiaccio da un sacchetto dentro al tegame e vi immerse le due bottiglie. «Ho fatto bestemmiare Benito, per il ghiaccio, promettendo in cambio che non andavo a controllargli nel frigo. No, scherzo, ma non è stato facile convincerlo a darmelo, non sai che carattere ha quell'uomo.» Francesca lo guardava divertita.

«Il vino lo vedo, ma cosa si mangia?»

«Il vino intanto lo assaggiamo. Cavatappi? Dov'è finito quello di prima?»

«È rimasto fuori» rispose lei e fece per andarlo a prendere. Lui la fermò.

«Non importa, ne ho portato uno io.» Tolse di tasca un coltellino milleusi e cominciò a stappare una bottiglia. «Gli svizzeri almeno nei coltellini sono geniali. Dove sono i bicchieri?» Risuonò lo schiocco del tappo tolto. «Ecco intanto il vino.» Ne versò alla ragazza e per sé. «Salute, soldi e tempo per sciuparli.» Alzò il bicchiere e la guardò bere. «Com'è?»

«Be', è buono, ma non abbiamo già bevuto abbastanza?»

«Cosa vuoi che sia, per i due bicchieri di un'ora fa!»

«Altro che due bicchieri abbiamo bevuto!» Guardò l'etichetta: «Five Roses, che strano nome».

«È una storia lunga...»

«... e complicata, lo so, ma cosa si mangia?»

Gherardini posò il bicchiere e prese uno dei sacchetti. «Una cosa molto semplice, un'insalatona contadina.» Rovesciò sul tavolo del radicchio verde e rosso. «Questo è radicchio dell'orto di Adùmas, l'avevo in casa, un po' amaro ma ottimo. Ci vorrebbe radicchio di campo, ma sarà per un'altra volta. Perché non gli dai una lavata, mentre preparo il resto?»

«Perché, se ricordi, non c'è né acqua...»

«... né gas, lo so, ma intanto il gas c'è, e anche il vino. Ma fa' qualcosa, fa' finta d'apparecchiare mentre vado a prendere l'acqua.»

«Che borsa che sei, vai, vai, almeno per un po' sto tranquilla!»

L'ispettore tornò dopo poco con un secchio d'acqua. «Puoi lavare i radicchi. Vedi se trovi un tegamino per soffriggere il guanciale.»

«Il guanciale?»

«Veramente ci vorrebbe la pancetta, ma col guanciale è più raffinata.»

«Ma cos'è che mi stai combinando?»

«Te l'ho detto, un'insalatona contadina, fatta con quel poco che avevano i contadini una volta: radicchio di campo, uova *bazzocche* e pancetta fritta. Mettevano tutto assieme e condivano col grasso che si scioglieva friggendo la pancetta.»

«Leggero, come il piombo! Sembra buono, però!»

«Ma il guanciale è più magro, poi lo scoliamo e condiamo con un po' d'olio, che ho portato.»

«E le uova *bazzocche* cosa sono?»

«Né alla coque né sode, una via di mezzo. Diciamo solo quattro-cinque minuti. Il tuorlo è ancora un po' liquido e si amalgama col radicchio. Versa un paio di bicchieri mentre comincio a lavorare, alla salute ancora!»

Vuotarono i bicchieri, e Gherardini si mise all'opera. Trafficò nella vetrina per prendere i tegami, poi posò un pentolino d'acqua sul gas e cominciò a soffriggere le sottili fette di guanciale in un tegamino. Dopo poco era tutto pronto. Pelò le uova imprecando perché si scottava le dita, mentre Francesca lo guardava divertita, mise il radicchio in una terrina, vi versò le uova e il guanciale e cominciò a mescolare il tutto, aggiungendo un poco d'olio.

«Ecco, è pronto, a tavola!»

Cominciò Francesca, Gherardini la guardò e poi: «Allora?».

«Devo dire che è proprio buono, e anche il vino, versami un altro bicchiere.»

«Sicura di reggerlo?»

«Il vino sì, sono gli impiccioni che non reggo. Tu non ti preoccupare, pensa per te piuttosto, mi sembri già allegro.»

«Io? Non mi hai mai visto bere veramente. In servizio sobrio come un vescovo, ma ogni tanto, con gli amici, qualche volta un paio di bottiglie ce le siamo fatte.»

«Certo, solo un paio!» e Francesca tornò all'insalatona. Poi: «Allora ne hai?». Poiana la guardò senza capire. «Hai parlato di amici, ne hai?»

«Come tutti» e alzò il bicchiere. «Agli amici.»

Francesca lo imitò. Si sentiva bene. "Quell'uomo ti piace proprio" le suggerì Francesca uno.

"Mi piace? Sì, mi piace, ma niente di più" e Francesca due bevve.

"Attenta, stai perdendo il controllo."

Evidentemente Francesca uno era vigile, ma la due l'allontanò con la mano e le disse: "Pensa per te che io non perdo mai il controllo".

Poiana e Francesca due chiacchierarono e risero, guardandosi, bevendo il vino ghiacciato finché anche la seconda bottiglia rimase vuota.

«Be'» disse Gherardini, «si è fatto tardi, è meglio che me ne vada, domani ho un mucchio di cose da fare.» Si alzò. «Grazie della serata e della cena.»

«Se questo significa che devo esserti grata... grazie a te, hai fatto tutto tu. Be', allora buonanotte.»

Sulla porta Gherardini disse sottovoce: «Senti, se vuoi posso stare qui questa notte, per sicurezza, non vorrei che qualcuno tornasse, mi arrangio qui, dormo da qualche parte...».

Francesca si alzò, gli si avvicinò e gli posò le mani sulle spalle. Rimase un attimo in silenzio.

"Ora non fare sciocchezze" disse Francesca uno.

"Non faccio mai sciocchezze" rispose Francesca due.

"Tu no, ma il vino che hai bevuto?" chiese Francesca uno.

"Be', vorrà dire che le sciocchezze le avrà fatte il vino. E adesso lasciami in pace per favore."

In silenzio e per un poco Francesca guardò Poiana, poi: «Non è meglio se vieni a dormire di sopra?».

Si baciarono, si guardarono di nuovo e tornarono a baciarsi, poi, senza dire nulla, presero la via delle scale.

Un vento leggero, una brezza sottile aveva cominciato a soffiare muovendo un poco l'erba e i rami di fuori, come se una mano senza peso li avesse appena sfiorati. Crebbe poi un poco di intensità, facendo forse abbaiare un cane e sbattere una porta in lontananza, da qualche parte. Crebbe poi ancora, fino a far mulinare foglie e polvere e a squassare gli alberi che si piegarono sotto il suo soffio violento, e sembrò che un lungo urlo si sentisse di fuori, e cigolarono le imposte sui cardini e gemettero le porte. Poi, a poco a poco, quasi improvvisamente come era cominciato, il vento iniziò a placarsi e a scemare fino a scomparire del tutto, come se non avesse nemmeno iniziato a soffiare.

Gherardini si svegliò all'alba. Recuperò i ricordi, sorrise. Francesca gli dormiva accanto. Il sole era appena sorto e dalle fessure degli scuri antichi alcuni raggi illuminavano il soffitto.

No, non tutti erano raggi diretti. C'era anche un riflesso, una specie di piccola gibigiana. La luce che veniva da fuori colpiva qualcosa di lucido e rimbalzava sul soffitto. Incuriosito, Poiana si alzò e cercò la fonte dello strano effetto luminoso; proveniva da sopra l'armadio di fronte al letto. Salì su una sedia e, nel profondo incavo, tipico degli armadi antichi, vide una valigia. Un raggio faceva risplendere la placca cromata della serratura. L'aprì e, sopra gli abiti e il resto che si mette in valigia per un viaggio, c'era un passaporto straniero. Aprì anche quello. Gli sorrise la foto di Haled, il tunisino.

Stava ancora controllando, che Francesca, appena svegliatasi, mormorò: «Sali sempre su una sedia dopo che hai fatto l'amore con una ragazza?».

L'ispettore richiuse la valigia, indicò il riflesso tornato sul soffitto. Coprì poi la placca, spegnendolo. Tolse la mano e il riflesso si stampò di nuovo. Le sorrise e la ragazza, che non capiva, chiese: «Allora?»

«Allora... se non ci fosse stato un raggio di sole, non avrei trovato la valigia e da quello che ho intravisto...»

L'interruppe il borbottio a occhi chiusi della ragazza: «Capito, impossibile dormire». Socchiuse gli occhi assonnati, si sollevò a sedere e mormorò: «È di nonno Musolesi. Non sapevo che fosse importante per le tue indagini».

L'ispettore riaprì la valigia, prese il passaporto, e mostrò la foto alla ragazza. «Sarebbe questo tuo nonno?»

Con sguardo sempre assonnato, Francesca guardò, spalancò gli occhi, strappò il passaporto dalle mani di Gherardini, lo guardò meglio e poi guardò l'ispettore.

«Chi è questo tipo?» chiese, sorpresa.

«Com'è arrivata la valigia di quell'Hamed sull'armadio del nonno?» chiese Francesca durante la colazione.

«Quando lo scoprirò, avrò scoperto molti dei misteri della Ca' Storta» rispose Gherardini. «Secondo te, Florissa poteva sapere della valigia?»

«Insomma, tu ce l'hai con quella povera ragazza.»

«Non è colpa mia se è invischiata in una brutta storia. Per esempio, se fosse stata lei a rubare gli indumenti intimi di Margherita, come lei sospetta, molte cose tornerebbero al loro posto...»

«Ti farebbe comodo!» lo interruppe Francesca. Vuotò la tazzina e continuò: «No, sono sicura che Florissa non c'entra e a questo proposito devo dirti alcune cose» e raccontò di essere tornata dall'*elfa* proprio per capire certe sue reticenze delle quali l'ispettore le aveva parlato. «L'unica preoccupazione vera di quella povera ragazza è di non venire sfrattata da Purgatorio e per questo non ti ha raccontato tutto. Con me lo ha fatto. C'è un altro po' di caffè?»

L'ispettore le versò quanto restava nella moka, due sorsi appena, e si dispose ad ascoltare il resto del racconto:

«Prima di tornare a Purgatorio, quel giorno, Florissa passò di qui per ritirare le cose che vi aveva lasciato, ma non ci riuscì perché c'era gente...»

«Lo so, l'ha raccontato anche a me, gente in casa che parlava...»

Francesca lo interruppe: «Che litigava. E non in casa, ma dentro un furgone. Non te l'ha detto perché tu le avresti chiesto chi erano...».

Fu l'ispettore a interrompere: «Chi erano?».

Un attimo di silenzio e poi: «Non l'ha detto neppure a me, ma credo che lo sappia. Florissa ha paura, molta».

«Me ne sono accorto, ma questo non giustifica...»

«Giustifica e come!» La ragazza respirò a fondo per calmarsi e poi: «Lasciami finire» disse.

Florissa era arrivata alla Ca' Storta, era salita nel fienile, aveva recuperato la sua sporta e stava per scendere, quando sull'aia si era fermato il furgone. Non era sceso nessuno e Florissa aveva sentito che discutevano forte. Voleva aspettare che se ne andassero, ma poi la piccola Fiorellino aveva cominciato a smaniare... forse aveva fame. Allora aveva nascosto la sporta sotto il fieno per essere più libera di scappare: sarebbe ripassata poi a recuperarla. Era scesa nella stalla ed era uscita da dietro, dal letamaio...

«Una storia triste» commentò l'ispettore, «ma non credo a una parola.»

«Se tu conoscessi meglio quella ragazza...»

«La tua è una difesa di casta.» Francesca lo guardò e scosse il capo, delusa. «Resta il fatto che ha mentito» riprese Poiana, convinto. Francesca spalancò gli occhi: a lei non risultava. «Ha mentito perché lei, quello stesso giorno, è entrata alla Ca' Storta.»

«Chi lo dice?»

«Lo dice la sportina con dentro gli indumenti intimi che Florissa ha rubato dall'auto di Margherita. Li hai trovati o no dentro casa?» Lei annuì. «Allora Florissa mente!»

«Chi lo dice che li ha rubati lei?» gridò la ragazza.

«Margherita.»

«L'ha vista mentre glieli rubava?»

«No, come non l'ha vista Giorgio mentre gli rubava il coltello da macellaio. E il coltello da macellaio era nella sporta di paglia assieme agli oggetti per la piccola.»

Francesca continuava a negare con il capo. Mormorò: «Florissa non mente. Florissa mi ha giurato sulla testa di Fiorellino di non essere mai entrata alla Ca' Storta e io le credo».

«Padronissima di farlo. Padronissimo io di non crederle.»

«Sei un gran figlio di puttana!» disse sottovoce la ragazza. Alzò il tono: «L'hai capito o no che Florissa deve difendersi da tutto quello che le sta attorno, accidenti! Deve proteggere la sua creatura!». Guardò Poiana e commentò: «No, non lo capisci. Gli uomini non ci arrivano a certi sentimenti».

Gherardini non commentò. Si alzò e lasciò Francesca con le solite raccomandazioni di stare attenta, di chiudere bene la porta, di pensarci e lasciare la Ca' almeno per il tempo necessario perché lui si rendesse conto di cosa stava succedendo. Inutile. Allora caricò la valigia sulla campagnola.

In caserma fece un elenco dettagliato del contenuto della valigia. Oltre al passaporto trovò un cambio di biancheria, due paia di calzoni, completo per barba, spazzolino e dentifricio, pettine... un biglietto aereo per Tunisi, partenza 29 giugno ore venti e trenta, e il permesso di soggiorno. L'uno e l'altro intestati ad Haled.

Capitolo XXVIII

Possibili indizi

La Festa del villeggiante fu il disastro previsto. Lo fu soprattutto per i molti ambulanti arrivati anche da lontano, che avevano messo su i loro banchetti, esposto le varie inutilità e si videro sfilare dinanzi pochi e svogliati villeggianti, più interessati ai fatti cruenti accaduti di recente in paese che alla festa e alle merci.

Fu un disastro per la processione, seguita da poche signore attempate, e fu un disastro per il canto solista di don Stanislao, il prete polacco, che trovò l'accompagnamento di un coro piuttosto flebile. Fu un disastro per la banda, nella sua lunga storia mai tanto disertata da ascoltatori e mai tanto povera di vino messo a disposizione degli orchestrali dai paesani.

Per il rotto della cuffia si salvò Benito, che servì, fra pranzo e cena, una trentina di pasti. Pochi contro i sessanta-settanta delle precedenti edizioni della festa.

Le cose migliorarono, ma di poco, il giorno dopo, 15 agosto festa dell'Assunzione, che per di più capitava in domenica. Arrivò qualche villeggiante occasionale e alcuni paesani si fecero vedere in giro o all'ombra degli aceri sul sagrato o ai tavoli di Benito per un bicchiere. Francesca arrivò in paese nella tarda mattinata, incontrò Cristina e Novello e decisero di pranzare assieme, da Benito.

«Hai posto verso l'una?» chiese Novello.

Da dietro il bancone Benito lo guardò male: «Ecco uno che ha voglia di prendere per il culo» borbottò. Poi, tanto per stare al gioco disse: «Dipende da quanti siete».

«Quelli che vedi: tre.»

«Un posto ve lo trovo» e si girò borbottando il suo scontento.

Passò e ripassò in piazza anche Adùmas, salutando, ma solo con cenni del capo o della destra, quelli che non gli stavano sui coglioni. Pochissimi. Sperava di incontrare Poiana per avere qualche novità sulle indagini. Non sarebbe mai andato a chiederla in caserma. Per una questione di principio: lui c'era dentro, in quella brutta faccenda, prima e più di ogni altro e prima e più di ogni altro riteneva di avere diritto a essere informato. Se Poiana riteneva di non farlo, lui non sarebbe andato a cercarlo.

Ma quel 15 agosto, forse per la prima volta nella sua carriera di forestale, l'ispettore Gherardini Marco non si fece vedere in paese. Mandò in giro i suoi: «In divisa, mi raccomando».

Prima di uscire, "in divisa, mi raccomando", il sovrintendente Farinon Clemente si affacciò all'ufficio del superiore. Aveva intenzione di chiedere ragione della novità, ma lo vide seduto dinanzi al computer e troppo occupato con una quantità di appunti. Lasciò perdere e si allontanò.

«Che c'è, Farinon?» gli urlò dietro l'ispettore.

«Niente, niente. Mi fa specie che lavori proprio oggi!»

«Farinon, ho un paio di idee e le devo verificare per domani.» Aspettò un cenno di ricevuto, ma il sovrintendente non aveva da eccepire. «Ooo, Farinon, domani è un giorno importante e devo avere tutto sotto controllo.»

«Me lo immagino, me lo immagino» e Farinon, rigorosamente in divisa, lasciò la caserma.

Il 16 agosto, lunedì, l'ispettore Gherardini si alzò molto presto. Aveva in programma una quantità di incontri e di controlli e avrebbe dovuto farli presto. Cominciò con una telefonata in caserma.

Dopo cinque squilli gli rispose una voce assonnata: «Forestale, agente Ferlin».

«Che ci fai, Ferlin? Stanotte non doveva essere di servizio Goldoni?»

«Mi ha chiesto di sostituirlo. Pare che sua moglie sia stata male...»

«Ancora? Perché non si decide a portarla da un medico?»

«Riferirò, ispettore.»

«Lascia perdere e ascolta...»

«Agli ordini.»

«... e non fare lo spiritoso.»

«Si fa per passare il tempo, ispettore.»

«Rientrerò in caserma stasera. Se c'è bisogno di me, mi trovate al cellulare, sempre che ci sia campo. Chi ti dà il cambio?»

«Fra poco dovrebbe esserci Radici e più tardi lo zio... cioè, il sovrintendente Farinon. Io andrò a dormire...»

«Vuoi farmi credere che non hai chiuso occhio tutta la notte?»

«Ho vigilato, ispettore.»

«Raccontalo a tuo zio. Comunque, tu non andrai a dormire, tu andrai su alla Matrogana e ti occuperai dell'allevamento. Ci sarei dovuto andare io, ma non posso: inderogabili urgenze di servizio.»

«Capisco, ispettore. Si tratta della Ca' Storta...»

«Tu non capisci una mazza, Ferlin! Ti occuperai dell'allevamento e farai in modo che, quando salirò io, tutto sia in perfetto ordine.»

«Sarà fatto.»

«Non ho finito. Prima di salire alla Matrogana ti fermerai alla Ca' Storta a controllare che la signorina stia bene e le dirai che sono fuori per servizio e che appena potrò...»

«Ispettore, se crede, a Francesca posso fare compagnia io.»

«Ancora, Ferlin? Dille che prima di sera salirò. Se ha qualche urgenza, ha il mio cellulare.»

«Riferirò, ma alla Ca' Storta non credo ci sia campo. A meno che...» e si fermò.

«A meno che?» lo sollecitò l'ispettore.

«A meno che non salga nel fienile» mormorò il giovane.

«E tu che ne sai?» Dall'allievo agente non arrivò risposta.

«Ferlin, per dio, tu che ne sai del fienile?» urlò l'ispettore.

«Be', immagino. Il fienile è il posto più aperto e alto e allora...»

«Ferlin, ascoltami bene: fa' quello che ti ho ordinato e fallo come dio comanda. Noi due, poi, riparleremo del fienile!» e bestemmiando chiuse la comunicazione. «Quel coglione di Ferlin» borbottò poi. «Me ne dovrà spiegare, di cose, stasera.»

In paese c'era un solo distributore di bombole di gas liquido: Gilberto il meccanico, e Gilberto apriva la sua officina alle cinque del mattino, «perché dalle cinque alle nove è l'unico momento che non vengono a rompermi le palle» sosteneva «e posso lavorare tranquillo».

Quel mattino il primo rompipalle arrivò alle sei e non parcheggiò nello spazio davanti all'officina. Si fermò sulla strada e il rompiballe restò sulla campagnola della forestale.

«Cominciamo male la giornata» mugugnò Berto. Infatti, dopo aver lavorato attorno al retrovisore per un po', come se non trovasse la posizione giusta, l'ispettore della forestale scese ed entrò in officina.

«Cosa ti cade, Poiana?» chiese.

«Mi serve un'informazione, Berto, e se qualcuno viene a sapere cosa ti ho chiesto, ti faccio passare un brutto momento.»

«L'avevo detto che si comincia male» borbottò. Guardò di traverso l'ispettore, posò la *cagnetta* con la quale stava lavorando attorno all'asse di un trattore, puntò il dito verso l'ispettore e disse: «Oh, bello, io non sono abituato a certi discorsi».

«Lo so, ma quello di cui parleremo non deve uscire di qui. Siamo d'accordo?»

Controvoglia, Berto annuì. «Sentiamo» disse. E si arrotolò una sigaretta, con le mani già sporche di grasso. La cartina ne subì qualche influenza, ma Berto non se ne preoccupò e accese. Disse ancora: «Non te ne offro una» e, dato un tiro, si dispose all'ascolto.

Anche l'ispettore accese una sigaretta. Cominciò: «Hai portato una bombola di gas alla Ca' Storta?». Berto, sigaretta a mezz'aria, ci pensò su e negò con il capo. «Allora come si spiega il fatto che una tua bombola praticamente piena si trova nella cucina della Ca'?»

«Io non ce l'ho portata» rispose calmo Berto. E fece per riprendere la *cagnetta*.

«'Spetta un momento che non ho finito. Sulla bombola c'è il tuo cartoncino e non credo che sia volata lassù da sola.»

«Oh, bello, io vendo bombole a tutti quelli che ne hanno bisogno e non tutti pretendono che le vada a montare e a controllare di persona.»

«Lo so e io sono uno di quelli che se la vengono a prendere e se la montano. Però tu sai a chi l'hai data a nolo, chi, insomma, ti ha versato il deposito cauzionale. O noleggi bombole a chiunque e anche senza il deposito cauzionale e la prevista ricevuta?»

Berto diede l'ultimo tiro nella squinternata sigaretta, gettò sul pavimento la cicca e la calpestò ben bene. Poi fece segno a Poiana di seguirlo, e andò verso lo *sgabuzzo* che gli faceva da ufficio. «In che periodo sarebbe successa questa tragica evenienza?» chiese.

«Di preciso non te lo so dire, ma potrebbe essere stato verso la fine di maggio, i primi di giugno o anche...»

Berto lo fermò sollevando l'indice della destra. «Forse ho capito» disse. «Adesso vediamo» e finalmente si pulì le mani in uno straccio. Poi, seduto su un'antica sedia sgangherata dalla quale pendevano brandelli di paglia, cominciò a sfogliare un blocco di ricevute leccandosi diligentemente l'indice. Si fermò presto e, battendo ripetutamente il medio su una ricevuta, comunicò: «La bombola è stata data in uso a certa Zarellu Maria Antonia».

L'ispettore ci pensò su, scosse il capo e chiese: «E chi sarebbe?».

«Oh, bello, questo lo chiedi poi a Haled.»

«Cioè?»

«Cioè in data 16 maggio il tunisino si presenta e carica sul furgone la bombola. A chi intesto la ricevuta?, gli chiedo. A Zarellu Maria Antonia, mi fa lui. E chi sarebbe?, chiedo io. Che t'importa? Per adesso pago io, dice lui. Gli chiedo se vuole che vada a montarla io e quello mi risponde che ci pensa lui, di stare tranquillo che è pratico» e Berto mise il blocco delle ricevute sotto il naso dell'ispettore Gherardini. «Controlla: è la firma di Haled. Chiedi a lui di questa Zarellu. Per me, dal nome potrebbe essere una sua parente arrivata direttamente dalla Tunisia» e, ritenendo di aver soddisfatto la richiesta dell'Autorità, Berto fece per riporre nel cassetto il blocco delle ricevute. Sorridendo, l'ispettore glielo tolse di mano:

«Per il momento lo tengo io. Consideralo sequestrato e acqua in bocca, bello, mi raccomando.»

Si rimise in auto verso la tappa successiva: il cantiere di Badilone, ma qualcosa non andava. Non andava da quando era uscito di casa e un'utilitaria gli si era messa dietro, l'aveva seguito fino da Berto e poi era sparita dal retrovisore. Ed eccola lì di nuovo. Per poco: in vista del cantiere l'utilitaria era sparita ancora dal retrovisore.

Capitolo XXIX

Che fine ha fatto Haled? E Cesarino?

Gli operai avevano iniziato da poco il lavoro. Alcuni montavano un'impalcatura e scaricavano dei longheroni da un camioncino. L'ispettore fermò la campagnola a poca distanza e li raggiunse.

«C'è Badaloni?» chiese a uno. Questi indicò col pollice il retro della palazzina che stavano costruendo e continuò a lavorare. Gherardini fece il giro attorno alla casa e vide Badaloni parlare con un tizio che prendeva appunti su un blocchetto di carta. Anche l'impresario vide arrivare il forestale.

«Oh, ciao Ghera, com'è?»

«Finché la va, la va. E qui?»

Il tizio col blocchetto si allontanò e Badaloni gli fece un gesto vago con le mani. «Cosa ci fai da queste parti?»

«Niente, due chiacchiere con Cesarino.»

«Hai preso male. Non è in cantiere.»

«E dove lo trovo?»

«Questo me lo sono chiesto anch'io. Uno degli operai mi ha detto che è partito tempo fa con la vecchia auto del cantiere. A trovare dei parenti, pare.»

«A trovare dei parenti? Così, all'improvviso? Sarà successo qualcosa.»

«Penso di sì, anche perché Cesarino non è mai sparito così, senza dirmi niente, senza una giustificazione; la faccenda è un po' strana perché non si è mai allontanato senza dirmi qualcosa, sai poi che tipo è, sono un po' preoccupato. Tanto che penso di parlarne con il maresciallo.»

«Be', senti, vedrai che si farà vivo. A proposito di Cesarino, sai qualcosa del giro che ha fatto con Haled su a Pastorale? Cosa cercavano lassù quei due?»

«Non cercavano niente. L'idea è di Pieri. Se ci pensi Pastorale è un borghetto abbandonato ma bellissimo, circondato da castagni, con vista sul lago, ci sarebbe da lavorare per tutti, a restaurare case o a costruirne di nuove, un vantaggio per il paese, più turismo, più gente... Cesarino e Haled erano andati a dare una prima occhiata per rendersi conto di persona delle varie possibilità...»

Mentre Badaloni parlava, l'ispettore Gherardini guardava con la coda dell'occhio un muratore, Semir, il fratello di Haled, che trafficava lì attorno senza avere uno scopo preciso: con un badile rimestava un mucchio di sabbia, prendeva una tavola e la spostava di qualche metro, poi la rimetteva a posto.

Tornò a Badaloni. «Certo, un affare immobiliare da svariati milioni. Però un affare complesso. Bisognerà rintracciare tutti i vecchi proprietari, o addirittura gli eredi, che chissà dove sono, in Francia la maggior parte, credo. Poi, ma l'avrai già calcolato, non c'è la strada per arrivarci, a Pastorale, e quella la dovete costruire per prima, se volete farci arrivare i camion dei materiali, e bisogna fare attenzione che dovrete consultare la forestale per i lavori da eseguire...»

Badaloni lo interruppe. «Lo so, certo, sarà previsto anche quello, ma non c'è niente di sicuro, per il momento è solo un progetto campato in aria.» Anche lui aveva notato lo strano comportamento di Semir e si interruppe. «Oh, di' su te, Semir, si può sapere cosa cerchi qui attorno, non hai niente di meglio da fare?» Il tunisino brontolò qualcosa e continuò a rimestare. «Guarda te sta gente, pur di non far niente... Be', stavo dicendo che per ora è soltanto un'idea molto vaga. Vedremo.»

Anche l'ispettore si occupò del tunisino: «A proposito, Semir, guarda che prima di andare via ho bisogno di parlarti».

Il tunisino annuì, finì di rimestare e si allontanò trascinando il badile.

«Di' su, Poiana, cosa sono tutti sti misteri?» chiese Badaloni piuttosto preoccupato. «C'è qualcosa che non so?»

«Tranquillo, con Semir c'è una questione in sospeso. Ci sarebbe anche con suo fratello, ma so che è tornato in Tunisia...»

«Sì, m'ha chiesto un po' di ferie e gliele ho date, anche se ci sarebbero tanti lavori da finire. Ma sai, se non tratti bene gli operai, finisce che li perdi. E poi dicono che c'è crisi. Crisi sti due!»

Gherardini restò un attimo pensoso. «Va bene, Badaloni, grazie per le informazioni. Avvertimi quando torna Cesarino. Ti saluto» e si allontanò.

La rassicurazione dell'ispettore non aveva tranquillizzato Badaloni, che chiese: «C'è qualcosa che non va con Cesarino?».

Senza voltarsi l'ispettore Gherardini agitò la destra. «Niente, niente. C'è una vecchia pendenza per un paio d'alberi che i due tunisini hanno tagliato senza chiedere l'autorizzazione.» Continuò ad allontanarsi ripetendo: «Niente, niente. Faccio due chiacchiere con Semir». Ma, per quanto cercasse in cantiere e chiedesse agli operai, non lo trovò. Come se nessuno avesse mai visto il tunisino, come se non fosse mai stato lì a lavorare.

Lasciò il cantiere e l'utilitaria si materializzò di nuovo sul retrovisore. «Adesso mi sta proprio rompendo» mormorò e, mentre pensava a come intercettare l'auto, quella sparì poco prima che lui imboccasse la Statale verso Bologna.

Non si era preso il tempo neppure per un panino. La città, deserta com'era sempre in agosto, bolliva sotto il sole e il catrame si appiccicava alle suole.

Alle due l'ispettore Gherardini Marco era seduto nell'ufficio – aria condizionata – del dottor Carletti, perito patologo della scientifica, e aveva posato sulla scrivania la valigia di Haled. Chiusa. Il dottor Carletti la guardò poco interessato e poi si rivolse all'ispettore:

«Mi spiegherà perché ha tanto insistito, ed era il 15 agosto, per incontrarmi oggi e cosa mi devo aspettare da questa valigia?»

«Io spero qualcosa utile alle indagini, dottor Carletti.» Aprì la valigia e ne tolse un involto di carta gialla. Lo svolse e mostrò al dottor Carletti il contenuto. «Questo non c'entra con la valigia, viene da un altro posto, ma sarebbe utile sapere se ci sono tracce di sangue. Per le impronte non mi illudo: è passato da troppe mani.» Riavvolse il coltello, lo rimise nella valigia, che richiuse. «Mi scuso per il disturbo, dottore, ma gli avvenimenti mi stanno sfuggendo di mano e mi servono delle risposte urgenti.» Porse al perito un foglio. «L'elenco delle cose che troverà nella valigia. Per regolarità...»

Alle tre del pomeriggio il dottor Baratti, primo dirigente, comandante provinciale della forestale di Bologna, aspettava nel suo ufficio l'ispettore Gherardini. Aveva una cert'aria impaziente, soprattutto scocciata, e appena se lo trovò davanti, lo aggredì:

«Adesso mi spieghi tutta sta fretta, ispettore.» Non lo aveva chiamato Gherardini e neppure Ghera: brutto segno. «Mi hai fatto tornare dal mare, e mia moglie se l'è legata al dito, e dovrà essere un problema serio, che non può aspettare una settimana, se no...» e agitò nell'aria l'indice della destra. Una minaccia inutile, più d'una volta diretta all'ispettore che gli era più simpatico fra i subalterni.

«Dottore» rispose quello, «fra una settimana le cose non saranno più come oggi.»

«Andiamo a prenderci un caffè e poi vediamo di ragionare.»

Il solito bar sotto il portico di fronte agli uffici della forestale era chiuso per ferie e chiuso per ferie era anche quello di porta San Felice e i due, sudati per i cinquecento metri sotto il solleone, rientrarono in ufficio e si ridussero a un bicchiere di plastica con dentro uno stecco, pure di plastica, quattro dita d'acqua scura per sembrare caffè e una spruzzata di zucchero. Il tutto uscito dalla macchinetta nel corridoio.

«Fa schifo» commentò il dottor Baratti, «ma meglio di niente. Adesso sentiamo l'urgenza» e l'ispettore gli parlò degli ultimi due giorni passati a fare controlli, mandare posta elettronica, fax e telefonate trovando pochissimi riscontri.

«Per forza. Lo sai che per ferragosto l'Italia chiude i battenti. Cosa pretendi? Avresti dovuto chiudere anche tu.»

«Dottore, qui se non facciamo presto ce ne spariscono altri e li troviamo morti chissà dove» e completò la relazione verbale comunicando al superiore di aver contattato l'ufficio immigrazione della questura, l'ufficio passaporti, la dogana e la polizia aeroportuale.

«Allora?»

«Allora... di Haled il tunisino non ho trovato tracce. Sparito. Non ha preso l'aereo per il quale aveva già il biglietto, non è uscito dai confini nazionali, non ha ritirato il permesso di soggiorno scaduto da qualche giorno...»

«Per raccontarmi sta favola, mi hai fatto tornare dal mare?»

«C'è dell'altro» lo rassicurò Gherardini e gli riferì della ricevuta per la bombola di gas liquido intestata a una certa Zarellu Maria Antonia, sconosciuta in paese.

«... ma io credo che se lei, dottore, mettesse in moto le sue possibilità elettroniche, si arriverebbe a individuarla.»

«Con chi, Gherardini? Ho a disposizione un terzo del personale...»

«Più che sufficiente per un'indagine con il computer.»

«Gherardini, non c'è solo Casedisopra a questo mondo!»

L'ispettore si strinse nelle spalle. «Va bene, vedrò cosa si può fare. È tutto?»

Non era tutto. Lo ragguagliò sul ritrovamento della valigia del tunisino con dentro il passaporto e gli effetti personali. Gli spiegò di averla consegnata alla scientifica perché cercasse fra gli effetti personali eventuali tracce del DNA da mettere a confronto con quello dell'uomo bruciato, perché «io sono convinto che si tratti del povero Haled», ed era altresì convinto di essere a una svolta nelle indagini sul cinghiale dal piede in bocca, sull'incendio doloso e sul morto bruciato.

«Così tu dai già per morto il tunisino?»

«Lei dice di no?»

Il dottor Baratti prese una sigaretta, una la offrì al subalterno, le accese entrambe e commentò: «Io non dico niente, ma mi pare che ti stia fasciando la testa... Insomma, avremmo potuto parlarne anche fra una settimana».

«Non c'è tempo, dottore. Proprio oggi mi è sparito di sotto il naso anche Semir, il fratello di Haled. Troppi, no, dottore?»

Baratti spense il mozzicone nel posacenere, raschiò il fondo del bicchierino di plastica e succhiò lo zucchero rimasto prima di dire: «Gherardini, cosa cazzo vuoi da me? Io so che non mi hai convocato nel mio ufficio... sissignore, convocato, come se fossi un tuo subalterno... non mi hai convocato per raccontarmi la favola delle sparizioni».

Il nominato Gherardini si strinse nelle spalle: «Be', sì, ci sarebbe qualcosa che lei potrebbe fare per accelerare... per evitare...».

«Ghera, te lo richiedo: cosa cazzo vuoi da me?»

«Dottore, lei sa quanto tempo occorre al perito patologo per verificare i dati e dirmi se il corpo bruciato è quello di Haled? Lo sa?»

«Come posso saperlo? Chiedilo al perito.»

«Glielo dico io: due mesi. Due mesi, dottore. Dice che i collaboratori sono in ferie, dice che non ci sono più soldi per affidare la perizia a un consulente esterno, dice che... Dottore, qui in due mesi ci muore fra le mani tutto il paese!»

Baratti guardò in silenzio l'ispettore, valutò che avrebbe continuato a tormentarlo e sollevò il telefono. «Poiana, sei la mia disperazione» mormorò. Poi: «Chi è il perito patologo?».

«Il dottor Carletti.»

«I carabinieri! Non potevi andare alla polizia? Col casino che hai combinato assieme al maresciallo di quel tuo maledetto paese! Sai cosa mi costerà questa telefonata? Mi porterò il debito con Carletti fino alla tomba, accidenti a te, e me lo rinfaccerà un giorno sì e l'altro pure, accidenti a te!» e bestemmiando compose il numero.

Quando tornava in paese da Bologna, si fermava sempre in una piccola osteria sulla Porrettana per un caffè o un panino o semplicemente per togliersi qualche minuto dal sedile dell'auto. Lo fece anche quel giorno. Per una birra fresca. Fece anche due telefonate: una a Francesca che, ovviamente, non rispose perché "il cliente da lei chiamato non è al momento raggiungibile" e l'altra al sovrintendente Farinon. Avrebbe voluto chiamare l'allievo agente Ferlin ma, se avesse rispettato gli ordini, si sarebbe dovuto trovare alla Matrogana per occuparsi dell'allevamento. Quindi, niente campo.

«Forestale, sono il sovrintendente Farinon.»

«E io sono l'ispettore Gherardini.»

«Oh, Poiana, che mi dici?»

«Che mi dici tu. Sai se tuo nipote, prima di salire alla Matrogana, è passato dalla Ca' Storta?»

«Non è salito alla Matrogana né alla Ca' Storta...»

«Farinon, come devo dirle io, le cose, per farmi obbedire?»

«Calma, ispettore, calma. L'ho mandato io a togliere alcune trappole segnalate da un paio di villeggianti. Alla Ca' Storta sono salito io, è lo stesso per te?»

«Farinon, fai il furbo anche tu adesso? Tuo nipote è contagioso. Tutto in ordine?»

«Alla Ca' Storta è tutto in ordine e lassù, adesso, le ragazze sono due: Francesca e Cristina. Cristina ce l'ho portata io. Sei più tranquillo?»

L'ispettore chiuse la comunicazione senza rispondere, ma Farinon era sicuro che aveva annuito. Conosceva bene il giovane.

Capitolo XXX

Un giorno da cani e una cena tranquilla

Non salì alla Ca' Storta, non ce n'era motivo. In due, Francesca e Cristina, correvano meno rischi. Decise per la cena da Benito, tanto più che fra i tavoli sistemati fuori, dinanzi alla trattoria, spirava un filo di vento fresco. Veniva dalle cime di ponente, dai milleduecento di monte della Vecchia e, dopo l'afa bollente, miscela di asfalto e piombo che gli aveva bruciato i polmoni in città, si sentì a casa.

Seduti a un tavolo e in attesa di essere serviti, c'erano solo due clienti, Badilone e la moglie. Si parlavano a bassa voce come due innamorati e Gherardini, per non disturbare l'idillio, passò senza salutare e lontano da loro. Lo vide Badilone e gli fece un gesto con la destra. Margherita gli sorrise e l'ispettore ricambiò con un sommesso: «Salute a voi e buon appetito».

Dentro c'erano Amdi, a trafficare fra la cucina e il banco, e il titolare che non aveva la cera dei suoi momenti migliori. All'ingresso di Poiana forse mugugnò un: «Bònasera».

«Amdi» disse a voce alta Gherardini, «vorrei mangiare a un tavolino fuori. Mi sono cotto sotto il sole di Bologna e ho bisogno dell'aria fresca di montagna» disse Poiana. «T'è rimasto un tavolo?»

Benito lo guardò male e non aprì bocca. Amdi gli indicò i tavoli fuori e disse: «Come vedi, siamo pieni, mi dispiace. Avresti dovuto prenotare».

«Vi divertite molto, voi due coglioni?» sbottò Benito. Poi ad Amdi: «Tu non fare tanto lo spiritoso, che se continua così ti toccherà di tornare presto nella tua Marocconia».

«Siamo giù di fase stasera» mormorò Poiana ad Amdi. «Cosa offre la casa, Marocco?»

Dalla cucina arrivò la voce dell'Adele: «Cosa chiedi, Poiana, cosa chiedi, che a tavola tu non hai fantasia? Per te basta che ti mettano nel piatto una fiorentina...».

«Sai cosa mi andrebbe stasera, Adele?»

«Lo so, lo so: chianina.»

«Vada per la chianina» poi, ad Amdi: «Nell'attesa, un bianco fresco, ghiacciato, che ho da smaltire il caldo di città» e andò a sistemarsi a qualche tavolo di distanza dai due innamorati.

Amdi ci mise un paio di secondi a portargli la bottiglia appannata.

«Cosa succede stasera? Di solito servi dopo un paio d'ore.»

«Servizio speciale per l'ispettore» e passò al tavolo di Badilone e signora per comunicare: «Servizio speciale anche per gli innamorati» e sparì in cucina.

Fu bevendo il primo sorso che si accorse di Adùmas e Semir, poco discosti dal locale. Discutevano e guardavano verso di lui. Continuò a sorseggiare tenendoli d'occhio. Sempre discutendo si avvicinavano, poi, a qualche metro da lui, si fermavano. Semir buttava lì una frase e si allontanava. Adùmas lo raggiungeva, lo tratteneva, ridiscutevano, poi i due tornavano verso il bar. Al terzo tentativo, Poiana gridò: «Voi due, decidetevi una buona volta, o vi fermate o ve ne andate, non potete fare sta manfrina tutta la sera».

Adùmas trascinò Semir al tavolo dove sedeva Poiana e disse: «È tutta sera che sto marocchino vuole parlarti e non si decide».

«Me ne sono accorto» e l'ispettore si rivolse al tunisino. «Cos'è tutto questo andare avanti e indietro come un cane da caccia? Anche oggi, in cantiere, sembravi un cane con le orecchie tese. Poi perché sei sparito? Oh, se hai qualcosa da dire siediti e parla.» Semir guardò Adùmas e, timoroso, rimase in piedi e in silenzio. «Allora, cosa c'è che non va? Ti andrebbe un bicchiere?»

«No, no, io non bevo alcolici.»

«Peggio per te. No, scherzo, prendi un analcolico.»

«No, Poiana, grazie, no.»

«Mangi qualcosa?»

«Già mangiato» e decise di sedere solo dopo aver ricevuto da Adùmas la spinta definitiva.

«Così va bene. Che c'è, dunque?»

«È che sono... pensieroso.»

«Pensieroso? Cosa vuoi dire? Forse hai dei pensieri, sei preoccupato.»

«Preoccupato, sì, molto preoccupato.»

«E perché saresti preoccupato?»

«Mio fratello, Haled, non è andato a casa, in Tunisia.»

«Come, non è andato a casa?»

«Lo aspettavano, ma hanno telefonato, lui non andato e io ho paura che è successo del male.»

All'ispettore la notizia non tornò nuova e se l'aspettava, ma non lo disse a Semir. Chiamò: «Amdi!». E quando il cameriere si presentò sulla porta: «Un foglietto e una biro!» gridò ancora.

«Al posto della chianina?»

«Non fai ridere, Amdi, per niente. Porta anche un caffè per Semir.» Poi al tunisino: «Non bevi e hai mangiato. Un caffè lo prenderai, no?».

«Grazie.»

A Adùmas: «E tu?».

«Sono servito» mugugnò l'altro, sempre in silenzio e in piedi a sovrastare i due seduti.

Ci fu silenzio fino a quando Amdi, posato il caffè davanti al tunisino, la biro e il blocchetto dinanzi all'ispettore, non si fu allontanato. Solo allora Semir chiese:

«Cosa posso fare io per sapere?»

«Intanto scrivi qui il numero del cellulare di tuo fratello» e gli mise dinanzi blocchetto e biro.

Il tunisino finì il caffè e scrisse. La mano, la sinistra, gli tremava.

«Senti, Semir, per ora non so dirti niente, mi informo in giro, faccio qualche telefonata e poi appena so qualcosa te la comunico, va bene?»

Semir posò la biro, si alzò, ringraziò con un cenno del capo e si allontanò. Adùmas stava per seguirlo.

«Aspetta un momento tu» lo fermò Poiana. «Adesso mi dici *tu* cosa vuoi da me.» Adùmas lo guardò interrogativo. «Sì, fai il furbo. Mi hai seguito per una mattina intera...»

Falsamente stupito l'anziano si puntò il dito sul petto: «Io? Io ti avrei seguito in macchina?».

«In macchina lo hai aggiunto tu.»

«Guarda che ti sbagli.»

Poiana fece segno che bastava così, ne avrebbero riparlato, che adesso non c'era tempo. Amdi gli aveva appena portato il piatto con una fiorentina da un chilo e andava mangiata subito.

«Vera chianina, come desidera l'ispettore.»

«Sì, Amdi, le conosco le chianine di Benito.»

Chianina o non chianina, Poiana si apprestò a gustarla, ma prima disse a Adùmas: «Non rompermi più i coglioni per favore» e si dedicò alla chianina mentre l'altro si allontanava borbottando il suo scontento.

Cotta alla perfezione. Prima di andarsene sarebbe passato a congratularsi con l'Adele.

Mangiava e pensava alle strane cose che accadevano in paese: prima sparisce Cesarino, o meglio, prima sparisce Haled e poi Cesarino. E sono i due che sono andati a fare il giro a Pastorale.

C'era qualcosa che non riusciva a inquadrare, che gli stava sfuggendo. Cercò di concentrarsi ma non riuscì a raggiungere il punto. Sospirò, era stata una giornata pesante. E non era ancora finita.

Verso le nove gli unici tre clienti di Benito erano stati serviti, avevano cenato e avevano chiesto il caffè. L'arietta di monte della Vecchia s'era fatta più fresca e Margherita si coprì le spalle con uno scialle restato, fino a quel momento, sulla spalliera della sedia.

L'ispettore, smaltita l'afa immagazzinata in città, si rilassava con una sigaretta, in attesa del caffè.

Badilone parlava all'orecchio di Margherita. Sorrisero entrambi e lei si rivolse a Gherardini: «Il caffè si dovrebbe sempre bere in compagnia. Ti va di berlo con noi, Poiana?».

«A una signora non si rifiuta nulla» e mentre l'ispettore si trasferiva al tavolo dei due, Margherita continuò lo scherzo: «Non è sempre così.»

«Dove hai messo la cittadina?» chiese Badilone.

«Non so di chi parli.»

«Ecco» disse Margherita, «Poiana è uno del quale una donna si può fidare.»

«È che proprio non so di chi parli» chiarì Gherardini.

«Tu no, ma i paesani sì» insisté Badilone.

«Si fanno tante chiacchiere in questo paese.»

«Vero. Anche quel disgraziato che ha ronzato qua attorno fa più chiacchiere che altro.» Alla faccia interrogativa di Gherardini, aggiunse: «Quel Semir, un rompipalle. Lo tengo solo perché mi fa comodo suo fratello Haled. Lui sì che è in gamba. È venuto a romperti le palle anche a cena?».

L'ispettore fece un segno vago. «Niente, la storia dei due alberi tagliati. È preoccupato, ma gli ho detto di stare tranquillo che in qualche modo risolveremo. Al massimo una multa» e sospese per i caffè che Amdi aveva appena posato sul tavolo.

«Ooo, Amdi!» disse Badilone. «Sul mio conto anche la cena della forestale.»

L'ispettore puntò l'indice su Amdi: «Non ti sognare! Accetto solo il caffè».

«Vada per il caffè» confermò Badilone.

«A proposito di Haled» riprese Gherardini dopo il caffè, «quando l'hai visto l'ultima volta?»

Badilone rimase in silenzio. «Fammici pensare» disse.

Intanto l'ispettore si era alzato. «Grazie per il caffè. Cara Margherita, sei sempre più in forma.»

«'Spetta un momento, Poiana. L'ho visto, Haled, l'ho visto prima che andasse a fare il sopralluogo a Pastorale con Cesarino. Saranno state le nove e mezza. M'è venuto in mente perché lo salutai, dato che, dopo il sopralluogo, sarebbe partito per la Tunisia, una vacanza.» Fece segno ad Amdi di preparare il conto. Margherita ascoltava, in silenzio. «Figurati che se n'era andato dall'ufficio lasciando il cellulare sul mio tavolo. Mi sono fatto sulla porta, ma quello chissà dov'era. "Una bella sorpresa" mi son detto "quando se ne accorgerà, magari in Tunisia." Passano tre minuti e rientra a prenderlo e mi fa: "Ci vediamo a settembre".»

«Non l'hai più visto?»

«E come facevo? Finito il sopralluogo a Pastorale, Cesarino l'ha portato all'aeroporto di Bologna.»

«Capito, grazie» disse l'ispettore.

«C'è qualcosa che non va con Haled?» chiese stavolta Margherita.

«Niente, sempre per quei due alberi» e, fatto un cenno di saluto, lasciò i due e la trattoria.

Benito segnò la cena nel conto di Poiana, aspettò che si allontanasse e andò per salutare Margherita e Badilone. Accennò con il capo la direzione presa da Poiana e chiese: «Con chi ce l'ha?».

«Con i due tunisini» rispose Badilone.

«Cosa gli hanno fatto?»

«E chi lo sa?»

Intervenne Margherita: «Come chi lo sa? Ha parlato di due alberi tagliati...».

«E tu ci credi?» fece Badilone. «Mio padre diceva sempre: "Non ti fidare dei preti, dei carabinieri e dei forestali"» e sua moglie gli chiese:

«Capisco i preti e i carabinieri, ma i forestali? Cosa gli avevano fatto i forestali?»

«Sai che non gliel'ho mai chiesto?»

Capitolo XXXI

Giustizia lenta ma inesorabile

Dalla porta socchiusa del suo ufficio, guardò Ferlin che lavorava al computer, seduto al centralino, nell'ingresso.

«Lavoro interessante, Ferlin?» gridò.

L'allievo agente non se l'aspettava e, sussultando, pestò il tasto sbagliato, lo schermo cambiò aspetto e lui bestemmiò. Poi: «Sto verificando i dati nazionali sulle intercettazioni di comunicazioni per incendi dolosi, ispettore».

L'ispettore si tolse cinturone e pistola, li chiuse nel cassetto e, uscendo, si fermò dinanzi alla postazione dell'allievo. «Te l'ha chiesto Farinon?»

«Un'idea mia, ispettore.»

«Una buona idea lo stesso» ironizzò. «Ci sai fare con il computer?»

«Me la cavo.»

L'ispettore sembrò soddisfatto e cambiò discorso. «Prima di smontare salirai alla Matrogana a controllare l'allevamento. Se qualcosa non va, mi chiamerai subito.»

«Sarà fatto, ispettore» e, anche lui con una certa ironia, aggiunse: «Dovrà restare nel fienile per delle ore.»

«Non ti preoccupare, tu telefonami solo se c'è qualcosa che non va. Il mio cellulare non è un cesso come il tuo.» Fece per andarsene ma, infilata la mano nella tasca dei calzoni, trasse un foglietto e lo porse a Ferlin. «Ce la faresti a rintracciare dove si trova adesso questo cellulare?»

L'allievo agente controllò il numero e annuì: «Sì, credo di sì, ma dovrei entrare nei circuiti della Telecom...».

«Ci sapresti entrare?» lo interruppe l'ispettore.

Ferlin ci pensò su, scosse il capo come per negare ma ripeté: «Sì, credo di sì, ma...».

«Ma, ma cosa?»

«Sarebbe reato» e di nuovo l'ispettore Gherardini lo interruppe:

«Sarebbe reato anche rubare gamberi da un allevamento della forestale, non ti pare?» Posò il biglietto sul computer, salutò con un cenno e andandosene borbottò: «Sta storia del fienile... non credere che me ne sia dimenticato». Ebbe la tentazione di controllare la faccia dell'allievo agente. Non si voltò.

Il maresciallo Cruenti bussò e attese qualche secondo. Bussò di nuovo, impaziente. Provò la porta che trovò ben chiusa e solida. «C'è nessuno?» urlò.

Francesca socchiuse gli scuretti della stanza da letto, al primo piano. «C'è, c'è qualcuno» gridò anche lei. «Ah, maresciallo! Arrivo.»

Aprì la porta, il maresciallo la scrutò dalla testa ai piedi e sorridendo commentò: «Vedo che era già a letto. Sono le sei del pomeriggio».

«Non c'è molto da fare alla Ca'. Poi, io mi diverto solo a letto» e anche lei lo scrutò. «A cosa devo il discutibile onore?»

«Non voglio far caso al suo atteggiamento ostile ma, mi scusi, signorina, non è stata lei a chiedere il mio intervento?» e indicò l'appuntato, di fianco a lui, come per aspettare conferma. Conferma che avvenne sotto forma di un veloce annuire.

«Io? Sì, certo, ma qualche secolo fa, dopo una botta in testa che quasi mi ammazzava.»

«La giustizia a volte può sembrare lenta, ma non si lascia intimidire e giunge all'obiettivo inesorabilmente. E difatti noi siamo qui per indagare. Ci fa entrare?»

Francesca restò pensosa. «Sarei tentata di dire di no, ma voglio fare quest'atto di benevolenza verso la forza pubblica» e si fece da parte. «Prego, accomodatevi.»

Il maresciallo entrò e si guardò attorno. «Certo, se me lo permette, mi chiedo come una signorina, una graziosa signorina, me lo lasci dire, come lei, si ostini a restare qui in questa bicocca quando potrebbe avere tante altre possibilità.»

«Oh, maresciallo, mettiamo subito in chiaro una cosa, senza tanti giri di parole: se lei è venuto qui a sviolinarmi per farmi cambiare idea, perde il suo tempo. Questa casa è mia e mi piace così com'è e io qui ci resto, ha capito? E lo riferisca pure al signor Pieri, quel buon da niente, che non ha neanche il coraggio di farsi vedere di persona! Lo so perché lei è qui, la manda proprio Pieri, con cui probabilmente è legato a filo doppio, voi e i vostri sporchi affari. È qui per convincermi a vendere, ma non c'è niente da fare, ha capito?!»

«Signorina Bordini, misuri le parole, e non aggiunga altro a quello che già la riguarda!»

«Cos'è che mi riguarderebbe?»

«Visto che la prende così, le comunico in via ufficiale che il signor Pieri ha già sporto denuncia presso di me, denuncia nei suoi confronti, per minacce e offese...»

Lei non lo lasciò finire. «Sa dove il signor Pieri può infilarsi la sua denuncia?»

Il maresciallo alzò un mano. «Basta, non voglio sentire altro, non aggravi la sua posizione, sono qui per indagare e, tanto per cominciare, mi sembra che la serratura non sia stata forzata, visto che ho trovato la porta ben chiusa.»

«Maresciallo, la serratura l'ha sostituita Poiana... cioè, l'ispettore Gherardini.»

«Male, signorina Bordini, malissimo. E perché l'avrebbe sostituita?»

«Perché io l'avevo forzata per entrare: il suo signor Pieri

si è rifiutato di darmi la chiave» e avrebbe volentieri aggiunto un qualche epiteto poco gradevole, ma lasciò perdere.

«Di bene in meglio, signorina Bordini. Lei è entrata in una proprietà privata mediante effrazione, il che significa...» e stavolta Francesca non ce la fece a trattenersi e urlò:

«Privata il cazzo! Maresciallo, la Ca' Storta è mia e ci entro quando mi pare e piace.»

«Ancora una volta, e spero sarà l'ultima, sono costretto a contraddirla. La Ca' Storta è già stata venduta e quindi lei si è introdotta in una proprietà privata. Altro reato.»

«Venduta? A chi?»

«Non sta a me riferirlo» e si rivolse al suo uomo. «Appuntato, la macchina fotografica che fotografiamo il tutto, ecco.» Fotografò la serratura sostituita, poi si girò e scattò una foto della stanza, arretrò d'un passo, poi scattò un'altra foto del tavolo e delle sedie e fu allora che la ragazza mise una mano davanti all'obiettivo.

«Maresciallo, cos'è tutto questo scattare, vuole spiegarmelo?»

«Signorina, lasci condurre un'indagine a chi è preposto alle indagini. Le foto servono a verificare lo stato dell'ambiente.»

«Le foto servono al suo bel Pieri per verificare quali mobili ci sono in casa e accertarsi che niente venga portato via. L'ha venduta con annessi e connessi, la casa?»

«Non capisco, o meglio, non voglio capire le sue illazioni. Comunque» e con un gesto enfatico riconsegnò la macchina fotografica all'appuntato e continuò, «ho capito che il, diciamo, fattaccio dell'aggressione, è facilmente risolvibile e comprensibile; si tratta di una semplice intrusione e...»

«Una semplice intrusione!» Francesca si toccò il cerotto ancora sulla nuca. «Se me la chiama una semplice intrusione, mi spieghi questo!»

«Intrusione, e che altro? Ormai, con tutti quegli hippy che circolano qui attorno, elfi, si chiamano loro, delinquenti drogati o peggio, c'è da aspettarsi di tutto, io farei un bel repulisti e...»

«E cosa? Il repulisti lo farei io, mafiosi che non siete altro. Ora, maresciallo, lei ha già indagato a sufficienza, mi faccia il santo piacere di andare a indagare da un'altra parte» e lo spinse verso la porta.

«Non esageri, signorina, a usare parole grosse come mafia e altro; lei è già nei guai, non aggravi la sua posizione. Si ricordi che potrei tornare con un mandato di perquisizione.»

«Lei ha visto troppi telefilm americani, maresciallo, comunque ora il mandato non ce l'ha e per favore esca, ecco, così, bravo.»

Il maresciallo esitò, ma poi uscì minacciando: «Non creda che finisca così».

Francesca lo guardò allontanarsi, aspettò che l'auto partisse e, cercando di far sbollire la rabbia, si versò da bere e borbottò poi: «Devo parlarne con Poiana. È l'unica persona di cui mi posso fidare» e salì di corsa le scale gridando: «Ispettore Gherardini! Ispettore!».

Piombò nella stanza e andò a mettere la faccia a due dita dalla faccia dell'ispettore, comodamente sdraiato sul letto.

«Per fortuna che ho messo la macchina dietro il fienile» mormorò Poiana, «se no, chissà cosa pensava di te il maresciallo.»

«Guarda che io non mi vergogno a far sapere al paese che scopiamo» disse lei.

«Be', è un linguaggio da usare, signorina? Detto così mi sembra squallido.»

«Di squallido qui c'è quel maresciallo.»

«Se continuerai a frequentarlo, ti verrà l'ulcera. O la colite.»

«L'ho cacciato di casa!»

«Cerchi guai: non si caccia la Legge, non puoi.»

«Posso sì» e stava per cominciare a riferire dell'incontro, ma l'ispettore le posò l'indice sulle labbra.

«Ne parliamo dopo, d'accordo?»

Francesca esitò, pensò un attimo e decise che Poiana aveva ragione. Gli sorrise e si lasciò cadere sul letto.

Prima entrò un chiarore indistinto e poi, nello specchio della finestra aperta, si mostrò uno spicchio di luna che illuminò il viso di Francesca addormentata. Entrava anche l'aria fresca delle dieci di sera. Per un po' Marco la guardò dormire e poi, piano per non svegliarla, si alzò. Si riprometteva sempre di portare in camera una brocca di acqua.

Non la svegliò lui, la svegliò il suo cellulare che, evidentemente, era più sensibile di quello di Francesca. E anche di quello di Ferlin. Tornò di corsa al comodino.

«Chi è?» chiese sottovoce, ma Francesca lo stava già guardando con occhi assonnati.

«Ferlin, ispettore, disturbo?»

«Sì. Che c'è? Hanno rubato ancora i gamberi?»

«Non lo so, non sono andato alla Matrogana. Mi era sembrato che lei fosse molto interessato a sapere e così... ho finito adesso con il numero che mi ha dato. Un lavoraccio e non sono sicuro di non aver lasciato tracce...»

«Allora?»

«Guardi, ispettore che se mi scoprono io...»

«Io, non tu. Tu non c'entri. Dove si trova sto cellulare?»

«È intestato ad Haled, lo sapeva?»

L'ispettore continuò a parlare sottovoce anche se aveva voglia di urlare. «Va' avanti, accidenti!»

«È strano: se è di Haled dovrebbe essere in paese.»

«Invece?»

«Invece è in paese...»

«Cosa cazzo dici, Ferlin? È in paese o no?»

«Non s'arrabbi, ispettore, mi lasci finire. Risulta in paese, ma in un luogo oltre quota ottocento fra Casedisopra e Pastorale. Credo che Haled abbia perduto il cellulare, magari mentre andava a funghi.»

L'ispettore fece segno a Francesca che tutto era normale e di non preoccuparsi. Gridò poi nel microfono: «Ferlin, Haled non sa neanche cosa siano i funghi! Tutt'al più lo avrà perduto mentre...». Avrebbe voluto completare con "mentre andava a dar fuoco al bosco", perché l'indicazione che gli aveva appena passato l'allievo agente portava dalle parti dov'era iniziato l'inferno di fuoco. Non lo fece. Disse invece: «Ooo, Ferlin, stà cosa la sappiamo io e te, d'accordo?».

«Tranquillo, ispettore.»

L'ispettore mormorò un: «Grazie, Ferlin» e chiuse. Pensò a voce alta: «Strano che l'incendio non lo abbia distrutto».

«Distrutto cosa?» chiese la ragazza.

«È una storia lunga e complicata» e per evitare le consuete rimostranze alla sua risposta inconcludente, le si sdraiò accanto e le sussurrò all'orecchio: «Mi dispiace, dormivi come un angelo.»

Francesca gli si strusciò addosso. Aveva già dimenticato l'ultima storia lunga e complicata.

La luna, entrata ormai tutta nello specchio della finestra, fece risplendere per un attimo gli occhi di Francesca.

Capitolo XXXII

L'uomo senza un piede

Adùmas era nell'orto e, chinato, stava togliendo delle erbacce. Sentì una macchina arrivare e si alzò, per vedere chi era venuto fino a casa sua. Mario spinse il cancelletto ed entrò nell'orto. Sfotté:

«Ooo, Adùmas, siamo a fine agosto e tu stai ancora a togliere le erbacce? Speri di ricavarci ancora dei pomodori?»

«Se è per questo, le tolgo anche a novembre. Non le sopporto, nel mio orto non le sopporto. E poi, se lo vuoi sapere, ci ricavo ancora delle carote, insalata, radicchio...»

Mario tagliò corto: «Ho della roba da farti vedere» disse.

«Che roba?»

«Foto che ho scattato il giorno dell'incendio. Mi sembrano interessanti» e porse una busta che Adùmas non prese.

«Interessanti come?» chiese quello. Si pulì le mani sui pantaloni e si avviò verso casa: «Andiamo dentro che ti offro un bicchiere».

Dentro per prima cosa sciacquò due bicchieri che erano sul lavandino, senza asciugarli li posò sul tavolo, li riempì di un rosso chiaro e trasparente e borbottò, quasi per sé: «Leggero, buono per il mattino» e poi a Mario che se ne stava in piedi e con la busta delle foto in mano: «Siedi e posa lì» e intanto sedette lui.

Mario sedette, posò la busta sul tavolo, la spinse verso

Adùmas. «Guardale subito» sollecitò e sorseggiò guardando l'amico che aveva cominciato a sfogliare le foto. «Il giorno dell'incendio facevo delle foto ai boschi e in un paio di queste si intravede qualcosa di chiaro fra le foglie e le ramaglie. Guardo bene le foto e sai che vedo?» Adùmas studiava le foto e scuoteva il capo. «Come no?» disse Mario. «Guarda con questa» e gli mise sotto il naso una lente. «Ecco, lì. Io ci vedo un furgoncino che sale per il monte, e siamo a poco prima che scoppiasse l'incendio.» Tornò al bicchiere, si rilassò contro lo schienale e chiese: «Dopo, quando abbiamo fatto il sopralluogo, abbiamo trovato un furgoncino bruciato? No, nessuna traccia. Cosa ne dici?».

Adùmas stava esaminando le foto, una dopo l'altra, con cura. «Non è facile capirci qualcosa: che zona riprendono?» Rimise le foto a posto e spinse la busta verso il proprietario. «Perché le fai vedere proprio a me?»

«Perché tu conosci quei boschi meglio di chiunque altro. Se riesci a capire con precisione che il furgoncino sale verso la zona dove è partito l'incendio, abbiamo la prova che è stato doloso, no?»

Adùmas riprese le foto e le riguardò. «Da qui non saprei, bisognerebbe andare sul posto.»

«Andiamoci, che problema c'è?»

«C'è che ho cominciato appena adesso a lavorare nell'orto!»

«Dài, Adùmas, che è più importante del tuo orto!» lo sollecitò Mario battendogli una mano sulla spalla. «Ho la macchina qui fuori.»

Adùmas sospirò, vuotò il bicchiere e si avviò. Mario raccolse le foto e lo seguì.

In auto, Adùmas riprese a borbottare: «Come se fosse facile capire in che punto era il furgoncino».

«Andiamo al mio punto di osservazione, grosso modo ti indico la direzione, vedrai che sai riconoscerlo, il posto.»

«Riconoscerlo, riconoscerlo... il bosco è il bosco, e da quel-

le parti è anche fitto.» Poi si corresse: «Era, era fitto. Adesso...» e fece un gesto sconsolato.
«Almeno proviamoci.»
«Proviamoci pure.»

Mario fermò l'auto ai margini del bosco e prese il sentiero che portava alla cima di monte della Vecchia. Ci arrivarono dopo una ventina di minuti e ripresero fiato ai piedi della torretta. Poi: «Dài che saliamo» sollecitò Adùmas.
«T'è venuta fretta tutto d'un colpo?» disse Mario. E salì la scaletta.
Dall'alto della torretta la visione era suggestiva e arrivava lontano, sforava i tetti di Casedisopra, si distendeva nel verde dei boschi e scendeva verso la valle. Turbava, di colpo, la ferita dell'incendio che aveva trasformato il verde in un cimitero di carbone, di scheletri d'albero, di terra secca e di grigio cenere.
«Un bel disastro» borbottò Adùmas. Rinunciò a piangerci sopra e, riprese le foto, cominciò a cercare con lo sguardo. «È una parola.»
«Allora, guarda, io le foto dove c'è il furgoncino devo averle scattate in quella direzione.»
Adùmas controllò e poi: «L'unica strada che un furgone avrebbe potuto prendere è quella, vedi?». Indicò una striscia appena più chiara, nel nero dell'incendio. «Faceva anche da tagliafuoco. Hai un cannocchiale?»
«Vuoi che venga in montagna senza gli strumenti?» e dallo zainetto tolse il binocolo e glielo porse.
«Da qui, vediamo, la strada tagliafuoco dovrebbe essere in quella direzione. Là c'è, vedi?, quella piccola abetaia risparmiata dalle fiamme, al margine, però la strada non si vede, a meno che... fammi vedere le foto.» Le guardò e tornò al bosco. «L'unico punto in cui puoi aver fotografato il camioncino è, come si vede, dove il bosco si apriva in una radura, e dovrebbe essere là» e indicò col dito, «proprio là, guarda anche tu!»

Mario riprese il binocolo. «Hai fatto centro, Adùmas, e il furgoncino stava andando proprio verso il posto del primo focolaio.»

Appoggiati al parapetto della torretta, i due si guardarono.

«Adesso che si fa?» chiese Mario.

«Che si fa, che si fa! Si fa che consegniamo le foto a Poiana.»

«Non è che sto tuo Poiana poi insabbia tutto per coprire degli interessi?»

«Tu non lo conosci. Lui è come il rapace da cui prende il soprannome. Se gli toccano il bosco diventa una belva e sta dietro al colpevole finché non lo ha beccato.»

Le foto sparse sulla scrivania la occupavano tutta. L'ispettore le studiò a lungo e in silenzio e finalmente le raccolse con cura, le rimise nella busta, che consegnò al sovrintendente Farinon dicendo: «Al dottor Carletti della scientifica, sue proprie mani». Poi, sorridendo: «Farinon, direi che ci siamo». Si corresse: «Ci siamo quasi». Ai due, Adùmas e Mario che l'avevano guardato in silenzio, disse: «A voi due devo molto, grazie».

Adùmas, per nulla soddisfatto, chiese: «Tutto qui? Un furgone che sale e sparisce, un incendio doloso, un cadavere bruciacchiato... e non hai altro da dire che grazie?».

«Adùmas, tu non hai pazienza. Adesso la scientifica tirerà fuori tutto quello che si può e, se siamo fortunati, anche il tipo di furgone e magari la targa...»

«Sì, e anche il colore delle mutande del guidatore!»

«Non solo non hai pazienza, non hai neppure fiducia.»

«Io la fiducia ce l'ho nei miei occhi e in quello che mi mostrano. E quanto ci vuole per vedere sto miracolo?»

«Be', ci vorrà tempo, chissà, un paio di settimane.»

«Un paio di settimane!» e, preso sottobraccio Mario, Adùmas lasciò l'ufficio mugugnando chissà quali improperi contro chissà chi.

«Adùmas» gli gridò dietro Gherardini, «da Benito c'è una cena pagata per tutti e due!»

«Vattela a mangiare tu, la tua cena!» E quella sera, proprio lui, Adùmas, da Benito ordinava per due, per lui e per Mario, borbottando ancora contro la burocrazia e i burocrati.

«Due settimane, dice. Sai che vuol dire? Vuol dire che quel farabutto delinquente se la ride alle nostre spalle.»

«Ma se proprio tu mi hai detto che Poiana diventa una belva e sta dietro al colpevole finché non lo ha beccato.»

«È così, ci puoi scommettere. Solo che...» e sospese.

«Solo, che cosa?»

«... che io c'ho fretta di guardare in faccia quel delinquente.» Versò nei due bicchieri e borbottò ancora: «Ma domattina presto, te lo faccio vedere io».

Per innaffiare l'orto si alzò presto, ma guardò il cielo e lasciò perdere. «Prima di sera ci pensa lui a innaffiarlo» mormorò. Da ponente, dal così detto Buco della Giacoma, salivano rade nuvole scure che sembrava avessero tutta l'intenzione di infittire. Per precauzione si portò dietro l'impermeabile dei giorni peggiori; aveva il cappuccio e, indossato, arrivava a coprirgli i piedi.

Non era più tornato lassù dal giorno dell'incendio e gli fece male calpestare cenere e pezzi di carbone. Anche i castagni carbonizzati, che ancora tendevano in cielo rami rinsecchiti e bruciacchiati, erano come fantasmi dolorosi; prima o poi il vento li avrebbe sradicati e atterrati, a concimare terra per le prossime stagioni.

Vide qua e là stenti ciuffi d'erba affiorare fra i resti lasciati dal fuoco. Sorrise e si tranquillizzò un poco: la natura stava lavorando per riprendersi il suo bosco, senza clamori. Forse già dalla primavera seguente avrebbe visto spuntare dalle ceppaie dei castagni, scure di fuoco, qualche talea e poi, dopo un paio d'anni, un verde chiaro avrebbe cominciato a coprire le bruciature del monte.

«Se quei figli di puttana non riusciranno prima a sostituire i castagni con delle case» si disse a voce alta. E riprese la ricerca. Arrivato accanto al tronco bruciato di un grande castagno cavo, si fermò. «Se mi ricordo bene le foto di Mario, il primo focolaio è stato qui.»

Infatti, ecco là la striscia tagliafuoco ed ecco, poco più lontano, la carrareccia per la quale era salito il furgone. Adùmas si guardò attorno e mosse, con gli anfibi, la cenere. «Figurati se con il casino che abbiamo fatto qui attorno e con l'acqua che ci hanno buttato sopra si trovano ancora i segni delle gomme.»

Infatti non li trovò. La punta dell'anfibio colpì un oggetto duro. Lo raccolse: una ghiera di metallo che il fuoco aveva brunito, del diametro di circa sei centimetri e dello spessore di circa tre, quattro millimetri. La mise nella tasca dell'impermeabile e segnò con un masso il punto dove l'aveva trovata.

Lo sorprese il rumore di un ramo caduto poco distante. Si voltò e lo vide. Era appena spuntato dal cavo di un enorme castagno bruciato per metà, ma ancora solido e dritto nonostante il fuoco e la voragine che nei secoli aveva divorato il suo tronco e che scendeva sotto, verso le radici. C'era da scommettere che a primavera alcuni rametti avrebbero forato lo strato di terra bruciata per uscire a respirare.

Piantò il dito nel pulsante del campanello e lo tenne premuto fino a quando l'allievo agente Ferlin non spalancò il portone e lo aggredì: «Dove credi di essere? A te l'educazione...».

«Cavati dai piedi, mangiapolenta!» gli gridò sul muso Adùmas e, con una spinta, lo mandò a sbattere contro la parete, entrò e piombò dritto nell'ufficio di Poiana gridando: «L'ho rivisto! L'ho rivisto e ho trovato l'uomo senza un piede!».

Capitolo XXXIII

Il castagno cavo

L'ispettore Gherardini accese la torcia e s'infilò nella voragine scavata nel tronco del castagno cavo. Vide subito che un animale, un cinghiale di certo, aveva razzolato all'interno e dissepolto il piede calzato con una scarpa da cantiere, gemella di quella trovata da Adùmas, e, frugando con il fascio della torcia, vide anche il moncherino dell'altra gamba che aveva preso il colore delle foglie marcite e del terriccio umido, caratteristico dei castagni secolari.

Gli bastò e subito si tirò fuori. In silenzio guardò Adùmas e gli offrì da fumare, ma poiché quello scosse il capo, accese per sé e chiese: «Adesso dimmi: com'è andata esattamente?».

«Te l'ho già detto mentre venivamo su, in auto.»

«Ridimmelo e soprattutto spiegami che cazzo sei venuto a fare qui!»

«Bel ringraziamento» borbottò Adùmas.

Era andata così: Adùmas voleva finirla una volta per tutte con la storia del cinghiale, ma soprattutto voleva guardare la faccia del delinquente che aveva ammazzato e incendiato «e siccome la tua scientifica ci metterà dei mesi mi sono detto: "Possibile che non sia rimasto neanche un segno?". Mio padre diceva: "Ricordati che dove passa un animale resta sempre il segno, per delicato che sia l'animale". Sarà uguale per l'uomo, no?».

Aveva ragione il padre di Adùmas e il segno era lì, dentro la cavità del castagno e sotto una spanna di terra di castagno nera e umida, neppure sfiorata dall'incendio. E c'era anche l'animale: il cinghiale, questa volta senza il piede in bocca, forse spinto dalla fame che il bosco bruciato non riusciva più a soddisfare, era tornato dove aveva trovato qualcosa da mangiare, un piede. Solo che, ancora una volta, un uomo, sempre lo stesso, gli aveva rovinato il pasto. Lui, il cinghiale, era già dentro il castagno cavo e aveva razzolato fino a scoprire l'altro piede, quando era riapparso l'intruso e allora lui si era buttato fuori, ma aveva sbattuto contro il tronco e quel maledetto ramo era caduto.

«Insomma, l'ho visto di coda e mi sono detto...»

Gherardini gli fece segno che bastava. Finì la sigaretta e commentò: «Adùmas, se raccontiamo anche questa, ci prendono per ubriaconi».

«Ci sono abituato.»

«È cominciata con un cinghiale e sta per finire con lo stesso cinghiale» e prese fuori il cellulare.

Adùmas lasciò che finisse la telefonata con il dottor Baratti e poi gli mise sotto gli occhi la ghiera di ferro.

«Che roba è?»

«L'ho trovata là, sotto la cenere, là dove vedi quel masso.»

Il sostituto procuratore arrivò poco dopo la scientifica, si avvicinò al castagno cavo, vide quello che si poteva vedere senza mettere la testa nel buco e poi, accompagnato dall'ispettore Gherardini, diede un'occhiata attorno, più per la forma che per la sostanza. Scambiarono alcune frasi di circostanza e l'incontro finì così:

«Proceda come meglio crede. Lei conosce i luoghi e gli abitanti» e cosa volesse significare, Gherardini non se lo chiese neppure.

Andandosene, il sostituto si fermò a salutare il maresciallo Cruenti, che chissà chi aveva avvertito del ritrovamento. Confabularono e il sostituto tornò poi dall'ispettore Gherardini per ripetergli:

«Proceda, proceda» e aggiunse «d'intesa con il maresciallo Cruenti.»

Poiana avrebbe voluto rassicurarlo con un: "Nemmeno morto", ma non disse né sì né no e andò da uno della scientifica che lo stava chiamando. Quello gli indicò il corpo estratto dalla cavità e adagiato sulla cenere in attesa del sacco di plastica per il trasporto. Gli porse anche una bustina di plastica con dentro un cellulare.

«Era nella tasca di quel poveretto. Sai chi è?»

Gherardini annuì e andò poi a disporre i suoi, Radici, Goldoni e Ferlin, perché non facessero avvicinare nessuno. Dal paese, infatti, erano arrivati in molti. Nei paesi le cose si imparano presto, a volte, si direbbe, prima ancora che accadano. C'erano i due giovani agenti immobiliari, Luca Aldoni e Cesare Cardi, e appena li aveva veduti arrivare Gherardini era andato di persona a bloccarli prima che si avvicinassero al castagno cavo.

«Vi manda Pieri a controllare come stanno le cose?»

«Veramente abbiamo saputo e...»

«Qui non ci sono case da vendere. Potete andare», ma non andarono. Restarono nei dintorni a commentare con gli altri del paese: Nedo della Valeria, Novello e Cristina, e due uomini della squadra di Salvatore... anche questi bloccati da Poiana: «Non c'è niente che vi possa interessare», ma non ne era del tutto convinto. Quelli lo guardarono, non aprirono bocca e si sistemarono in disparte.

Arrivò anche Benito assieme a Semir.

«Che ci fa qui il tunisino?»

«Mi ha chiesto di portarlo e io non ho...»

«Hai fatto male» disse Gherardini. Poi a Semir: «Mi dispiace, è tuo fratello, ma non puoi avvicinarti».

Il poveretto andò a sedersi su un masso e si prese la testa fra le mani. Il maresciallo, passandogli accanto, gli batté una mano solidale sulla spalla e raggiunse Gherardini.

«Se ti servo, sai dove trovarmi» disse e se ne andò con un sorrisetto ironico sulle labbra.

Settembre alternava giornate di sole a mattine con nubi basse che arrivavano a coprire mezza montagna e, a volte, a coprire il paese. I pochi villeggianti rimasti, qualche pensionato con nipotini, si avviavano a fare le valigie. Chissà se l'anno seguente sarebbero tornati.

Il dottor Carletti arrivò a Casedisopra in una pessima mattinata di nubi e umidità e la prima cosa che disse appena entrato nell'ufficio dell'ispettore Gherardini fu: «Come accidenti fate a vivere in questo buco di mondo?».

Gli rispose Farinon: «Guardi, dottore, che noi, qui, sopra le nubi abbiamo il sole», ma aveva anche pensato: "Come accidenti fate voi a vivere nella merda della città?".

Questione di opinioni.

Il dottor Carletti pensò che anche loro, in città, sopra lo smog, la nebbia e le nubi, avevano il sole. Forse.

«Il mio capo si scusa» disse l'ispettore Gherardini, «ma un ordine di servizio lo ha spedito in Sardegna per non so quale incarico.»

«Fa nulla, fa nulla. Le cose che dirò interessano soprattutto lei, ispettore. So che si sta spendendo molto in questa indagine e quindi...» Consultando di tanto in tanto il dossier che si era portato, cominciò a relazionare sui risultati delle analisi, «che poi le lascerò per un suo esame più approfondito».

Confermò che il DNA del corpo estratto dal castagno cavo era lo stesso di quello rilevato sugli indumenti contenuti nella valigia, e quindi il morto non poteva che essere il tunisino Haled. Il corpo, spiegò, non era ancora in stato di decomposizione perché, trovandosi oltre quota 800 e in ambiente molto umido, non aveva seguito il processo di decomposizione ma quello che si chiama saponificazione. Inoltre non era stato toccato dall'incendio in quanto si trovava all'interno del castagno cavo e protetto dal terriccio particolarmente umido. L'incendio, poi, era stato spento prima che arrivasse a consumare interamente il castagno che conteneva il cadavere.

Passò alle fotografie: il lavoro, assicurò, era stato complesso e lungo e i risultati forse insoddisfacenti, ma di più non era stato possibile...

«La ringrazio, dottor Carletti» disse l'ispettore. «Le esamineremo anche noi e vedrà che a qualcosa arriveremo. Conosciamo bene i luoghi e chissà...» E dopo una pausa: «Che ci anticipa sul coltello?».

«Abbiamo trovato tracce di sangue nell'unione fra lama e impugnatura, che un lavaggio, pure attento, non era riuscito a eliminare...»

«... che possono far risalire...»

«... al titolare di quel sangue?» lo interruppe il dottor Carletti. «Sì, ma non so quanto le sarà d'aiuto conoscere nome, provenienza e allevamento nel quale ha vissuto fino alla sua morte il maiale al quale appartiene il sangue» e con queste parole la storia del coltello trovato nel fienile della Ca' Storta parve perdere importanza nelle indagini.

«E se posso darle un consiglio, ispettore, ricordi che le ipotesi sono il modo migliore per arrivare alla verità. Senza ipotesi non si va da nessuna parte, mi creda, che io di indagini ne so qualcosa.» Fece una pausa per capire se avesse raccontato almeno le cose più importanti, decise per il sì, chiuse il faldone e lo spinse verso l'ispettore. «Ci troverà anche i tabulati telefonici relativi al cellulare rinvenuto addosso al corpo del defunto Haled.»

«Ferlin» gridò Gherardini, «portaci due caffè!»

«Mio nipote non c'è» disse Farinon senza alzare il capo dai documenti. «L'hai mandato un'altra volta alla Matrogana. Francamente non capisco cosa ci sia da fare lassù di questi giorni.»

«Niente c'è da fare, ma voglio che impari bene la strada.»

Entrò in ufficio l'agente Radici. «Ecco i due caffè» disse e, spostato qualche documento, posò il vassoio sulla scrivania.

«Hai fatto presto» si stupì Gherardini.

«Avete appena pranzato. Ho pensato: prima che si rimettano a lavorare, un caffè ci sta bene.»

«Bella pensata, Radici, tu farai strada.»

«Ispettore, che strada vuole che faccia l'agente Radici Carlo a quarantott'anni?»

«Non perdere la speranza, Radici.»

Sorseggiarono in silenzio e poi l'ispettore si chiese: «Dove eravamo rimasti?».

La domanda non era rivolta a lui, ma Farinon rispose lo stesso: «All'analisi dei dati sul primo cadavere, quello bruciato nell'incendio».

«Sì, dunque, mentre mangiavamo ho pensato proprio all'uomo bruciato.»

«Mentre mangiavamo? Mi pare il momento giusto.»

Gherardini non considerò l'interruzione: «... e mi sono accorto che i suoi dati antropologici starebbero a pennello addosso... indovina a chi?».

Anziché rispondere il sovrintendente rilesse i dati, annuì e sorrise al suo ispettore. «Starebbero bene addosso a Cesarino. Altezza, peso, età presunta.»

«Come un vestito nuovo, su misura» completò Gherardini. «Adesso conosciamo i due cadaveri. Il primo, trovato subito dopo l'incendio, è Cesarino; il secondo, trovato nel castagno cavo, è Haled. D'accordo?» Non aspettò conferma e continuò: «E adesso sappiamo anche perché Cesarino e Haled erano spariti». Riprese le foto scattate da Mario e trattate dagli uomini della scientifica. «Sono stati bravi, accidenti. Quei ragazzi hanno fatto miracoli.»

«Il computer ha fatto miracoli.»

«Sì, ma si deve saperlo usare. Guarda qui. Ricordi com'erano?» e mise le foto dinanzi a Farinon. «Non ci si capiva molto, ma togli colori, schiarisci, aggiungi... s'intravedeva appena una chiazza chiara e hanno tirato fuori la sagoma del furgone.»

Farinon controllò e annuì: «Sì, sta salendo e l'incendio non è ancora iniziato». Usò la lente. «Addirittura in cabina s'intravedono due sagome, indistinte, ma due.»

«Mettiamo che siano Cesarino e Haled» disse l'ispettore. Scartò alcune foto e ne mise una a fuoco sotto la lente. «Qui, ancora indistinto, il furgone scende subito dopo che è stato appiccato il secondo focolaio. Una sola sagoma al volante» e continuò a verificare altri particolari, con l'aiuto della lente. «Niente, non si capisce il tipo di veicolo. Della targa nemmeno a parlarne. Sono riusciti a evidenziare e a completare le immagini che c'erano ma, quelle che non c'erano, non potevano inventarle.»

Marco si appoggiò allo schienale, si stirò. Da un po' teneva fra le dita una sigaretta spenta. Si alzò: «Come dice il nostro Carletti, senza ipotesi non si va da nessuna parte. Facciamone una» e si diede una pausa per accendere. «Mettiamo che i due sul furgone che sale siano Cesarino e Haled. Se Cesarino è rimasto sul luogo dell'incendio, ucciso da una botta alla tempia, quello che scende dovrebbe essere Haled.»

«Poiana, anche Haled è rimasto lassù, sepolto nel castagno cavo.»

«E se fosse tornato lassù dopo? Una seconda volta e prima che Cesarino incendiasse il bosco? Un'ipotesi» e si fermò per un paio di tiri.

Farinon proseguì lungo l'ipotesi di Poiana: «Il che vorrebbe dire che Haled e Cesarino hanno incendiato il bosco e Haled, prima di tornare, ha ucciso Cesarino lasciandolo lassù a bruciare» e anche lui fece una pausa per poi concludere: «Tornerebbe tutto».

«Sì» disse Gherardini, «ma restano una quantità di perché.» Schiacciò il mozzicone. «Perché Haled avrebbe ucciso Cesarino, se era suo complice nell'incendio doloso? Dove stava andando, ammesso che fosse lui alla guida del furgone che scendeva?» Ci pensò e, decisamente: «Non funziona, non funziona, Farinon! Haled è stato sepolto nel castagno prima che il bosco bruciasse. Ricordi? Adùmas ha visto il cinghiale con il piede in bocca molto molto prima che scoppiasse l'incendio. Lassù ce l'hanno portato già morto» e cominciò i preparativi per un'altra sigaretta.

«Non stai fumando troppo, Poiana?»

«Se fumo ragiono meglio.»

«Io, invece, se fumo il tuo fumo non riesco a ragionare.»

«Capito» disse l'ispettore e posò la sigaretta spenta sul bordo del posacenere. «In tutto sto casino, una certezza: i due hanno incendiato il bosco non certo di loro iniziativa, ma per conto terzi. E si può anche ipotizzare, sempre per seguire il consiglio di Carletti, per conto di chi.»

«Mi viene in mente un nome» mormorò il sovrintendente, «un nome a caso: Pieri.»

«A me ne vengono in mente anche altri, ma devo prima fare delle verifiche» e l'ispettore si alzò, prese sigaretta e accendino e uscì dall'ufficio: «Vado a fumare fuori, così non disturbo i tuoi pensieri.»

Capitolo XXXIV

L'ultima telefonata

In un paese semideserto le nubi e l'umidità che nella mattinata lo avevano oppresso s'erano sollevate. I pochi che transitavano dinanzi a Gherardini, seduto sul muretto della caserma, lo salutavano con un cenno del capo e tiravano dritto. Poiana rispondeva con un altro cenno e continuava a fumare. Guardò le cime dei monti e scese con gli occhi fino alla costa bruciata.

Qualche tempo prima la costa era di un verde intenso, qua e là macchiato prima dai fiori di ciliegi selvatici, nati da un seme portato dagli uccelli, e più avanti dai fiori di acacia, dal profumo tanto intenso che arrivava fino al paese, se solo scendeva un alito di vento.

Si chiese chi potesse essere tanto stupido da non capire, da non apprezzare quel paesaggio e sentì una stretta allo stomaco. Era nato fra quei monti e voleva bene a tutto, anche alle slavine, anche ai fulmini che scuoiavano le cortecce delle querce secolari. Dopo qualche anno la ferita si cicatrizzava e restava un segno verticale lungo il tronco e la vita della quercia riprendeva come se mai il fulmine l'avesse scossa.

Ma quel bosco bruciato, quanto ci avrebbe messo a rigenerarsi? Soprattutto, si sarebbe rigenerato? Poiana ne dubitava: chi l'aveva incendiato aveva i suoi progetti e sarebbe stato sempre più difficile contrastarli. Già vedeva una schiera di inutili villette incastrate sul fianco del monte pesare sul paese, togliergli il respiro e cancellare un rispetto che durava da secoli.

Schiacciò la cicca sotto la suola e si alzò: «Dovranno sputare sangue. Oppure ammazzarmi» ma, tornando dentro, capì che era solo un modo per consolarsi. Cosa poteva opporre lui all'economia? Il suo rispetto, il suo amore per i luoghi che aveva conosciuto fin da bambino? Robetta.

In ufficio lo accolse il sovrintendente eccitato: «Poiana» gli disse prima ancora che sedesse alla scrivania, «in generale il tunisino non era uno che facesse o ricevesse molte telefonate. Qualche chiamata da e per la Tunisia, i suoi familiari. Qualche fornitore edile, Badilone, l'agenzia Pieri, un tecnico del Comune... ma c'è un numero che torna spesso e più degli altri, sia in partenza che in arrivo. Da' un'occhiata» e gli mise dinanzi i tabulati telefonici.

Nel tempo di una sigaretta e di qualche pensiero in libertà che aveva tenuto l'ispettore fuori dal suo ufficio, Farinon aveva fatto un buon lavoro evidenziando in giallo una quantità di telefonate arrivate al cellulare o da questo partite, e tutte provenienti o destinate allo stesso numero, il che...

«Il che significa» concluse Farinon «che i due avevano parecchio da dirsi. Poi, guarda qua, le ultime sette telefonate provengono da quello stesso cellulare.»

L'ispettore controllò e sorrise. «Il 29 giugno Haled riceve sette telefonate a distanza di poche ore l'una dall'altra e a nessuna ha dato risposta. Sette telefonate, poi gliel'ha data su» e l'ispettore ricontrollò i tabulati.

«La prima delle sette» rifletté «è arrivata al cellulare di Haled alle nove e diciassette del mattino. Lui e Cesarino stavano per partire verso Pastorale. Haled non risponde. Nel tardo pomeriggio dello stesso giorno, lo stesso numero chiama altre sei volte a distanza di mezz'ora l'una dall'altra poi... poi gliel'ha data su. Chi ha telefonato ad Haled si chiama... si chiama...» Lesse, guardò Farinon e: «Ti dice qualcosa sto cognome? È la seconda volta che salta fuori».

Farinon ci pensò: «Non mi dice niente e sarebbe strano il contrario, dal momento che la signora Zarellu Maria Antonia risiede a Orgosolo. Da giovane ci ho passato tre anni da quelle parti. Un paradiso e un inferno. Ci facevano fare la gavetta nei posti più bestiali».

Il silenzio durò per un po' nell'ufficio della forestale. Poiana, rilassato contro lo schienale della sedia, rigirava fra le mani una sigaretta e ragionava mentalmente sulle novità uscite dal dossier del dottor Carletti. Farinon scorreva dall'inizio il materiale cercando eventuali elementi sfuggiti alla prima lettura.

Infine Gherardini arrivò a qualche conclusione e, senza preoccuparsi dell'invito di Farinon a non fumare, almeno in ufficio, accese, tirò due boccate e disse: «Alcune riflessioni: se sta misteriosa signora Zarellu da Orgosolo ha tentato sette volte di seguito di contattare il tunisino, vuol dire che aveva un gran bisogno di parlarci. Poi, alle sette di sera, dopo l'ultimo tentativo, non lo chiama più. Come mai? Adesso senti la nuova: su richiesta di Pieri, Cesarino e Haled vanno a Pastorale; lo stesso giorno Haled sparisce, Cesarino qualche giorno dopo, e li ritroviamo, prima uno e poi l'altro, morti di morte innaturale. Che ti suggerisce?»

«Una quantità di ipotesi, troppe per il mio carattere.»

«A me una sola: le due vedove ne sanno più di quanto mi hanno raccontato.» Spense la sigaretta e chiese: «Che ore sono?».

Un'occhiata all'orologio appeso al muro alle spalle di Poiana e il sovrintendente rispose: «Otto meno dieci».

«Pensi che la signora Zarellu si arrabbierà se la disturbiamo mentre cena?» e l'ispettore, controllando dal tabulato, compose il numero sul telefono fisso.

Non attese molto e lo fece sorridere la voce che rispose:

«Deve essere una cosa importante se l'ispettore mi telefona mentre sono a cena con mio marito. A che devo l'onore?».

«Proprio con lui vorrei parlare.»

«Te lo passo.»

«Oè, Poiana, che succede?» chiese Badilone.

«Novità di Cesarino?»

«Niente di niente, perché?»

«Ne ho io, ma te ne parlerò domani» e, per evitare le inevitabili domande di Badilone, chiuse la comunicazione. «Indovina chi ha risposto?» disse a Farinon.

«Margherita Cariello in Badaloni. Non è così che si chiama?»

«Dovrebbe» e l'ispettore Gherardini radunò i documenti, li rimise nel faldone, che chiuse a chiave nel cassetto, e si alzò. «Per oggi direi che può bastare: abbiamo un bel po' di cose su cui riflettere. Ci torniamo sopra domattina.»

Salutarono l'agente Radici, destinato al turno in caserma, e se ne andarono. Sostarono per un attimo per il consueto "Ci vediamo domani" che quella sera nessuno dei due aveva voglia di pronunciare.

Gherardini guardò il cielo, scuro per alcune nubi che la luna faceva quasi viola e disse: «L'estate se n'è andata».

«Poiana, forse non te lo ricordi, ma succede ogni anno. Ti accompagno per un po' di strada.»

«Hai qualcosa da dirmi?»

«No, non mi pare.»

«Allora perché?»

«Non ho voglia di tornare a casa» e presero le stradine deserte del paese.

Per due volte l'ispettore si girò a guardare indietro e alla terza Farinon chiese: «Aspetti gente?». Poiana negò con il capo e il sovrintendente si fermò. «Be', io prendo per la chiesa» e, salutato con un gesto il superiore, svoltò dietro l'abside.

Prima di riprendere verso casa, Poiana si accese una sigaretta. Il tempo di una boccata e si trovò a terra con un ginocchio premuto sulla schiena e una mano sulla nuca che gli schiacciava la faccia sui ciottoli. La sigaretta appena accesa gli era finita sotto la guancia. Dalla bocca deformata uscì un borbottio, anziché la bestemmia che Poiana avrebbe voluto urlare, mentre una voce gli sussurrava all'orecchio: «Perché, perché?»

«Lasciami, non metterti nei guai» tentò di dire, ma di nuovo gli uscì soltanto un borbottio.

Di colpo la pressione che lo teneva a terra si allentò mentre Farinon gridava: «Lascialo! Sei diventato matto?»

«Chi viene a rompere le palle a quest'ora?» borbottò l'agente Radici. Aprì e si trovò dinanzi i due superiori usciti da pochi minuti. Tenevano su di peso un uomo. «Cos'è successo?» chiese.

«È una storia lunga e complicata» mormorò l'ispettore spingendo dentro l'aggressore e trascinandolo poi nel suo ufficio. Lo gettò su una sedia, gli si piantò dinanzi e gli gridò sul muso: «Mi spieghi cosa ti salta in mente, Semir? Me lo spieghi?». Adesso Semir piangeva e farfugliava nella sua lingua incomprensibile. «In italiano, Semir, in italiano, per dio!»

«Tu hai lasciato mio fratello che muore» riuscì a dire il tunisino.

Farinon lo prese per gli stracci e lo sollevò dalla sedia. «Se lo dici un'altra volta ti spacco la faccia, il mio marocchino!»

Glielo tolse dalle mani Gherardini: «Sentiamo cos'ha da dire».

Dell'aggressione restavano sulla divisa di Gherardini tracce di sporco e, sulla guancia sinistra, il lieve segno della bruciatura di sigaretta. Gli faceva male e ci passò sopra le dita bagnate di saliva. Lo faceva anche da bambino, quando si feriva e, come accadeva allora, gli sembrò di stare un po' meglio. «Allora, Semir?»

Il tunisino alzò finalmente lo sguardo sull'ispettore, vide

la bruciatura sulla guancia e mormorò: «Scusa, Poiana, scusa molto. Io non volevo fare male, ma mio fratello è morto».

«E te la prendi con Poiana?» gli gridò Farinon.

«Io avevo detto a lui che per mio fratello c'era pericolo...»

«Me lo hai detto troppo tardi, Semir» lo interruppe Gherardini, «e tuo fratello era già morto.» Il tunisino stava per dire altro, ma un impulso di pianto gli bloccò la gola. «Portagli un bicchiere d'acqua» disse Gherardini all'agente Radici, che assisteva immobile e stupito a un colloquio del quale capiva ben poco.

«Sì, subito, ispettore.»

Semir ingoiò due sorsi e mandò indietro il pianto. «Adesso Haled è morto e io volevo fare qualche... qualche...» Non gli veniva la parola. Lo aiutò Farinon:

«Stronzata, da noi si dice stronzata, Semir. Poiana sta facendo di tutto per trovare chi te l'ha ammazzato e tu...» Lasciò perdere.

«Semir» cominciò Gherardini, «tu non mi hai detto che c'era pericolo per tuo fratello. Ricordo bene cosa mi hai detto, tu mi hai detto: "Ho paura che è successo del male". Esattamente così.»

Il tunisino guardò in viso i tre che lo guardavano. «Non è stessa cosa?»

«No, Semir, non è stessa cosa. Tu sapevi che Haled era già morto, Semir!»

«No, no, io pensavo...»

«Allora vedi di essere più preciso: perché pensavi che ci fosse pericolo per Haled?»

«Perché lui vedeva una persona che non doveva vedere.»

Gherardini e Farinon si guardarono. Radici continuava a non capire gran che.

«Chi vedeva?» chiese l'ispettore con tutta la calma possibile.

«Io non so chi, lui non ha mai detto nome. Io dicevo: "Tu non puoi, loro non sono come noi, tu non puoi" e lui mi rideva e diceva: "Vedrai, vedrai che tutto anderà bene". Non è andato bene, vedi? Lui è morto e io non so come dirò alla famiglia. Si può telefonare a madre e dire: "Tuo figlio è morto"?» Si bloccò, fissò l'ispettore e chiese, sottovoce: «Com'è morto?».

«Male, Semir, male. Gli hanno spaccato la nuca con il manico di un attrezzo, forse un piccone o un badile, lo stesso che a...» Non aggiunse "Cesarino", non sarebbe servito a calmare il dolore che aveva sconvolto quel poveraccio fino a fargli perdere, per un brutto momento, la ragione. «Piuttosto, Semir, pensa se è successo qualcosa in cantiere, se Haled ha discusso con qualcuno o se mancano attrezzi con il manico...» Lasciò perdere: Semir era altrove. Eppure mormorò:

«Sì, penserò, io penserò e dirò.»

«Va bene, adesso vai a casa e dormici su.»

Farinon e Radici guardarono Poiana e fu il sovrintendente che chiese: «Lo lasci andare così? A momenti ti ammazza che se non arrivo io...».

«Vuoi che lo metta dentro? È ridotto uno straccio.»

Lo guardarono allontanarsi dalla caserma, verso la casa, un rudere abbandonato che i due tunisini avevano arrangiato e dove, fino a poco tempo prima, Semir aveva abitato con Haled.

«Poveraccio, figurati se riuscirà a dormire.» Poi al sovrintendente: «Come mai sei tornato indietro?».

«Poiana, mi prendi per rincoglionito? Mentre me ne andavo ho sentito dei passi che si avvicinavano...»

«Ti ringrazio...» Il cellulare lo interruppe. «Sì» e ascoltò, poi: «Adesso? Sai che ore sono?» Altra pausa d'ascolto. «Appunto, mezzanotte meno un quarto. Ne parleremo domattina, in caserma...» Fu ancora interrotto e poi concluse: «Una giornata infame e la notte si sta presentando inquieta. Una storia lunga e complicata. Domattina presto, in caserma». Chiuse, guardò il sovrintendente e tentò una spiegazione: «Domattina arriveranno i suoi genitori e adesso vorrebbe il mio sostegno morale».

«T'ho chiesto spiegazioni?» tagliò corto Farinon avviandosi verso casa. Due passi, si fermò, si girò: «I tempi cambiano e cambiano i modi di dire: oggi lo chiamate sostegno morale, ai miei tempi lo chiamavamo in altro modo e non avevamo problemi d'orario: *quel* nostro sostegno morale lo elargivamo a mezzanotte meno un quarto, alle due e mezza, all'una e tre quarti» e si allontanò continuando la cantilena oraria fino a quando si perse nel silenzio degli stradelli.

Capitolo XXXV

Uno strano Piano Regolatore

Dormì poco e alle cinque aveva già preso il caffè. Solo il caffè, anche se era abituato a una colazione più consistente. Alle cinque e un quarto era al volante della campagnola, direzione Pastorale: le due vedove erano mattiniere ed era sicuro che le avrebbe trovate attorno alle galline o ai conigli o nell'orto. Le due nubi scure della sera precedente s'erano allargate e coprivano il cielo e si aveva l'impressione che da un momento all'altro si sarebbero aperte. Faceva anche freddo e Gherardini alzò i vetri della campagnola.

In caserma per le otto: ce l'avrebbe fatta.

I soliti convenevoli con le due vedove prima di entrare in argomento, un paio di domande, le risposte da decifrare e poi il ritorno. Lo aspettava una giornata più inquieta di come lo era stata la notte appena trascorsa.

Fu Beatrice, la madre, a sentire il motore. Si fece sulla porta e appena vide la campagnola cominciò a brontolare:

«È ancora qui, ma cosa vuole? Genoveffa si metterà dei pensieri e alla sua età non ne ha bisogno» e chissà che altro si sarebbe inventata pur di essere scontenta della visita. Tanto che non rispose alla chiamata di Gherardini dall'aia e fu Genoveffa che si presentò e disse:

«Abbi pazienza, Poiana, mia madre è un po' sorda, ma vieni dentro che ti offro da bere», ma l'ispettore non entrò.

Conosceva le due vedove e sapeva come si doveva svolgere il rito della visita: due chiacchiere sull'uscio di casa e, se le risposte erano state giuste, un secondo invito e forse si poteva anche accettare il bicchiere.

Andò secondo le regole e Gherardini dopo aver bevuto cominciò con le domande, cercando di non urtare la suscettibilità delle due vedove.

Genoveffa confermò che sì, erano gli operai di Badilone quelli che misuravano, e ancora sì per gli strumenti che avevano usato e cioè una cordella lunga lunga, un doppio metro di legno che Cesarino teneva in mano e un apparecchio appoggiato su un trespolo, «che ci guardava dentro quel diavolaccio scuro mai visto da queste parti» concluse la madre.

«Macché diavolaccio» la riprese Genoveffa. «È uno di quelli venuti dall'Africa per lavorare.»

«Avevano altro? Che so, un piccone, una vanga...»

«Sì» l'interruppe Beatrice che aveva più voglia di parlare che di star zitta. «Sì, sì, c'avevano una mazza che adoperavano per piantare dei paletti qua e là e se vuoi te li faccio vedere, che io e mia figlia li abbiamo cavati via perché ci stavano nei piedi e li abbiamo messi nella legnaia che possono sempre servirci per...»

«Ma cosa vuoi che importi a Poiana dei paletti?» l'interruppe a sua volta Genoveffa.

I paletti, Gherardini li andò a vedere: si fece condurre nella legnaia e li vide. Erano una decina, alti circa un metro e mezzo e del diametro di cinque-sei centimetri, belli sodi, appuntiti da un capo e con la testa rinforzata da una ghiera di metallo in modo che le mazzate non la sbriciolassero.

«Me ne servirebbe uno, vi dispiace se lo prendo?» e la richiesta non piacque a Beatrice, che borbottò:

«Sì, adesso ne diamo uno a tutti quelli che passano...»

Genoveffa la tranquillizzò: «Se ne avremo bisogno, andremo a prendere quello che non siamo riuscite a cavare».

«Ce n'è un altro?» chiese l'ispettore.

«Ce n'è rimasto uno che non siamo riuscite a cavar via perché è piantato troppo fondo» e Gherardini andò a vedere anche quello. Era infisso dinanzi ai tre gradini del vecchio oratorio e sporgeva per soli trenta centimetri e quindi piantato per oltre un metro. Difficile da sfilare. Doveva essere il caposaldo dal quale i due rilevatori erano partiti per le misurazioni. Tutte da rifare visto che le due vedove avevano provveduto a togliere gli altri riferimenti.

«Quando se ne sono andati?» chiese Gherardini prima di salire sulla campagnola.

«Be', se ne sono andati verso mezzogiorno» e la visita sarebbe finita lì se Beatrice, sempre pronta a contraddire la figlia, non avesse sostenuto:

«Se ne sono andati? Se n'è andato Cesarino, che io ho pensato: "Be', non resterà qui quel diavolaccio scuro?". E invece l'ha proprio lasciato qui, e ha lavorato chissà dove perché non lo abbiamo visto. Però si sentiva quella musica...»

La novità era interessante e Gherardini chiese: «Che tipo di musica?».

«Be', questo non lo so. Era una musica che durava un po' e poi smetteva. Ricominciava e poi smetteva...»

«Quante volte?»

«Ma non lo so, micca sono stata lì a contarle, le suonate. Verso sera è tornato Cesarino, che deve aver caricato il diavolaccio, e infatti non si è più sentita la musica e da allora siamo tranquille.»

«Ti ricordi l'ora? Circa.»

«Me la ricordo sì, non sono ancora rincoglionita. Stavo andando a far da mangiare» e non aggiunse altro, come se tutti avessero l'obbligo di conoscere l'ora in cui le due vedove mangiavano.

«Allora verso le sei» disse Poiana. E non ebbe bisogno di conferma.

Arrivarono le prime gocce, le due vedove si coprirono il capo con un lembo del grembiule e corsero in casa senza salutare. L'ispettore non aveva più bisogno di loro e le lasciò alle quotidiane paturnie. Non sarebbe arrivato in caserma per le otto, ma non era stato tempo sprecato perché tornava con alcune risposte importanti e con un picchetto, posato sul sedile posteriore della campagnola, più importante ancora.

Già di lontano vide il tunisino seduto sul muretto della caserma, sotto la pioggia. Fermò la campagnola dinanzi a lui. «Che ci fai qui sotto l'acqua?» chiese senza uscire dall'auto.

«Sono per salutarti che torno in Tunisia.»

Gli fece segno di aspettarlo, portò l'auto nel cortile e, quando tornò, Semir stava per accendersi una sigaretta e subito ne offrì una a lui. L'ispettore la prese più per non fare torto che per il piacere del fumo.

Sedette accanto al tunisino e fumarono una sigaretta bagnata. «Vieni dentro che qui ci prendiamo una polmonite», una frase sentita ripetere mille volte dalla madre, lui bambino, ma gli piaceva la pioggia sul viso, in estate. Semir scosse il capo e continuarono a fumare. «Cos'è sta storia che torni in Tunisia?»

«Non posso telefonare ai genitori e dire che Haled è morto. Vado a casa e lo dico a voce, guardando in faccia i familiari.»

«E il lavoro?»

Semir alzò le spalle e mormorò, senza rimpianto: «In Tunisia non starò peggio di come qui».

Gherardini tirò una boccata e fece uno sforzo per non tossire. Pensò che quel disgraziato non aveva torto: viveva come un recluso in un buco di casa, nessun rapporto con la comunità, solo lavoro, e gli avevano ammazzato il fratello. Disse:

«Mi dispiace, Semir, ma non puoi andartene, non adesso.»

Il tunisino spalancò gli occhi: cos'era la novità? Per venire aveva dovuto chiedere il permesso. Doveva chiederlo anche per tornare a casa? «Non posso?»

L'ispettore negò con il capo: «No, mi dispiace, non fino a quando l'inchiesta sulla morte di Haled non sarà conclusa».

«E quando sarà conclusa?»

Gherardini non rispose subito. Ci pensò. «Fra poco, credo» e poi, per sé: «Mi mancano solo...»

«Solo?»

«È una storia lunga e complicata, Semir, ma ti prometto che farò il possibile perché tu possa tornare a casa presto» concluse. Schiacciò la cicca di una sigaretta che non avrebbe mai pensato di fumare, si alzò, batté la mano sulla spalla del tunisino e si avviò alla caserma.

Prima di entrare diede un'occhiata e vide Semir ancora seduto sul muretto, sotto la pioggia, bagnato *spolto*, immobile a fissare il vuoto. Avrebbe fatto qualunque cosa per dargli una mano. Impotente, scosse il capo e chiuse la porta.

«Se viene Francesca, falla aspettare, io torno appena posso» disse a Ferlin uscendo. Ci ripensò e rettificò: «Facciamo che me la mandi: sono in Comune».

Le nuvole se n'erano andate verso valle e nell'aria restavano ancora poche gocce ritardatarie.

All'ufficio tecnico chiese di consultare i documenti del Piano Regolatore vigente e il tecnico lo guardò stupito: «Ooo, ispettore, sono qui da tre anni ed è la prima volta che me lo chiedono. Sta per sposarsi?». Gherardini non comprese il nesso: «Chi si sposa si fa la casa e chi si fa la casa se la fa dove lo consente il PRG», ma la faccia dell'ispettore lo consigliò di lasciar perdere. «Le porto il materiale.»

Aveva già fatto un buon lavoro quando Francesca gli arrivò alle spalle e l'aggredì: «Ci vediamo in caserma domattina presto... l'ispettore l'aspetta in Comune... sono alle tue dipendenze, io?».

Gherardini non le rispose. Le fece segno di guardare e

posò il dito su una vasta zona colorata in giallo sulla grande mappa comunale. La ragazza guardò, non capì e passò lo sguardo sull'ispettore. «Che significa? E non dirmi che è una storia lunga e complicata.»

«Non è né lunga né complicata: il Piano Regolatore Generale stabilisce che la zona gialla sia un'area da conservare allo stato attuale in quanto... ti leggo» e passò dalla planimetria alla normativa: «"... in quanto esemplificativa delle antiche attività agricole montane, compresa la tipicità dell'abitazione ivi esistente". Adesso senti il passo successivo: "Solo qualora in futuro non fosse più possibile esercitare tali attività, l'area potrebbe essere svincolata e destinata a edilizia residenziale. In tal caso si prevederebbe il recupero dell'abitazione esistente per adibirla ad attività ricettiva"» e guardò Francesca, ma la ragazza non aveva evidentemente compreso e aspettava. «Ricettiva vuol dire alberghiera» chiarì Gherardini.

«Questo lo so, accidenti! Il resto, cosa vuol dire il resto e perché mi riguarda?»

«"L'abitazione ivi esistente" è la tua Ca' Storta, accidenti!» la scimmiottò lui. «Anzi, come è scritto sulla mappa, "Castorta", tutt'attaccato» e la indicò sulla carta. Sempre con l'indice tracciò un cerchio attorno alla zona gialla: «... e tutto questo territorio è quello che hanno bruciato in modo che non sia "più possibile esercitare tali attività", e cioè l'attività agricola.»

Alla ragazza si aprì di colpo il sipario e la rabbia le salì alle guance che arrossirono: «Vuol dire che si potrà edificare un villaggio e che la Ca' Storta di nonno Musolesi diventerà un albergo, accidenti a tutti loro!». L'ispettore le sorrise. «Che c'è da ridere?»

«Niente, mi piaci quando ti arrabbi. Adesso ti faccio arrabbiare di più.» Aprì il regolamento attuativo del Piano Regolatore all'ultima pagina e indicò le firme.

La ragazza lesse e il viso le arrossì di più. «Il sindaco è

Pieri Adolfino!» gridò e il grido fece accorrere il tecnico che chiese:

«Qualcosa non va?»

«E tu chi sei?»

«Io... io sono il geometra dell'ufficio tecn...»

Francesca lo interruppe con violenza. «Hai il coraggio di chiedere se qualcosa non va? Qui non va niente, qui siete un branco di ladri» e smise di urlare i suoi improperi contro l'intero paese solo arrivata in piazza, trascinata dall'ispettore che se la ghignava come un matto.

«Continui a ridere» disse lei.

«Sì, rido e dovresti ridere anche tu.»

«Lo farò appena mi spiegherai perché.»

«Perché io e te abbiamo appena esaminato uno strano Piano Regolatore» e senza altre spiegazioni la invitò a bere da Benito.

Seduti, lei ordinò un aperitivo, «molto, molto robusto» si raccomandò.

«All'ispettore cosa serviamo?» chiese Amdi.

«Lo stesso che a lei.»

Capitolo XXXVI

Il fantasma della Ca' Storta

Avevano ancora nei bicchieri due dita di aperitivo e l'Adele venne personalmente al loro tavolo per chiedere: «Cosa volete mangiare?».

«Quello che c'è» rispose Gherardini.

«Nella mia cucina c'è di tutto, tu chiedi e io ti servo.»

«Non raccontar balle. Non ci sono più villeggianti, Benito ha un muso lungo un palmo e in cucina ci sono gli avanzi. Portaci quello che ti pare, non abbiamo fame» e l'Adele portò il solito piatto di prosciutto toscano e salame e un altro con arista affettata sottile, profumata di erbe aromatiche. Il secondo viaggio fu per un cestino di pane e un fiaschetto di rosso. Si allontanò con il culo dritto e con un: «Buon appetito» che voleva dire tutt'altro.

Poiana indicò i piatti invitando Francesca a servirsi. Lei storse il naso e in quel momento si fece sentire il suo cellulare. Guardò il display e la smorfia si accentuò.

«Eccoli» sbuffò, «ci mancavano loro due per completare una giornata di merda» e rispose al cellulare: «Sono qui.» Chiarì, insofferente, come se fosse ovvio: «Qui, da Benito, no?». Ascoltò, chiuse e mormorò: «Mi è passato quel po' d'appetito che avevo», ma non andò così e prima che arrivassero i genitori i due piatti erano spolverati e il fiaschetto si avviava a mostrare il fondo.

Arrivarono. Il dottor Bordini sbuffava e sudava e mamma Maria mostrò la sua apprensione scrutando la ragazza e scuotendo il capo: «Mio dio, Franci, come sei ridotta».

«Caffè anche per voi?» chiese Gherardini.

«Tu sei Poiana» disse la madre continuando l'esame con l'ispettore.

«Quattro caffè» ordinò Gherardini ad Amdi, che si era subito presentato al tavolo.

Chiacchiere inutili. La famiglia Bordini non avrebbe iniziato una discussione seria con un estraneo seduto al tavolo, per cui, bevuto il caffè, Gherardini s'alzò:

«Be', io ho da fare in caserma e voi molte cose da dirvi.» Fece segno ad Amdi di segnare nel suo conto, salutò e sparì dalla circolazione.

Andò di merda, come raccontò poi Francesca a Poiana la sera stessa, alla Ca' Storta. I genitori non le avevano chiarito la questione della vendita della Ca' Storta, anzi, dissero di un vago compromesso forse già firmato e che rinunciare alla vendita significava restituire l'acconto, consistente, a sentire il dottor Bordini.

«Questo lo so» aveva detto Francesca. «Quello che vorrei sapere è perché lo avete fatto», ma suo padre continuò a divagare.

Non solo l'acconto, si sarebbe dovuto versare al mancato compratore una cifra uguale come risarcimento «e io i soldi non li butto dalla finestra. Poi, una figura così, io non la voglio fare con gente per bene!»

Inutile per la ragazza chiedere dove stava sta gente per bene, che lei ne aveva forse incontrato uno, ma non era del tutto sicura.

Non chiarirono neppure se Francesca sarebbe tornata, nonostante gli «almeno prendi la laurea, ti manca poco alla tesi» della signora Maria. Nonostante i suoi lamentosi «almeno pensa ai tuoi amici, cosa diranno?». Nonostante «e gli impegni che tuo padre ha preso per il tuo futuro» e nonostante una quantità di altre ragioni e "almeno" che la signora non lesinò, e anche Poiana convenne:

«È andata di merda.»

«Mio padre ha minacciato di diseredarmi se non mi laureo. Mia madre mi ha supplicata di pensare *almeno* al mio futuro, se non voglio pensare al dispiacere che do a entrambi.» Finì la relazione e si sentiva demoralizzata.

Si guardò le mani e se le tormentò. Per non piangere, pensò Poiana, e stettero in silenzio. Poi:

«Che pensi di fare?» chiese lui.

Francesca sollevò lo sguardo. Poiana aveva pensato giusto: Francesca aveva gli occhi lucidi.

«Non lo so» disse in un soffio. «Adesso sono preoccupata... oh, non per l'eredità, che non mi frega niente.»

«Per cosa?» e Poiana le passò le braccia attorno alla vita e se la tenne vicina.

«Non lo so» mormorò lei al suo orecchio. «Il guaio è che non so per cosa sono demoralizzata.»

«Se può consolarti, nessuno venderà la Ca' Storta e nessuno perderà dei soldi.»

Francesca si staccò da lui e lo guardò. «Lo dici per consolarmi?»

«Lo dico perché finirà così.»

«Spiegami.»

«È una storia lunga e complicata...»

«Brutto figlio di puttana» sorrise lei. E tornò fra le sue braccia. «Un giorno o l'altro me le racconterai, tutte le tue storie lunghe e complicate, no?»

«Sì, credo di sì» e fu lui a togliersi dall'abbraccio. «E tu mi dici a chi dovrebbero vendere la Ca' Storta?»

«A una certa... un nome strano... Se è importante posso telefonare e chiedere a mio padre.»

«Maria Antonia Zarellu?»

Francesca lo guardò stupita. «Sì, Zarellu, ma come lo

sai?» Ma subito gli mise una mano sulle labbra. «Non dirmelo, Poiana, lo so: una storia lunga e complicata» e sorridendo, finalmente libera da alcuni suoi dubbi, si rilassò fra le sue braccia.

Settembre metteva malinconia: piovigginava per un paio d'ore e poi un altro paio d'ore di sole e via così.

Anche la notte passava dalle nubi al cielo stellato e allora, dalla finestra della camera, si potevano vedere le foglie fatte splendenti dal chiarore della luna.

«Sarebbe bello starsene così, senza problemi» mormorò lei.

«Quali problemi, per esempio?», ma le fece segno di non parlare e proseguì lui: «Per esempio, i rapporti con i tuoi genitori? La Ca' Storta diventerà un albergo? È giusto abbandonare l'università a pochi esami dalla tesi?» Si mise su un fianco, appoggiato sul gomito, e continuò: «Per esempio, che ci faccio a letto con un forestale...?». Lo interruppe il cellulare posato sull'antico comodino di nonno Musolesi. «A quest'ora? Pronto.»

«Stavi dormendo, Gherardini?»

«No, ma avrei potuto: sono le undici.»

«Peccato, mi avrebbe fatto piacere svegliarti per darti una brutta notizia.»

«Me la dia lo stesso, dottor Baratti, lei mi ci ha abituato.»

«Comincerò così: siamo sfortunati, di Zarellu ce ne sono centinaia sparsi per la penisola...» L'ispettore stava per dirgli che lui era arrivato a qualcuna che lo avrebbe portato alla signora Zarellu. Non lo fece. Voleva vedere come se l'era cavata il superiore. «Ma poi siamo stati fortunati: di Maria Antonia Zarellu ce n'è una sola e sta a Orgosolo, in una casa di riposo, ha ottantatré anni, è in gamba e ha risposto a tono a tutte le domande che i colleghi sardi le hanno fatto. Ma, niente, leggerai tutto nella relazione che ti sto inviando. Accendi il computer e leggila.»

«Non posso aprire il computer, non sono in ufficio. Sono le undici, dottor Baratti.»

«Me l'hai già detto. Fammi pensare: sei... sei alla Ca' Storta.» L'ispettore non confermò. «Va bene, ci sentiamo.»

«La ringrazio per le informazioni e le comunico che sto per chiudere l'inchiesta. Manca solo...» e sospese.

«Solo?»

«È una storia lunga e complicata. Ne riparleremo.»

«Non fare il furbo con me, Ghera, che non ti ho ancora dato la cattiva notizia: se non chiudi l'inchiesta entro... il sostituto procuratore mi ha dato... ti ha dato una settimana, dopo di che l'inchiesta passerà ai carabinieri e allora ci sarà da ridere.»

«Secondo me ci sarà da piangere e l'unico a ridere sarà il maresciallo Cruenti. Grazie per le buone notizie, dottore» e, chiusa la comunicazione, tornò ad accarezzare Francesca. Cominciò dalla gola che, sotto i polpastrelli, sentì liscia, delicata e indifesa.

Dopo parlarono sottovoce per non disturbare il silenzio della notte alla Ca' Storta e, quando lei non rispose a una sua domanda, lui s'accorse che s'era addormentata. Non la svegliò e, nella penombra, restò con i suoi pensieri, a fissare il soffitto.

Nonostante il casino che era successo in paese negli ultimi tempi: un cinghiale con un piede in bocca, una ragazza piena di problemi capitata per caso nella sua vita, un incendio doloso, un cadavere... due cadaveri!

Ancora: le due vedove alle quali si devono tirare fuori le parole con le tenaglie e le si devono poi interpretare; un'anziana signora sarda che non si sapeva se esistesse o fosse un fantasma.

E Florissa?

E la bella signora Margherita Cariello in Badaloni, che rispondeva a un cellulare intestato al fantasma della signora sarda? Margherita Cariello che ruolo giocava in questa partita fra lui e il mondo intero?

Una valigia che avrebbe dovuto essere su un aereo per Tunisi e invece stava sul vecchio armadio del defunto da anni nonno Musolesi...

Nonostante tutto, Poiana si sentiva tranquillo, era convinto di essere in dirittura d'arrivo. Gli mancava solo...

A proposito, a che ora avrebbe dovuto partire l'aereo per Tunisi?

Domattina, domattina controllerò. Adesso... adesso...

Poiana, abituato ai rumori del bosco, aveva buon udito. Nei momenti di dormiveglia come quello che stava vivendo accanto a Francesca, sentiva il respiro della Terra. Non ne aveva mai parlato a nessuno. A chi avrebbe potuto parlarne senza far ridere? Ci pensò: forse a Francesca. Chissà se a lei il rumore della città faceva lo stesso effetto che faceva a lui: lo stordiva, gli faceva perdere il senso della...

Città deserta e rumore sordo che sempre ne copre la vita...

... realtà. Ma io sento un verso, ascolta.

È il verso della poiana, ecco, la vedi? Sopra quelle querce.

Poiana, come te.

Sì, ma io non volo

Ti piacerebbe volare?

Non su un aereo.

Io dico con le ali, come la poiana.

E a te?

Francesca non risponde e guarda nel cielo i lenti cerchi digradanti della poiana.

E questo cos'è?

Il grufolare di un cinghiale nel sottobosco.

E questo?

La corsa di tre caprioli nell'erba medica: senti, è come una frustata senza schiocco...

E questo?

Questo... questo non è un animale, questo è il passo di una...

Poiana aveva un buon udito, era abituato ai rumori del bosco. Si svegliò e continuò a sentire il rumore percepito nel sogno. Giù in cucina, e il passo era di una persona che non si vuol far sentire.

Un'occhiata a Francesca. Dormiva. Meglio non svegliarla.

Poiana scese dal letto e, scalzo, uscì nel corridoio.

I passi, prima sulla scala, poi nel corridoio. Si fermarono dinanzi alla porta socchiusa della camera. L'ombra spinse con precauzione la porta e, nel riquadro di penombra che veniva dalla finestra, la vide entrare, avvicinarsi al letto e chinarsi su Francesca...

Il braccio destro di Poiana, passato sotto il mento, bloccò la gola e il ginocchio piantato contro la schiena fece da fulcro. Tirò indietro, tirò indietro... troppo facile. La sagoma si agitò, mugolò, Francesca si svegliò, gridò, accese la luce... e Poiana lasciò la presa.

«Mi dispiace, non volevo farti...» Non aveva nulla di cui scusarsi e cambiò tono: «Cosa... che ci fai tu qui?». Aspettò alcuni secondi una risposta e poi: «Come accidenti sei entrata?».

Capitolo XXXVII

Una tranquilla domenica di metà settembre

Dalla porta aperta entravano in cucina il freddo, i profumi e l'umidità della notte.

Prima di rispondere alle tante domande, Florissa aveva detto: «Vorrei andare a prendere Fiorellino».

Poiana l'aveva accompagnata nel fienile, l'aveva guardata mentre raccoglieva il fagottino addormentato sul fieno e la sporta di paglia. Erano tornati in cucina e alle due prime domande di Poiana: «Perché sei entrata di notte e perché sei salita nella stanza di Francesca?», lei aveva risposto: «Non c'è la tua auto davanti a casa».

«L'ho portata dietro casa. Se l'avessi vista, saresti entrata lo stesso?»

L'*elfa* non aveva risposto. Aveva risposto alle successive domande di Poiana e dopo, in cucina, ci fu il silenzio. Francesca guardava Florissa e la piccola che stringeva fra le braccia; Poiana, in piedi nel vano della porta, guardava lo schiarirsi dell'alba e pensava all'ultima sorpresa di una storia che di sorprese gliene aveva messe davanti molte, troppe.

Fu Fiorellino, con un accenno di pianto, a rompere quel silenzio. Subito lo tranquillizzò la cadenza di una ninnananna sussurrata dal soffio della madre, il volto accanto al volto della piccola.

«Ha fame» mormorò Florissa. «Me lo scaldi?» chiese a Francesca porgendole il biberon.

Mentre la piccola succhiava, Francesca preparò il caffè. Poiana, sempre sulla soglia, neppure si voltò.

«Quanto zucchero?» chiese all'*elfa*.

Poiana rientrò, prese la tazzina zuccherata da Francesca e la portò a Florissa. Zuccherò poi la sua e andò a sedere dinanzi all'*elfa*.

«Allora, se ho capito bene: ieri mattina sei scesa in paese e solo ieri mattina hai saputo di Haled trovato morto nel castagno cavo. È così?»

Florissa annuì: «Ne parlavano tutti».

«E hai deciso di chiedere consiglio a Francesca.» Altro cenno d'assenso. «Perché non a me?»

«Avevo paura di perdere Purgatorio, te l'ho detto. Tu sei... tu sei...»

«Cattivo?»

Florissa, che stava per bere l'ultimo sorso di caffè, sospese e replicò in fretta: «No, no, tu sei buono, ma la gente con la divisa mi ha sempre...». Finì il caffè.

«Che si fa ora?» chiese Francesca.

«Be', intanto lei e il piccolo...»

«La piccola» corresse l'*elfa*. «Fiorellino è una bambina.»

Per vedere bene il viso della piccola, Poiana sollevò il capo a Florissa e guardò il fagottino rannicchiato fra le sue braccia: «Si vede che è una bambina, una bella bambina. Perché non sali in camera e la metti nel letto di Francesca? Potresti dormire un poco anche tu, non credi? Sei sveglia da ieri sera, nel fienile, e hai bisogno di riposare».

Florissa guardò Francesca che annuì, le sorrise e si avviò alle scale per accompagnarla di sopra. Poiana le guardò andare e finalmente uscì a fumare una sigaretta. Ne aveva un gran bisogno.

Le montagne si schiarivano per un'alba di sole. La cima di levante, monte della Vecchia, illuminata da dietro, mostrava la sua sagoma di animale sdraiato, addormentato da secoli, e ancora una volta Poiana si chiese quando le montagne si sarebbero svegliate per tornare ciò che erano. Quel giorno, lui avrebbe voluto esserci.

Sorrise all'idea della sera precedente: lui e Francesca avevano progettato una domenica tranquilla cercando di dimenticare per un poco i delitti che avevano violentato il paese e che forse non erano finiti. Il racconto di Florissa l'aveva trasformata in una domenica di altri interrogativi.

«Ne hai una anche per me?» chiese Francesca sedendo sull'erba umida, accanto a lui.

Poiana accese per lei e chiese: «Come sta?».

«Non bene, poverina. È tormentata dai sensi di colpa. Dice che se te ne avesse parlato prima, quel giorno che sei salito da lei, forse Haled non sarebbe finito nel castagno cavo.»

«Dille che lei non c'entra, dille che Haled era già morto.»

«Glielo dirò, ma adesso che farai?»

Non rispose e in silenzio finirono la sigaretta. «Te la senti di tenerla qui per un po', almeno fino a quando questa brutta storia non sarà finita?»

Lei annuì. «Io e te ci incontreremo a casa tua.»

«Perché non alla Matrogana? Sarebbe più romantico.»

«A me va bene» e, rabbrividendo, si strinse a lui. «Che farai delle informazioni di Florissa?»

«Le userò per arrivare alla fine, ma tu non hai sentito nulla, tu non sai nulla, tu non c'eri e se c'eri dormivi.»

«Ma io dormivo veramente» e lo baciò dietro l'orecchio.

Dalla finestra socchiusa della stanza di Francesca, arrivò fino a loro la nenia di Florissa per la sua piccola.

Fa la nana fiol d'un frè,
dim a me chi l'è i to pè.
L'è e padron di capuzin,
fa la nana fai nanin.

Don don din don,
don din don din do nanin.

La mè mama l'è na dona bona,
ench'a me son la so fiola,
la m'ha comprè una vistina nova,
qualcheduno la pagherà.

Fa la nana, nanin cunchètta,
tènt che mama la vegna da mèssa
e po da mèssa e da Luièn
cun un su marì nal mèn.

Cun una titina pina
da purter a la so mimina.

Fa la nana fala pur,
c'andèn tot a lèt e bur,
cou la lom senza stupiin,
fa la nana fai nanin.

E fa la nana Filumèna,
andèn a lèt tot senza zèna,
ma la to mama l'ha sonà la viola,
dorum, dorum ragazola.*

* Fa' la nanna figlio d'un frate, / dimmi chi è tuo padre. / È il padrone dei cappuccini, / fai la nanna fai la nannina. // Don don din don, / don din don din do nanin. // La mia mamma è una donna buona, / anch'io sono una sua figlia, / m'ha comprato una veste nuova, / qualcheduno la pagherà. // Fai la nanna, nannin conchetta, / intanto che mamma torni da messa / sia da messa che da Loiano / con suo marito per mano. // Con la tettina piena / da portare alla sua piccolina. // Fa' la nanna falla pure, / che andrem tutti a letto al buio, / con la lumiera senza stoppino, / fai la nanna fai nannina. // Fai la nanna Filomena, / andremo a letto senza cena, / ma tua mamma ha suonato la viola, / dormi, dormi, ragazzina.

La triste nenia sembrava la richiesta di aiuto di una madre contro la solitudine e la sofferenza, era il lamento che seguiva il respiro del sonno di Fiorellino.

Florissa si svegliò tardi e scese, con la piccola in braccio, che la tavola era apparecchiata. Augurò un: «Buongiorno» appena udibile e si occupò di Fiorellino. Solo dopo sedette a tavola con gli altri.

Parlarono di tutto, tranne che delle paure di Florissa e dei guai del paese. Al caffè Poiana disse:

«Francesca è disposta a tenerti qui, almeno per un poco», ma già la sola idea spaventò l'*elfa* che si affrettò a sussurrare:

«Non posso, non posso, non posso.»

«Sarebbe meglio per te. Vuoi mettere? Se tu avessi bisogno, potrei arrivare subito e sarebbe più sicuro anche per la piccola», ma riuscì solo a preoccuparla di più. Infatti:

«Vuol dire che c'è pericolo?»

«Nessun pericolo. Qui saresti vicina al paese, al medico per Fiorellino, se avesse necessità.»

«Non posso, non posso, non posso» continuò a ripetere lei.

Francesca le andò accanto. «Guarda che sarei più tranquilla anch'io con te vicina.»

«E la capretta e i conigli e le galline? L'orto?» Guardò la piccola. «Per comprare le cose a lei, devo raccogliere e vendere i funghi, poi i frutti, poi...»

«Alle tue bestie ci penserà uno dei miei. Lo mando su ogni sera. Di funghi ne trovi anche attorno alla Ca' Storta e così, mentre tu scenderai in paese a venderli, a Fiorellino ci penserà Francesca.» Le lasciò il tempo per pensare e poi: «Sarà per poco, Florissa».

L'*elfa* ci pensò e annuì. «Allora andrò su, a Purgatorio, a prendere delle cose che mi serviranno.»

«Ti ci porto io» disse Poiana.

«Ti ci portiamo noi» disse Francesca.

A sera, già sull'auto mentre tornava in paese, Gherardini ripensò a una domenica che non era stata quella che avrebbe voluto, ma che gli aveva fornito informazioni importanti. Il racconto di Florissa, spezzettato, angosciato, sommesso, e le domande alle quali aveva risposto erano il logico collegamento con ciò che sapeva, aveva scoperto o immaginava.

«Ma prima...» si disse.

Prima passò in caserma. L'allievo agente Ferlin era sul computer e lo spense subito all'entrata del superiore.

«Che stai facendo?»

«Passo il tempo» si giustificò l'altro.

«Passalo spiegandomi perché sai che alla Ca' Storta c'è campo solo nel fienile. Almeno per i cellulari da due soldi: il mio prende anche nella camera da letto» e gli fece segno di seguirlo nel suo ufficio. Lo lasciò in piedi mentre cercava fra i documenti dell'inchiesta. Trovò, controllò e sorrise. «Partenza dell'aereo per Tunisi alle ore venti e trenta del 29 giugno» disse a Ferlin, che non capiva. «Se tu dovessi prendere l'aereo alle venti e trenta, ti troveresti ancora a Pastorale e in tenuta da cantiere alle diciotto?» L'allievo agente non rispose. «Allora?»

«Perché dovrei prendere un aereo per Tunisi?» e vedendo lo sguardo cattivo del superiore: «Be', vediamo: due ore prima dell'imbarco fanno le diciotto, un'ora e mezza-due per stare tranquillo, da qui a Bologna, e siamo alle sedici... cioè, io partirei almeno almeno alle tre e mezza.»

«Giusto, e se alle sei stai ancora a Pastorale vuol dire che non hai intenzione di prendere quell'aereo» e fece una pausa. «Non è il nostro caso. Allora vuol dire che hai rinunciato alla partenza, ma non è credibile per molte ragioni, la prima delle quali: hai già la valigia pronta. Oppure sei stato trattenuto a Pastorale contro la tua volontà, magari morto. È il nostro caso.»

Ferlin continuava a guardare il superiore senza capire

dove volesse arrivare, perduto nella ragnatela di orari, di aerei, di Pastorale e di morti e di sue ipotetiche partenze.

«Lascia perdere, Ferlin, lascia perdere e rispondi alla domanda.»

Ancora l'allievo agente non capiva. «Quale?»

«La prima: come sai che alla Ca' Storta...»

Ferlin fece segno che aveva capito e l'interruppe: «Il cellulare, sì». Sorrise. «Ci andavo con una ragazza...»

«Nome e cognome.»

«Be', lei non la conosce, ma è stato tempo fa e così...»

«Lascia perdere, Ferlin, mi basta. Torna al computer e non guardare roba porno che poi ci accusano di essere dei maiali» e mentre l'allievo agente usciva si disse: «La Ca' Storta è un luogo troppo frequentato.»

Accese il suo computer e aggiunse agli appunti che gli sarebbero serviti per la relazione al dottor Baratti e al sostituto procuratore il racconto di Florissa.

Capitolo XXXVIII

Il racconto di Florissa

Aveva preparato lo zainetto con dentro i formaggi di capra per il dottor Antinori, le due ricotte per la madre di Giorgio il bottegaio e frutti di bosco per l'Adele, la cuoca di Benito. Nella sporta di paglia intrecciata aveva messo il necessario per Fiorellino, biberon, pannolini e una copertina per coprirla di notte. A lei non sarebbe servita. Aveva infilato la piccola in un sacco di tela iuta che aveva adattato a porta-bambino, con due fori sul fondo per le gambette, e se l'era appesa sul petto. Si era caricata lo zainetto sulla schiena, la sporta nella destra e nel tardo pomeriggio si era mossa da Purgatorio.

Il medico condotto, dottor Antinori, si era raccomandato: «Devi venire prima che io cominci le visite, così ti posso pagare» le aveva detto e per arrivare presto era partita da Purgatorio il giorno precedente. Si era fermata alla Ca' Storta, tanto non c'era nessuno da anni, si era sistemata nel fienile e aveva messo il biberon fra le labbra di Fiorellino, che si era succhiata una buona metà del contenuto.

«Brava piccola, il resto domattina» le aveva sussurrato.

Si era svegliata allo spuntare del sole, era andata alla sorgente ed era tornata con un secchio d'acqua. Aveva pulito la piccola, le aveva cambiato il pannolino, le aveva dato il biberon e poi, chetata la creatura, si era data una sistemata anche lei. Aveva nascosto gli oggetti che non le sarebbero serviti in paese ed era scesa.

«Brava, sei arrivata presto» le aveva detto il dottor Antinori pagando i formaggi. «Come sta il piccolino?»

«È una femmina.»

«Giusto, femmina. Come sono stavolta i formaggi? Quelli di capra sono i meno grassi e li può mangiare anche chi ha il colesterolo alto.» Florissa aveva fatto segno di sì. «Bene, la prossima volta altrettanti. Ciao.»

Era andata a consegnare i frutti di bosco all'Adele. «Ci faccio dei dolci che vanno via in due e due quattro» aveva detto quella.

Aveva riscosso anche dall'Adele, poi era andata alla bottega di Giorgio e aveva posato sul bancone le ricotte. «Ooo, brava, la mia mamma le stava aspettando. Vado a metterle subito in frigo così restano fresche. Ooo, non te n'andare che ti pago.»

Ma Florissa non lo aveva aspettato. Su a Purgatorio le serviva un coltello e, veloce, l'aveva preso, lo aveva infilato nella sporta, era uscita dal negozio e si era allontanata.

Faceva molto caldo. Aveva visto la signora Margherita seduta a un tavolino da Benito. A volte la signora Margherita le comprava dei funghi o altro. L'aveva salutata con un cenno.

Aveva sete lei e di certo aveva sete Fiorellino e si era fermata alla fontana.

Era arrivata alla Ca' Storta sudata, affaticata e anche Fiorellino smaniava. «Adesso ci riposiamo e poi prendiamo le nostre cose e torniamo a casa. Torniamo al fresco di Purgatorio. Si sta bene, vero Fiorellino? Si sta bene a Purgatorio. Adesso mamma ti cambia e intanto ti canta una canzoncina.»

La voce della mamma e la canzoncina avevano calmato l'ansia della piccola, ma la mamma aveva cessato il canto appena aveva udito in distanza un motore avvicinarsi. Si era sporta dal fienile e aveva visto un furgone chiaro fermarsi sull'aia. Si era sdraiata sulla paglia e aveva sussurrato all'orecchio della piccola:

«Adesso ce ne stiamo qui buone buone e aspettiamo che se ne vadano.»

Erano scesi un uomo e una donna. L'uomo aveva scaricato una valigia e seguito la donna verso la porta della Ca'. Non erano entrati, si erano fermati a discutere, lui sempre con la valigia.

«Bastava dirmelo prima, non credi?» lo aveva rimproverato lei.

«È stata una cosa improvvisa» si era giustificato lui.

«Adesso che si fa? Te ne andrai, chissà quando tornerai e... doveva essere la nostra festa.»

«Tornerò, mio padre si rimetterà e io tornerò. La nostra festa è solo rimandata.»

Arrabbiata, la donna era andata alla porta, l'aveva aperta con la chiave e prima di entrare aveva gridato: «Quando tornerai, non ci sarò!».

Anche l'uomo era entrato in casa, dove la discussione era proseguita.

«È il momento di andare» aveva mormorato Florissa alla piccola. Per non perdere tempo e allontanarsi più veloce, aveva lasciato nel fienile le cose che si era portata dietro, appena coperte da una bracciata d'erba secca.

«Hai nascosto anche il coltello rubato a Giorgio?» le aveva chiesto Poiana.

«Non l'ho rubato. Mi serviva e, dopo, al prossimo giro in paese, glielo avrei riportato. Non mi sono neppure fatta pagare le ricotte.»

«Ho capito e ti credo, ma hai nascosto nel fienile anche il coltello?»

«Anche. Solo che mentre scendevo le scale del fienile, Fiorellino ha cominciato a piangere. "Buona, buona, fai la brava ancora per un poco."»

Non aveva fatto la brava e il pianto era diventato un grido disperato come solo i piccoli riescono a fare. Erano arrivate alla porta posteriore della stalla e dietro di loro la donna aveva gridato:

«Fermati, Florissa! Fermati o vedrai cosa ti capiterà!»

Si era fermata e tremava. La donna l'aveva raggiunta ed era arrivato anche l'uomo.

«Lei ti conosceva e quindi anche tu conoscevi lei. Chi era?» le aveva chiesto Poiana. In verità non gli serviva sentirli da lei, i due nomi. Li conosceva.

L'*elfa* non aveva risposto e aveva continuato il racconto.

«Che ci fai, zingara?» le aveva urlato sotto il naso la donna.

«Non sono zingara...»

«Zingara, ti denuncerò, ti farò passare la voglia di spiare. Non sei a casa tua!»

Era intervenuto l'uomo: «Lasciala andare, non vedi che trema di paura?».

«Questa farà la spia! Dirà che ci ha veduti! Io... io l'ammazzo!» e si sarebbe scagliata contro Florissa se lui non l'avesse trattenuta.

«Ha una piccola in braccio. Non dirà niente.» All'*elfa*: «Vero che non dirai di averci visto qui?».

Florissa aveva continuato a tremare e a proteggere Fiorellino. Aveva annuito con forza e si era allontanata di qualche passo. Brutalmente la donna l'aveva arpionata alle spalle bloccandola:

«Dove credi di andare? Voglio farti capire bene cosa ti succederà se ti venisse in mente di raccontare...» Le era andata vicinissimo, tanto che Florissa aveva sentito il suo profumo, un profumo costoso. «Ricorda quello che ti dico adesso: quel fagotto di merda che hai in braccio farà un brutta fine e tu...»

Era intervenuto ancora l'uomo: «Basta, non parlerà». Aveva tolto le mani della donna dalle spalle di Florissa. «Adesso tu vai e ricorda la promessa.»

«Tu non hai fatto alcuna promessa» l'aveva rassicurata Poiana. «Quindi, chi erano?»
«Fiorellino...» aveva mormorato Florissa.
«Nessuno farà del male a Fiorellino, nessuno farà del male a te. Dalla prigione nessuno potrà farlo. Chi erano?»

Rilesse gli ultimi capoversi della relazione, spense il computer, schiacciò la cicca nel posacenere e, con soddisfazione, si stirò sulla poltroncina. Agli appunti non aveva aggiunto i nomi che Florissa gli aveva sussurrato a bassissima voce, quasi che i due fossero lì, nella cucina della Ca' Storta, e la sentissero. Non li aveva aggiunti, almeno per il momento, non ritenendo il computer abbastanza discreto da mantenere il dovuto riserbo su indagini in corso.

Spense la luce nell'ufficio, la spense nel corridoio, lasciò accesa quella dell'ingresso, dove c'era il centralino, e dalla porta socchiusa diede un'occhiata nella stanzetta di servizio: l'allievo agente Ferlin se la dormiva della beata, raggomitolato come un gatto. Ebbe la tentazione di svegliarlo per dargli la buona notte, ma in quel momento si sentiva buono, ne aveva motivo, e non lo tormentò.

Seduto alla scrivania dell'ingresso scrisse un ordine di servizio e lo lasciò lì, in evidenza. Aprì il portoncino d'ingresso e si fermò un istante per respirare l'aria fresca. Ne aveva bisogno: le troppe sigarette gli avevano impastato i polmoni, che ripresero le loro funzioni regolari.

Intanto, fuori dalla caserma s'era fatta mezzanotte.

Capitolo XXXIX

Il terzo uomo

Dormì come non gli accadeva da tempo, finalmente rilassato. Si svegliò per gradi, come dovrebbe sempre accadere, con l'idea che la giornata gli sarebbe stata propizia. E cominciava bene, con un sole tiepido e il cielo chiaro. Le cime erano nitide, come lavate, e la zona bruciata pareva meno scura. Forse una promessa.

«Stamattina colazione al bar» si concesse mentre si radeva.

«Una colazione come si deve» ordinò, ancora sulla soglia della trattoria-bar Da Benito.

«Ooo, Poiana, cos'è?» chiese il titolare che stava facendo fischiare il vapore. «A casa hai finito il miele?»

«Ho finito una quantità di cose. Cappuccino, pane, burro e miele, come a casa mia.»

Benito ci pensò su, poi disse: «Non ho più villeggianti e non so se ho ancora miele» e gridò verso la cucina: «Adele, t'è rimasto del miele?». Arrivò un mugolio indistinto, che solo Benito riuscì a decifrare, e infatti: «Portalo con burro e fette di pane: abbiamo la forestale a colazione!».

Subito arrivò l'Adele con l'ordinazione richiesta.

«Adele, ti voglio bene.»

«Sei diventato matto? Cosa t'è successo stanotte?»

«Di tutto» e cominciò con l'imburrare due fette di pane toscano.

Benito gli portò il cappuccino e sedette al suo tavolo. Si era preso dietro anche il suo caffè. «Avrai delle novità, allora.»

«Cosa te lo fa pensare?»

«Non t'ho mai visto così allegro di mattina.»

«Secondo te ce ne dovrebbero essere, di novità?»

«Visto che stanotte hai lavorato fino a tardi...»

Poiana sospese di stendere un velo di miele sullo strato di burro già spalmato. «Mi fai spiare adesso?»

«Per te niente problemi di colesterolo, vero?» chiese l'oste cambiando discorso.

«Il colesterolo è un'idea» e mise in bocca il primo morso, masticò lentamente per gustare l'armonia dei tre sapori, agitò la sinistra, a rassicurare Benito sulla qualità del cibo servito e disse: «Ottimo burro. Da chi lo prendi?»

«Te lo vengo poi a dire, così ti rifornisci e addio Benito.» Se ne tornò alla macchina portandosi la sua tazzina vuota e senza rispondere alla domanda di Poiana.

Entrò Badilone e: «Buona giornata a tutti» disse. Lo scortavano Salvatore e due della sua squadra. Quelli del Sud fecero appena un cenno con il capo e i quattro andarono al banco.

Benito preparò i caffè, Badilone prese la sua tazzina e andò a bere al tavolo di Poiana. «Non sei ancora in ufficio.»

Poiana controllò l'orologio dietro il banco: «E tu non sei in cantiere e sono le nove e mezza».

«A me non mi paga lo Stato» scherzò Badilone. «Comunque stiamo andando a valutare un nuovo lavoro. Ci spero perché la crisi comincia a mangiarmi i tacchi. Quando mi hai telefonato avevi delle novità?»

«Sì, i bracconieri non mi rubano più i gamberetti, la poiana vola alto, i cinghiali non hanno più piedi tra le fauci...»

Badilone fece segno di lasciar perdere, che aveva capito e, uscendo, salutò con un cenno.

«Ooo, Florestano!» lo chiamò Poiana.

Sorpreso per un nome che non sentiva spesso, Badilone si voltò e con un cenno del capo chiese: "Che c'è?". Poiana si alzò e lo raggiunse. Salvatore e i due della sua squadra erano già sulla piazza e si erano accesi la sigaretta. Tutti e tre.

«I tuoi uomini parlano poco» disse Gherardini.
«Cos'è? Un reato?»
«Te la pigli subito tu, eh?»
«Non dovrei? Ti chiedo se hai novità e mi prendi per il culo. Cosa vuoi?»
«Toglimi una curiosità: si è arrabbiato il povero Haled quando lo hai mandato a Pastorale?»
«Fa parte delle indagini?»
«Te l'ho detto: curiosità. So che doveva partire il giorno stesso per Tunisi.»
Badilone fece un segno vago con le mani. «Sì, me lo disse anche, mi disse che aveva già la valigia pronta. "Meglio, così non perdi tempo a farla quando torni da Pastorale" gli risposi io. "Che ci metti? Poi ti faccio accompagnare da Cesarino con il furgone a Bologna, all'aeroporto." Si tranquillizzò e andò. Ooo, aveva tutto il tempo, no?»
«Se lo dici tu.» Poiana salutò e si fece sulla porta del bar per dire a Benito di mettere sul suo conto anche i quattro caffè della ditta Badilone. Si accese una sigaretta guardando il nuovo furgone della ditta, lucido di fabbrica, allontanarsi con i quattro a bordo, diretto a un nuovo lavoro. O così almeno sperava Badilone.
Soddisfatto, si avviò verso la caserma mormorando: «Ho idea che Cesarino non abbia accompagnato Haled alla destinazione che avrebbe voluto».

Ordine di servizio. URGENTE. *Per l'allievo agente Ferlin Valentino.*
Prima di staccare dal turno di notte, contattare la Camera di Commercio per le seguenti informazioni:
- *sede legale dell'agenzia immobiliare Sull'Appennino;*
- *nominativo del responsabile;*
- *eventuali soci.*

Nota: le informazioni sono RISERVATE

Seguiva la firma: *ispettore Gherardini Marco.*

L'ordine di servizio era ancora sulla scrivania del centralino, esattamente dove Gherardini l'aveva posato la sera precedente prima di lasciare la caserma e l'allievo agente aveva staccato senza eseguirlo. Nessuno al centralino. La giornata si era preannunciata gradevole, ma stava prendendo una brutta piega. Urlò:

«Allievo agente Ferlin!»

Dalla cucina arrivò la voce tranquilla di Farinon: «Ha staccato da dieci minuti» e arrivò anche il sovrintendente, tazzina di caffè in mano. «Ha lasciato una busta sulla tua scrivania. Vuoi un caffè?»

«Grazie, già fatto colazione. Finisci il caffè e vieni da me.»

«Già incazzato alle dieci?» chiese Farinon seguendolo, la tazzina in mano.

«Veramente non lo ero fino a un minuto fa.»

Sulla sua scrivania c'era una busta chiusa con sopra: "Per il signor comandante della stazione, ispettore Gherardini. Riservata".

«Perché ce l'hai con Ferlin?» gli chiese il sovrintendente.

«Non ce l'ho, gli sto solo insegnando il mestiere. Se ha voglia di fare l'agente forestale, dovrà adeguarsi.»

«Lo sta facendo. Fa di tutto» e indicò la busta.

«D'accordo, scusami.» Aprì, lesse il contenuto della e-mail che Ferlin aveva stampato e imbustato, gli piacque e si accomodò. La giornata continuava a sorridergli. «Sta imparando. Siedi» e gli riassunse la situazione.

Il sovrintendente lo seguì, attento come sempre e alla fine chiese: «E chi sono i due?».

L'ispettore sorrise e scosse il capo. «Non lo immagini?»

«Credo di sì.»

«Bene, ti lascio nel dubbio. Adesso ascolta bene» e gli spiegò dove lo avevano portato, o credeva lo avessero portato, gli indizi e le sue deduzioni. «Sono state due frasi di Beatrice a mettermi su quella che io credo sia la strada giusta. Sai Beatrice, la madre di Genoveffa, le due vedove?»

«Le conosco da una vita, Pastorale.»

«La prima frase è, più o meno: "E invece l'ha proprio lasciato qui e si sentiva quella musica"; la seconda: "Verso sera è tornato Cesarino a caricarlo e non si è più sentita la musica". Capisci? Due parole magiche, *musica* e *caricarlo*. Caricarlo non vuol dire riprenderlo.»

«So dove vuoi arrivare. La musica poteva essere quella del cellulare di Haled, caricare... si carica un peso morto.»

«Sì. La vecchia lo ha detto senza sapere che era la verità: Cesarino ha caricato il corpo di Haled verso le sei del pomeriggio. Haled avrebbe dovuto prendere l'aereo alle otto e mezza e non può essere rimasto volontariamente a Pastorale fino a quell'ora.»

Il che portava, secondo Poiana, ad alcune conclusioni: quando lassù avevano dato fuoco al bosco, erano in tre, solo che Haled aveva già perduto il piede. Cioè, si trovava sì sul luogo, ma morto, sepolto e già senza il piede sinistro. Ce lo aveva portato già cadavere Cesarino lo stesso giorno di Pastorale.

«Tornerebbe tutto» commentò Farinon. «Poi lassù è stato ucciso Cesarino, uno dei due saliti con il furgone. E mentre Cesarino bruciava assieme al bosco, il furgone scendeva con sopra un terzo uomo. Troviamolo e abbiamo risolto.»

«E secondo te è facile?» chiese l'ispettore. Allungò la e-mail al sovrintendente. «Potrebbe essere uno di questi.»

Farinon lesse sottovoce i nomi.

Amministratore delegato: Pieri Adolfino.
Soci con varie quote: Giusti Quintiliano, detto Benito, Guidotti Guido Novello, dottor Bordini Giovanni...

Farinon sospese la lettura per chiedere: «Il padre di Francesca?». Poiana annuì.

Altri soci: don Crescenzio Fallanzani.

«L'ex parroco?» Altro assenso di Poiana. «Ma se è andato in pensione a settantotto anni e se la gode in una casa di riposo per preti?»

«Le vie del Signore sono infinite, caro Farinon.»

Cesarino Badaloni.

«Cesarino era un parente di Badilone?»

«Cugino, lo sapevo.»

«Lavorava come un matto. Aveva soldi da investire?»

«Li avrà messi assieme facendo la cresta sulla spesa dell'impresa di Badilone.»

Il sovrintendente riprese la lettura, ma la sospese al nome che lesse: «Questo non me lo aspettavo».

«Dici il maresciallo? Io lo sapevo: maresciallo dei carabinieri Cruenti Deodato. Vai avanti che c'è un'altra sorpresa.»

Farinon lesse, sollevò il capo ed esclamò: «Cazzo, Bordini Francesca!». Guardò in faccia il superiore aspettandosi una spiegazione. Non venne e riprese a leggere. «Eccola di nuovo: Zarellu Maria Antonia.»

Ultima socia dell'agenzia immobiliare Sull'Appennino, ma non ultima secondo le quote azionarie, una banca della provincia: aveva messo a disposizione una notevole somma per far fronte a eventuali anticipazioni di spese.

Con un senso di tristezza nella voce, oltre che sul volto, Gherardini commentò: «Una bella associazione a delinquere. Ha progettato e porta avanti il massacro della nostra montagna».

Depositato nel cassetto della scrivania l'elenco degli azionisti, aprì l'armadietto, ne tolse il picchetto che Beatrice non avrebbe voluto dargli e lo consegnò al suo sovrintendente. «Mettilo al sicuro, che non sparisca, mi raccomando.»

Farinon se lo rigirò fra le mani, lo guardò, guardò il superiore sempre aspettando una spiegazione che lui non pareva volergli dare. Chiese: «Dobbiamo picchettare qualche nuova costruzione? Una strada?».

«Un picchetto come questo è servito per ammazzare prima il tunisino a Pastorale e poi Cesarino nel bosco.»

Un silenzio e poi il sovrintendente lo impugnò a due mani, pronto a colpire. Annuì e a voce bassa chiese: «Poiana, chi l'ha impugnato?».

«Credo di saperlo, ma mi servono prove che non ho.»

Ancora silenzio nell'ufficio, un silenzio duro, cattivo. Poi: «È il momento per una sigaretta» e mentre lasciava l'ufficio concluse: «ed è anche il momento per fare due chiacchiere con Margherita».

Con il micidiale picchetto ancora nella destra, Farinon lo accompagnò fino al muretto di recinzione dove Poiana sedette e si accese la sigaretta.

«Vuoi?» gli chiese. Il sovrintendente scosse il capo e Poiana indicò con la sigaretta il picchetto. «Te lo porti dietro per usarlo?»

Farinon lo ignorò: «Non sarebbe il momento di parlar chiaro anche con Francesca? Che ci fa come azionista in mezzo a quei delinquenti?».

Poiana annuì, appoggiò la nuca alla recinzione e, a occhi socchiusi, finì la sigaretta prima di alzarsi. «Io vado» disse. Indicò il picchetto fra le mani del sovrintendente. «Che non sparisca, mi raccomando.» Andò nel cortile, sempre seguito da Farinon, montò sulla campagnola e: «Hai intenzione di venire con me?» chiese.

«Mi piacerebbe. Ti serve l'auto per andare da Margherita? Non abita lontano.»

«Non vado da Margherita, non subito. C'è un'altra visita da fare.» Mise in moto, fece manovra, uscì dal cortile della caserma, prese la strada e, sul retrovisore, il sovrintendente lo guardava allontanarsi, fermo in mezzo alla strada, il picchetto impugnato come un'arma.

Capitolo XL

La signora non si sbottona

Passò da casa, riempì la borsa termica e ripartì. Fuori dal paese, appena imboccata la strada per la Ca' Storta, fermò la campagnola e fece un numero. Al "Pronto" disse:

«Sono sicuro che in questo momento non stai cenando con tuo marito.»

«Non ancora, sono le quattro. E io sono sicura che non hai sbagliato numero.»

«Che ne diresti di trovarci stasera alla Ca' Storta?»

«È un appuntamento?»

«È un invito a cena, da soli, qualche bicchiere e due chiacchiere.»

«Si chiama così, adesso?»

«Ti aspetto.»

«Vai per le spicce, Poiana. Ho marito, una figlia...»

«Quella non conta» e ripeté: «Ti aspetto.»

«E la tua ragazza?»

«Non ho ragazza.»

«Lei lo sa che non hai ragazza?»

«Sarà un problema suo, no?» Per la terza volta ripeté: «Ti aspetto» e chiuse senza ascoltare ciò che dall'altra parte si stava ancora dicendo.

Guardò l'orologio: aveva tempo e non ripartì subito. Accese la ricevente e si rilassò contro il sedile ascoltando le comunicazioni di servizio. A parte il cicalare della radio, attorno c'era silenzio e, a proposito di cicale, si accorse che non si facevano più sentire. Avevano smesso di frinire alle prime gocce dell'ultimo acquazzone, che aveva portato l'annuncio dell'autunno, e non avevano più ripreso.

«L'estate è finita» mormorò.

Non gli dispiaceva. Nessun villeggiante da andare a ripescare in una gola o impantanato in un torrente in piena; niente pericolo di incendi, dolosi o naturali; niente bracconieri e niente maledetti lacci d'acciaio al collo delle povere bestiole.

Muoiono dopo lunghissima e crudele agonia.

Niente tagliole con esca, per faine e volpi; niente reti tese a valle di una polla d'acqua, possibilmente in una strettoia, perché l'uccello riparte sempre verso valle; niente vischio dal quale il passero non si alzerà mai più in volo.

Niente almeno fino a primavera, se la neve fosse caduta abbondante.

Avrebbe avuto tempo per i suoi viaggi in alta montagna. Sacco a pelo e zaino con dentro un minimo di viveri, il cambio di biancheria e via, a piedi solo per sentieri. Via per l'Alpe sopra Pastorale, per monte della Vecchia, per monte Giove, sul Libro aperto, a monte Rondinaio... e attorno martore, puzzole, poiana, gheppio, falco pellegrino e ogni tanto, e se sei fortunato, un'aquila solitaria che ti fa i cerchi sopra la testa e ti scruta, forse per capire che razza di animale sia quello là in basso che cammina a due gambe. O per valutare se ce la fa ad artigliarlo e trascinarlo in volo?

La voce del sovrintendente Farinon, uscita dalla ricevente, ruppe il suo sogno di libertà.

«L'ispettore Gherardini sta effettuando alcuni sopralluoghi con la campagnola. Poiché si trova in un punto non raggiungibile dal cellulare, se qualcuno lo individua mi comunichi subito la posizione, ma senza interferire con l'ispettore, mi raccomando.»

Poiana sorrise, mormorò: «Bel tipo, Farinon, bel tipo» e, spenta la ricevente, rimise in moto.

Riuscì a preparare la tavola. Un miracolo, con quello che aveva a disposizione. Una scatoletta di salmone affumicato regalatagli non ricordava neppure da chi per sdebitarsi di chissà quale favore. «Viene dal Nord e qui non lo trovi» si era anche premurato di avvertirlo il donatore.

Poiana non apprezzava il salmone e la cena era l'occasione per toglierselo di torno una volta per tutte.

Poi, burro salato, fettine da toast da abbrustolire al momento, olivette taggiasche... a quelle teneva, ma pazienza.

Champagne di un viticultore sconosciuto, artigianale insomma, acquistato anni prima durante un viaggio nello Champagne.

Sullo champagne Poiana contava molto. L'aveva tolto dal frigo a casa e, arrivato alla Ca' Storta, l'aveva lasciato nella borsa termica a contatto con i congelatori.

Guardò la tavola e non gli sembrò male. Se ci si accontenta...

Aspettò nell'aia, seduto su uno dei massi accanto alla porta. Si alzò sentendo, lontano sulla sterrata, il rumore di un'auto.

Mancano dieci minuti alle otto, in anticipo, buon segno.

L'auto gli passò accanto, Margherita, al volante, lo salutò con la mano e andò a parcheggiare sotto il voltone dietro il fienile.

E brava Margherita, sei di casa, vedo, e sai dove nascondere l'auto.

Poiana le andò incontro, si sorrisero ed entrarono in casa. Margherita guardò la sistemazione e disse: «Bello qui, hai sistemato tu o Francesca?».

«Non l'avevi ancora vista?» Lei fece segno di no con il capo. «Strano» e andò a prelevare lo champagne. Lo stappò e, in piedi, Margherita sollevò il bicchiere. Lo sollevò anche Poiana, bicchieri vecchi, di nonna Musolesi, vetro spesso da osteria, che non avevano mai contenuto champagne.

«A cosa?» chiese Gherardini.

Lei ci pensò e poi: «Al nostro incontro segreto».

Più che cenare, spilluzzicarono alcuni bocconi di salmone, ma con lo champagne non lesinarono. Soprattutto Margherita, alla quale Poiana badava a riempire il bicchiere. Poi cominciò così:

«Come l'hai messa con tuo marito?»

«È in viaggio per lavoro, Romania credo, per una grande quantità di legname. Contrattarlo all'origine è molto più conveniente. Adesso c'è la moda del legno. Tutti vogliono restaurare o costruire con il legno: coperti di legno, pavimenti di legno, scale di legno.»

«Ti occupi della ditta, vedo.»

«Qualcosa faccio, amministrazione, paghe degli operai, cose così, noiose, ma che mi fanno la pensione.»

Gherardini riempì di nuovo per Margherita: «Sei venuta senza problemi. Fai sempre così?».

«Mai.»

«E stavolta?»

Prima di rispondere Margherita sorseggiò. «Abbiamo una questione in sospeso noi due. La telefonata che mi hai fatto sere fa, piuttosto tardi per un lavoro d'ufficio. La ricordi?» Poiana annuì. «Non era per parlare con Florestano.» Un altro sorso, piccolo, per gustarlo al meglio. «Volevi parlare con me, ma quando ho detto che stavo cenando con Florestano, hai subito cambiato tono e chiesto di lui. Sbaglio?» Poiana negò e lei sorrise, si passò la mano sul viso, sulla fronte e socchiuse gli occhi. «Champagne» mormorò. «Erano anni» e finì l'ultima goccia nel bicchiere.

«La prossima volta ne porterò due» disse Poiana scolando la bottiglia nel bicchiere che Margherita teneva in mano. Lei lo lasciò fare e sporgendosi verso Gherardini, chiese:

«Ci sarà una prossima volta?»

Gherardini la imitò nelle movenze e nel tono: «Tu che dici?».

«Mi piacerebbe sentirlo da te.»

L'ispettore la guardò negli occhi: «Cosa mi dici di Zarellu Maria Antonia?».

La mente di Margherita, resa allegra, ma lenta, dallo champagne, tardò a mettere a fuoco l'inaspettata domanda. Poi, di colpo seria: «Zarellu? Che ne sai di Zarellu?».

«Qualcosa. Il resto me lo dirai tu.»

«Per questo sono qui?» Lui annuì e lei, con voce dura: «Poiana, sei un gran figlio di puttana!». Si alzò, cercò attorno la borsetta, lo scialle e ripeté: «Un gran figlio di puttana. Sei giovane ma hai imparato presto il mestiere del questurino». Poi, raccattate le sue cose, si avviò per uscire.

Poiana non badò agli insulti e, prima che Margherita arrivasse alla porta, la fermò con un: «Sei sicura di non volermi parlare della signora Zarellu Maria Antonia, attualmente presso una casa di riposo a Orgosolo, ottantantré anni portati alla grande?». Margherita lo guardò con odio. «È una donna in gamba, pensa che non ha avuto esitazioni a rispondere a tutte le domande che i colleghi sardi le hanno fatto.»

Margherita tornò indietro, si chinò su Poiana e gli sussurrò sul viso: «Se sai tutto, perché mi hai fatto venire su?».

«Per sentirti raccontare cosa c'entra un'anziana signora di Sardegna con due omicidi, un incendio doloso, un'associazione a delinquere e chissà che altro, accaduti e in corso sull'Appennino tosco-emiliano. Che c'entrate tu e il tuo cellulare con la signora Zarellu?»

«Per questo?» chiese lei, ma non voleva una risposta. «Ti piacerebbe! Scoprilo tu, sei tanto in gamba!» e gli voltò le spalle andandosene.

«Tranquilla, Margherita, lo farò. Per il momento ti accuserò solo di maltrattamento di minori e in seguito, chissà, ti sta bene omicidio plurimo?»

Di nuovo Margherita si fermò, tornò indietro, posò borsa e scialle su una sedia, sedette lei stessa e chiese, sommessa: «Stai scherzando, vero?». L'ispettore negò con il capo, lentamente. «Chi avrei maltrattato e chi avrei ucciso?»

«Se non lo sai tu...»

«Non lo so, illuminami. Chi ho maltrattato?»

«Fiorellino, una piccola di neppure un anno, e sua madre.»

«Mai conosciuto Fiorellino.»

Poiana andò alla porta dello sgabuzzino, l'aprì e disse verso il buio: «Venite, vediamo se la signora si ricorda di voi» e si fece da parte per far passare i nuovi ospiti.

Capitolo XLI

La signora si sbottona

Si fermarono nell'angolo in penombra della cucina, ma Margherita riconobbe Florissa; la riconobbe per la postura, china sul fagottino stretto al seno, che l'*elfa* aveva assunto per proteggere Fiorellino dalla sua violenza non solo verbale.

Non era passato molto da quel brutto episodio: l'ultima volta che si era incontrata con Haled, ci aveva litigato e l'aveva perduto! Col senno di poi, non avrebbe dovuto. Aveva anche aggredito quella povera ragazza colpevole solo di averli sorpresi, lei e Haled, alla Ca' Storta. Non avrebbe dovuto.

Riconobbe anche Francesca e si sentì ridicola per trovarsi lì, a cena con il suo ragazzo.

Quel giovane presuntuoso e dall'aria arrogante non avrebbe dovuto trascinarla in quella situazione ridicola. Ci voleva cattiveria, molta, e mancanza di rispetto. Lei era una donna sposata e con una figlia, anche se proprio figlia sua non lo era, lo era della prima moglie di Badilone.

Con occhi lucidi guardò Poiana e scuotendo il capo mormorò: «Questa non me la dovevi fare, non me la merito».

«Neppure il povero Haled si meritava di morire in quel modo, né se lo merita il paese che state distruggendo.»

«Io che c'entro?» Margherita sussurrò sfinita. E non riuscì più a trattenere le lacrime.

Florissa non si mosse dall'ombra, intimorita. Francesca

venne alla luce e, passando accanto a Poiana, gli mormorò: «Ha ragione Margherita, sei un gran figlio di puttana».

«Solidarietà femminile» le rispose, anche lui sottovoce. Poi, senza preoccuparsi delle lacrime di Margherita, ripeté con più durezza la domanda già fatta all'inizio dell'anomalo interrogatorio in una sede anomala, la Ca' Storta: «Cosa mi dici di Zarellu Maria Antonia?».

La donna ingoiò le lacrime, tante, che ancora aveva dentro, si asciugò gli occhi con un fazzolettino rosa pallido e profumato all'Acqua di Parma e fissò con cattiveria l'ispettore Gherardini.

Margherita rispose alle domande dell'ispettore con calma e precisione, quasi non la riguardassero.

Maria Antonia Zarellu, sua madre, erede di una ricca famiglia di Orgosolo, viveva in una casa di riposo per gente da soldi.

C'è razzismo perfino nelle case per anziani.

Maria Antonia Zarellu, sua madre, era prestanome, per motivi fiscali, di una parte del suo patrimonio e del patrimonio della ditta. Ufficialmente era la Zarellu ad aver versato una caparra per l'acquisto della Ca' Storta...

«La mia casa!»

Il dottor Bordini...

«Che c'entra mio padre in questa storia?»

Il dottor Bordini aveva trasformato la Ca' Storta in azioni dell'immobiliare Sull'Appennino, azioni che poi aveva trasferito alla figlia Francesca...

«Non voglio azioni, voglio la Ca' Storta!»

... e per questo nessuno voleva rinunciare alla vendita. Faceva ormai parte del patrimonio della società.

Le tante telefonate ad Haled, quel maledetto 29 giugno, sì. Con Haled lei si vedeva alla Ca' Storta...

«Vi vedevate nel senso che venivate qui per i vostri incontri... amorosi, immagino.»

... lei si vedeva con lui alla Ca' Storta e la mattina della partenza di Haled per Tunisi si dovevano incontrare alle nove e mezza per salutarsi...

«Per salutarvi?»

Stanca di sentirsi interrompere per cose che non poteva più nascondere, Margherita si ribellò: «Per fare l'amore, va bene? Per scopare, come dite voi giovani».

... e dopo Haled avrebbe ripreso la sua valigia, già preparata il giorno prima e portata qui per non perdere tempo passando da casa, e sarebbe andato all'aeroporto. Aveva appuntamento in paese con Cesarino alle quattro e mezza del pomeriggio. Sette ore tutte per loro...

«Tante per un saluto.»

Cesarino lo avrebbe accompagnato con il furgone della ditta. Ma Haled non si era fatto vedere e Margherita gli aveva telefonato alle nove e mezza...

«Nove e venti» rettificò Gherardini.

«Forse, non lo so...»

«Lo so io.»

«Va bene, alle nove e venti! Che differenza fa?»

«Per me molta.»

«Gli telefonai, ma Haled non rispose...»

«Sette volte. Le due vedove di Pastorale hanno sentito la musica del cellulare di Haled.»

... senza mai ottenere risposta.

«Non poteva risponderti, era morto.»

Margherita smise di telefonargli quando pensò che Haled fosse già sull'aereo per Tunisi.

«Invece Cesarino lo aveva sepolto nel cavo di un castagno secolare.»

Francesca aveva assistito con disagio a un dialogo dove solo Margherita, la donna, stava soffrendo. Disse: «Tu non hai rispetto per il dolore del prossimo».

«Sì che ce l'ho. Ce l'ho anche per la famiglia di Haled, mio prossimo anche quella.»

Una volta tanto, fu Margherita a interrompere Gherardini. Urlò: «Io non c'entro con la sua morte! Io Haled lo volevo vivo!».

Gherardini si accorse che Florissa se n'era andata solo quando gli giunse, dalla stanza sopra, la cantilena di una triste ninnananna. Ma udì anche altro. Fece segno ai presenti di non muoversi e di parlare, di parlare... ma cosa dire dopo tutto quello che era già stato detto? Prese la porta che dava sulla stalla e, senza uscire dalla stalla, controllò l'aia.

Li vide. Allo scarso chiarore di un quarto di luna, li vide: uno a destra e l'altro a sinistra della finestra di cucina. Arrivò alle loro spalle.

«Non muovetevi e mani in alto!»

Ferlin s'inchiodò e alzò le mani: «Ooo, cazzo!».

Farinon si girò, non alzò le mani e disse: «Fai l'asino, Poiana?» e poi tirò giù le mani al nipote imbranato.

«Siamo a questo? Mi spiate adesso?»

«Adesso? Ti spio da sempre per evitare che fai delle castronate.» Bestemmiò. «È tutto il pomeriggio che ti cerchiamo. Te ne sei andato senza dirmi dove, ti chiamo al cellulare e non rispondi...»

«L'ho spento, avevo da fare.»

«Abbiamo visto, con tre donne» ghignò il giovane allievo agente Ferlin. Evidentemente gli era passata la paura ed era tornato quello di sempre. Lo gelò un'occhiata di Farinon, che poi commentò:

«L'ha spento» e scosse il capo. «Vai in cerca di guai: metti che andavi da solo ad arrestare un pluriassassino, piromane e chissà che altro!»

«Come vedi, sono qui.»

La prima a lasciare la Ca' fu Margherita e mezzanotte era passata da un po'. Mise lo scialle sulle spalle, riprese la borsetta e prima di uscire si avvicinò a Gherardini: «Se hai ancora bisogno di me, sai dove trovarmi» e si avviò dicendo a tutti: «Grazie per la bella serata».

Nessuno parlò. Intesero il rumore dell'auto, un rumore nervoso e accelerato, allontanarsi. Poiana disse ai suoi due uomini:

«Visto che non c'è più da bere, direi di andare.»

Farinon annuì e fece segno al nipote di seguirlo. «Noi ci avviamo.»

Poiana guardò Francesca e disse: «Mi dispiace per la brutta serata. Prometto che la prossima sarà più allegra».

«Pensi che ce ne sarà un'altra?»

«Non lo so, dimmelo domattina, dopo che ci hai pensato meglio e dormito su.»

«Non ho bisogno di pensarci: sei un prepotente insensibile. Sei... sei un questurino di merda. Oppure è la divisa che rende così gli uomini.»

«Non sono in divisa.»

Francesca gli andò sotto il naso e gli gridò: «Perché non l'hai anche picchiata, quella povera donna? Due schiaffi ci stavano, no? Tradisce il marito, accidenti! E con un extracomunitario! Si può tollerare?».

«Ne riparliamo domani» ripeté Poiana. E si avviò.

Francesca gli andò davanti e lo fermò: «Domani? Non ti sognare! Se mi torni dinanzi, io ti... ti...».

Per qualche secondo Poiana aspettò di conoscere cosa lei gli... Non ci fu, aggirò la ragazza e: «Telefonami quando hai deciso cosa mi» disse lasciandola.

Era già fuori e stava andando all'auto. La sentì gridargli dietro:

«Stronzo! Sei uno stronzo!»

I fari dell'auto di Farinon, che lui aveva lasciato lontano per non farsi annunciare dal motore, illuminarono la facciata della Ca' e le ombre che crearono esaltarono la sua strana architettura. Poiana pensò a una scenografia per un film di Lang.

E tornò il buio.

Tornò il buio in tutti i sensi. La botta che gli arrivò sulla nuca gli oscurò la vista e lo fece cadere faccia a terra, sull'erba umida di rugiada. La sua mente restò attiva il tempo per pensare: "Che fine di merda. Credevo di essere furbo e finisco come Cesarino e Haled". Ordinò anche ai muscoli di reagire. Non risposero. Si lasciò andare nel buco profondo che gli si era aperto dinanzi.

Capitolo XLII

Un movente che neppure nel medioevo...

La conosco la voce che ripete sta cantilena: Poiana, per favore, Poiana, per favore, per favore...

La conosco di sicuro. Dovrebbe essere...

Aprì gli occhi e la cantilena finì.

«Te l'avevo detto che ha la testa dura, no?»

Conosceva anche quei volti che gli stavano sopra, ma adesso non gli veniva in mente. Erano talmente sfocati e distorti che... che sembravano usciti da un film di Lang, come la scenografia della Ca' Storta.

L'immagine lo riportò alla realtà e la realtà era un terribile mal di testa.

«Come ti senti?»

Questa è Francesca. Come mi sento? Male.

«Sei sicuro che una grappa gli faccia bene?»

Qualunque cosa che gli alleviasse il dolore alla nuca gli avrebbe fatto bene. La mandò giù in un sorso. Subito gli scaldò lo stomaco e i dintorni. La ricetta di Adùmas funzionava. Anche troppo.

«Da dov'è uscita sta grappa?» chiese con una smorfia.

«Ne ho trovata una bottiglia in cantina, la faceva mio nonno e sarà lì da almeno dieci anni.»

«Si sente, avrà novanta gradi.»

Adùmas prese il bicchiere dalle mani di Poiana, lo riempì per metà e ne bevve una buona parte. La tenne in bocca per un poco e quando la mandò giù non fece una piega. Commentò:

«Esagerato, quarantacinque al massimo.» Poi indicò a Poiana e gli disse: «Eccolo lì il tuo delinquente».

Nella nebbia della sua incoscienza, Poiana lo aveva già intravisto. Lo guardò meglio e, abbassandosi verso di lui, gli chiese:

«Non dovevi essere in Romania, tu? O hai perduto l'aereo come Haled?»

Badilone, seduto su una sedia, i gomiti sulle ginocchia e il capo appoggiato alle mani, non si mosse né lo guardò. E aveva appena tentato di ucciderlo. Se ne stava silenzioso e distante e a occhi bassi, come se niente di ciò che passava nella cucina della Ca' Storta lo riguardasse. Adùmas, nella destra un picchetto dalla testa ferrata e pronto a usarlo, non lo perdeva d'occhio, nemmeno quando parlava con gli altri. O quando beveva grappa.

Florissa, con in braccio Fiorellino, guardava in silenzio Poiana e sembrava finalmente felice.

Sul mezzogiorno, e con in testa un minimo di ordine, conobbe un pezzo della sua vita che, se le cose fossero andate come le aveva programmate Badilone, non avrebbe mai saputo.

Adùmas era preoccupato perché, secondo lui, l'ispettore Gherardini si muoveva senza pensare alle conseguenze.

«Per questo mi stavi dietro? Per proteggermi?»

«Per che altro, se no? Sapevo che ti saresti messo nei guai, i giovani si mettono sempre nei guai» disse Adùmas. «Però devo dirti la verità sacrosanta: ero sicuro che lo avresti trovato sto delinquente e volevo essere il primo a vederlo in faccia, beninteso dopo di te.» Sorrise beato, non sorrideva spesso Adùmas e mai come sorrise in quel momento: «Invece, quando si dice la fortuna, l'ho visto prima di te. E tu lì a rompere: "Adesso mi dici cosa vuoi da me" e "mi hai seguito per una mattina intera" e "vedi di non rompermi più i coglioni"...».

Poi, visto che Poiana si era accorto di essere seguito...

«Spiegami come avrei potuto non accorgermene. Siamo in montagna, non in una metropoli.»

... visto che Poiana si era accorto di essere seguito, Adùmas aveva lasciato perdere e aveva trovato un'altra strategia per tenerlo d'occhio. Si era presentato da Farinon, gli aveva esternato le sue preoccupazioni e per ciò Farinon, non sapendo dove stava andando Poiana quel pomeriggio, aveva diramato il comunicato di ricerca. Aveva poi avvertito anche Adùmas e Adùmas si era detto...

«Mi sono detto: dove vuoi che vada Poiana di sera? E sono arrivato qui. A piedi, Poiana, a piedi per non farmi sentire e mi sono infilato nel fienile e indovina chi ho visto arrivare quand'era già fra lume e scuro?» Indicò Badilone.

Anche Badilone era a piedi e per bastone si portava dietro un picchetto, un picchetto che Adùmas aveva già visto. Ci aveva messo poco a capire le intenzioni di Badilone, soprattutto quando si era nascosto imbucato fra i rovi.

«Così l'ho tenuto d'occhio...»

«... ma ti devi essere distratto quando mi ha dato la botta in testa.»

«Ho fatto più in fretta che ho potuto. Sono saltato giù dal fienile rischiando di rompermi una gamba e tu devi solo ringraziare il sottoscritto, arrivato in tempo almeno per alleggerire la botta che se no, a quest'ora...»

«Dovrei ringraziarti?»

«Non ci spero, hai la testa troppo dura, come tuo padre e tuo nonno.»

«Li hai conosciuti?»

«Se vuoi, ti racconto di me e tuo padre. Ne abbiamo fatte di quelle...»

«Lascia perdere. Raccontami il resto di questa storia.»

«È finita qui, con la botta in testa e io che ho cercato almeno di frenare il colpo prendendolo per il collo.»

Ma per l'ispettore non era finita. Continuando a premere la pezzuola fredda di sorgente sulla nuca, si chinò su Badilone: «Adesso mi dici come hai saputo dell'appuntamento che avevo dato a Margherita». Badilone non aprì bocca. «Fa nulla, ce lo dirà lei. Fatto sta che l'hai saputo e volevi sorprenderci e uccidermi con il picchetto che ormai è diventata la tua arma preferita. Poi tutti a chiedersi: "Chi sarà stato ad ammazzare Poiana?". Non tu, tu eri in Romania a trattare una partita di legname.»

Badilone sollevò lo sguardo dal pavimento a Poiana: «Ci sarei riuscito se quel coglione di Adùmas avesse pensato ai cazzi suoi. A quest'ora saresti con Cesarino e con il tunisino...».

«... che ti scopava la moglie» completò Poiana.

Badilone scattò in piedi come un accidente e cercò la gola dell'ispettore. L'ispettore si spostò leggermente e Badilone, mancandogli l'appoggio, volò col grugno sul pavimento. Dove lo raggiunse fra capo e collo la botta di un picchetto.

«Piano, Adùmas» disse Poiana, «non possiamo portarlo giù cadavere. E tu, in piedi!» Badilone mugolò e non si mosse. «Capito, ti vuoi riposare» e fu lui a chinarglisi sopra per sussurrargli all'orecchio: «Hai ragione, avrei lasciato questa montagna di lacrime, ma tu non te la saresti cavata. Sul mio computer c'è tutta la storia e il tuo nome sta scritto a tutte maiuscole accanto alla parola "assassino". E adesso in piedi! Ti sei riposato abbastanza.» Lasciò cadere la pezzuola, lo prese per i *blacchi*, lo sollevò di peso e lo sbatté prima contro il muro e poi sulla sedia.

«E sai quando ho cominciato a capire che eri tu il delinquente? Quando ho guardato nel castagno cavo. Nel momento esatto in cui ho visto la scarpa da cantiere nell'unico piede rimasto ad Haled, ho avuto il sospetto. Come mai Badilone non ha detto a Farinon che Haled era l'unico dei suoi operai a indossare scarpe di Kevlar? Eppure gliele forniva lui, come agli altri operai. Da quel momento sono andato nella direzione giusta. Mi mancavano le prove» e, toccandosi la nuca, concluse: «Adesso le ho, me le porto addosso.»

Si era troppo accalorato e il martello aveva ripreso a battere nella testa. Florissa, raccolta la pezzuola, l'aveva bagnata con acqua gelata e gliela porgeva. «Grazie» le disse. E la rimise sulla nuca.

Nella tasca della giubba, il cellulare suonò e vibrò. Poiana controllò il numero e: «Che c'è Farinon?» chiese con la voce ancora sull'arrabbiato.

«Calma, ispettore. Ti ha morso una vipera oppure ho interrotto mentre davi il tuo sostegno morale alla piccola?»

«Non ho voglia di ridere, Farinon.»

«Capito, brutta giornata.»

«Di più, che c'è?»

«Lo chiedo a te. Non t'abbiamo visto in caserma e allora...»

«Ho mal di testa.»

«Da quando in qua soffri di mal di testa?»

«Da stanotte. Mandami su Ferlin che ho un pacco da portare giù.»

«Perché Ferlin? Vengo io! Mio nipote non sa nemmeno dove sia la Ca'.»

«Lo sa benissimo. Comunque, se vieni tu, portati le manette.»

Dall'altra parte dell'etere ci fu un silenzio. Poi: «Ripetere, prego».

«Le manette, Farinon!»

«Le manette... per un pacco?»

«Un pacco speciale da depositare nella camera di sicurezza del maresciallo Cruenti, visto che noi non ce l'abbiamo. Dovremo prevederla, Farinon. Ne parlerò con Baratti.»

Un altro silenzio dalla caserma. «Ispettore, chiedere cos'è successo stanotte alla Ca' Storta è chiedere troppo?»

«È una storia lunga e complicata.»

«Va bene, sto arrivando!»

Capitolo XLIII

Cosa c'è da festeggiare?

A fine settembre ci si accorge che le giornate si sono accorciate e di molto. Poiana finì di apparecchiare la tavola. Poche cose: piatto, forchetta e coltello, bicchiere, alcune fette di pane, fiaschetto di rosso già iniziato. Andò alla finestra, la spalancò e guardò la cima di monte del Paradiso. Il sole era tramontato da un po' e s'era lasciato dietro un alone rosa che tingeva la cima e arrivava fino al paese dando alle case la stessa tinta, ma più tenue.

«Domani dovrebbe essere bello» si consolò.

Stava per chiudere i vetri e vide la Pluriel arrivare e fermarsi nel cortile davanti alla porta di casa. Vide Francesca scendere e raccogliere lo zainetto dal sedile posteriore. Sorrise, chiuse la finestra e tornò al fornello.

«È aperto» gridò al suono del campanello.

Francesca entrò trascinandosi lo zainetto. Annusò il buon profumo di cibo e: «Che si mangia stasera?» chiese.

«Niente di speciale, salsiccia a modo mio.»

«Cosa intendi?»

«Preparo un umido. Borlotti, pomodoro fresco, aglio e salsiccia. Vuoi favorire?»

«Una cosina leggera leggera. No, grazie. Sono venuta solo per salutarti, vado a Bologna.»

«L'ho capito dallo zainetto.»

«Ho da sistemare alcune cose.»
«Per esempio?»
«Spiegare ai miei, madre e padre, come la penso, passare dall'università a salutare gli amici.»
«Non tornerai.»
«Tornerò, non mi conosci.»
«Ti conosco e per ciò dico che non tornerai.»
«La cosa ti rende felice?»
Poiana non replicò, diede l'ultima mescolata all'intingolo, spense il fornello, portò la padella in tavola e, prima di servirsi e sedere, chiese: «Sicura di non...?».
«Sicura» disse lei, ma posò lo zainetto sul pavimento accanto alla porta e andò a sedere davanti al posto apparecchiato per Poiana. «Non sono sicura, invece, di aver capito tutto di questa brutta storia. Ci sono avvenimenti che non mi tornano.»
«Ah sì?» disse lui, ma si capiva benissimo che era un modo per non iniziare un discorso che non lo interessava e continuare invece la preparazione della cena. Si servì una porzione abbondante, depose con delicatezza mezza fetta di pane nel sugo e, per lasciare al pane il tempo di inzupparsi bene, riempì il bicchiere.
Francesca lo guardava curiosa, quasi fosse la prima volta che lo vedeva a tavola.
Poiana assaggiò: «Non male» e cominciò a mangiare. «Vediamo: cos'è che non ti torna?»
Prima di rispondere Francesca bevve un sorso dal bicchiere di Poiana. «Buono» disse, «cos'è?», ma non le importava gran che di sapere e non lasciò il tempo per la risposta. «Io non sono una visionaria, per cui chi era quel tale che mi sono trovata sopra una bella notte mentre dormivo nella camera di nonno Musolesi, alla Ca'?»
Prima di rispondere, un sorso anche per Poiana: «È un vinello di toscana», poi: «In coscienza non so chi fosse. Forse Margherita venuta per riprendersi i suoi indumenti

intimi non indossati per la lite con Haled e il casino scoppiato per la presenza di Florissa. O forse Badilone che cercava da un po' di tempo la valigia di Haled da far sparire come aveva fatto sparire il tunisino. Fra l'altro, la valigia scomparsa è il motore di tutte o quasi le azioni dei coinvolti a vario titolo: Margherita, Cesarino, Badilone». Per un poco tornò all'intingolo. «Per esempio, la botta in testa che ti sei presa: probabilmente Badilone. Badilone si è specializzato in botte alla testa. Magari era venuto alla Ca' Storta sempre per la valigia, ti ha veduta salire nel fienile e può aver pensato che fosse nascosta proprio lì. Una botta per poter cercare con comodo e senza rompiballe fra i piedi e via. Lo stesso per la visita che ti ha messo sottosopra tutta la casa» e riprese a mangiare.

«È quello che sai dire? Dei *forse*, dei *probabilmente*.»

Con rammarico Poiana allontanò il piatto. La discussione gli stava facendo perdere il gusto per il cibo. «Intanto non puoi pretendere che dalle indagini venga fuori tutto quello che ha pensato e fatto un assassino. Vengono fuori delle ipotesi che possono o no essere confermate dalle dichiarazioni dello stesso assassino. E, anche in questo caso, non è detto che rispondano a verità. Spesso dichiara il falso per alleggerire le sue responsabilità. Per esempio...»

Per esempio, niente vietava all'ispettore Marco Gherardini di immaginare che Badilone fosse al corrente da tempo del tradimento della moglie e che da tempo avesse studiato come ammazzarlo. Quando poi ha visto apparire sul display del cellulare di Haled, dimenticato sul suo tavolo in cantiere, il numero di Margherita, si sarà rallegrato con se stesso per aver appena ordinato a Cesarino di far fuori il tunisino.

«Come sarebbe? Cesarino ha detto sissignore, è andato e ha ammazzato? Mi pare che la tua ipotesi ci stia stretta e...»

«Perché tu non conosci, non conoscevi Cesarino» la interruppe lui.

«Raccontamelo tu» e, prima che Poiana parlasse, «sempre che non sia una storia lunga e complicata, naturalmente.»

Poiana *tocciò* un pezzetto di mollica nel sugo e lo mise in bocca. Storse le labbra e borbottò: «Si è raffreddato» e poi: «In realtà sarebbe una storia lunga e complicata, ma per stavolta» e raccontò di Cesarino; di come avesse vissuto una vita intera alle dipendenze della ditta di Badaloni padre, un semplice muratore che si era fatto da solo ed era poi diventato piccolo impresario e che lo aveva allevato come un figlio quando Cesarino, figlio di suo fratello, era rimasto orfano.

«Vuoi dire che Cesarino e Badilone sono cugini?»

«Sì, se i figli di due fratelli si chiamano cugini» ironizzò Poiana.

«Certo che, quando vuoi, sei indisponente al massimo» disse lei.

«E tu fai delle domande...»

«Capito: sono arrivata in un brutto momento» e fece per raccogliere lo zainetto.

Poiana la fermò: «Aspetta, aspetta che il bello viene adesso. Morto il Badaloni padre, cioè lo zio di Cesarino, il figlio, cioè il nostro Badilone, continuò a occuparsi del cugino, cioè di Cesarino, che ormai gli era quasi fratello, tanto che lo stesso Cesarino considerava la sua vita come un'appendice della vita della ditta. Alla ditta doveva tutto: stipendio, casa, affetti, se si possono chiamare affetti... Insomma c'è voluto poco a Badilone per convincerlo ad ammazzare chi stava minacciando l'armonia di quella che Cesarino considerava la sua famiglia e, per estensione logica, la sua ditta».

E Cesarino ammazzò Haled in quel di Pastorale e lì provvisoriamente lo nascose. Tornò la sera stessa a caricare il corpo e lo trasportò nel bosco: a Pastorale, prima o poi, le due vedove lo avrebbero trovato.

«E Badilone si sarebbe fidato di uno così? Di un poveraccio che...»

«Non si è fidato. Infatti l'ha ammazzato. Ha capito che non c'era da fidarsi quando Adùmas lo ha minacciato da Benito.»

Poiana riprese il piatto, versò il contenuto nel tegame, che rimise sul fornello a scaldare a fuoco lento. Nell'attesa, si consolò sorseggiando e aspettando le reazioni di Francesca.

Infatti, «Ma perché incendiare il bosco?» chiese lei.

«Intanto perché un morto, e per di più bruciato, è sicuro: non denuncia il mandante di un omicidio. E di motivo ce n'è pure un altro. Se l'incendio fosse andato come programmato da Badilone, sarebbe bruciato pure il corpo di Haled e chi avrebbe più sentito parlare di un tunisino sparito?» Rimescolò il tegame, assaggiò, annuì e si rifece il piatto. «Con due fiammiferi e una tanica di benzina, Badilone avrebbe ottenuto tre risultati.» Mise in bocca una forchettata, ma rinunciò. «Riscaldato fa schifo» borbottò.

«Per colpa mia. Mi dispiace» disse Francesca. Rimase in silenzio e poi: «Tre risultati? Me ne hai dati due».

«Ricordi cosa prescrive il Piano Regolatore in quella zona?» Francesca ci pensò, poco per la verità, e scosse il capo. Lui citò: «"Solo qualora in futuro non fosse più possibile esercitare tali attività...", che sarebbe poi l'attività agricola, "solo qualora in futuro non fosse più possibile esercitare tali attività, l'area potrebbe essere svincolata e destinata a edilizia residenziale." Capito? L'incendio avrebbe reso edificabile l'intera area, ma per fortuna siamo riusciti a spegnere l'incendio in tempo. In questo Chiara è stata fondamentale».

«Chiara?»

«L'elicotterista della forestale.»

«Quella ragazza ti è rimasta dentro. Cos'è, il fascino della divisa?»

Poiana si strinse nelle spalle e continuò nelle considerazioni. «Ma chi può giurare che sia andata così? Sono ipotesi venute fuori da indizi che credo di avere interpretato nel modo giusto. Però un indizio può essere analizzato da tanti punti di vista e ogni punto di vista porterà a risultati diversi. In coscienza ho fatto ciò che credevo giusto. Il resto, il resto toccherà ad altri.»

Francesca restò in silenzio per un poco. «Sai, Poiana? Sono preoccupata. Hai solo ventotto anni e hai già l'esperienza di un abile investigatore e la saggezza di un anziano. Che ne sarà di te?»

L'ispettore non raccolse l'ironia: «Non c'entrano né l'esperienza né la saggezza. Ci vuole culo e io l'ho avuto».

«Non mi pare che "culo" sia la parola più consona alla teoria filosofica che hai appena espresso.»

L'ispettore non commentò la seconda ironia. Si alzò, andò a prendere un altro bicchiere, lo riempì, l'offrì a Francesca e sollevò il suo per un brindisi.

«Alla tua partenza.»

Sollevò il bicchiere anche Francesca e, con poca convinzione, brindò assieme a Poiana. Poi: «Fa freddo qua» disse. «Non accendi il riscaldamento?»

«E tu dici che tornerai? Qualche settimana e qui sarà inverno.»

Francesca si alzò e diede un'occhiata attorno: «Grazie anche per avermi ridato la Ca' Storta».

Poiana fece un gesto vago: «Te l'avevo promesso. Una norma prevede che per interventi urbanistici in ambienti di particolare valore naturalistico e per immobili di pregio storico venga richiesto il parere della forestale. La forestale ha dato parere negativo a interventi edilizi sulla Ca' Storta in quanto trattasi di raro esempio di casa medioevale, presumibilmente con torre, e quindi da conservare. In conseguenza, il compromesso per la vendita della tua Ca' Storta è da considerarsi nullo per difetto di forma. Tutto qui».

«Quando tornerò, festeggeremo.»

Le posò una mano sulla spalla e la accompagnò alla porta: «Non c'è niente da festeggiare. Due morti ammazzati, un monte bruciato che fra un secolo non sarà tornato quello che era e un paese che non sarà mai più lo stesso. E per cosa? Per un movente, la gelosia, che neppure nel medioevo... Cosa c'è da festeggiare?».

Dalla finestra guardò la Pluriel allontanarsi. La cima di monte del Paradiso aveva ormai perduto il riflesso rosa del suo tramonto e, scura, si stagliava contro il cielo azzurro cupo.

Ringraziamenti

Ringraziamo il corpo forestale dello Stato per la disponibilità con la quale siamo stati ricevuti e informati, in particolare il comandante provinciale di Bologna, dottor Pierangelo Baratta.

Un grazie al maresciallo a riposo Quinto Frigo per il suo contributo d'esperienza.

Grazie a Giuseppe Cecchini e a Mario Mazzoni.

Indice